護照

重慶市政府護照

為發給護照事查有中國營造學社社員梁思成現年卅九歲廣東新會縣人由重慶到調查古建築遺蹟特發給護照希沿途軍警查驗放行勿阻該特貽亦不得攜帶違禁物品致干查究
右給梁思成
此照

六長賀
中華民國卅六年七月十六日發
祕書洪熙
檢銷

漫长的调查

重走营造学社川康古建筑调查之路

萧易 著

广西师范大学出版社

·桂林·

漫长的调查
MANCHANG DE DIAOCHA

图书在版编目（CIP）数据

漫长的调查：重走营造学社川康古建筑调查之路 / 萧易著. -- 桂林：广西师范大学出版社，2024.8（2024.12重印）. ISBN 978-7-5598-7185-5

Ⅰ. I267

中国国家版本馆 CIP 数据核字第 20248C8V77 号

广西师范大学出版社出版发行

（广西桂林市五里店路 9 号　邮政编码：541004）

网址：http://www.bbtpress.com

出版人：黄轩庄

全国新华书店经销

珠海市豪迈实业有限公司印刷

（珠海市香洲区洲山路 63 号豪迈大厦　邮政编码：519000）

开本：787 mm × 1 092 mm　1/32

印张：14.25　　字数：150 千

2024 年 8 月第 1 版　　2024 年 12 月第 2 次印刷

定价：78.00 元

如发现印装质量问题，影响阅读，请与出版社发行部门联系调换。

序

中国营造学社八十多年前在四川调查的3000多张照片，今年整理汇成《中国营造学社川康古建筑调查图录》（六册）出版。萧易还根据重走当年营造学社川康古建筑调查路线的见闻，写下了这本《漫长的调查》。

1939年秋季至1940年2月，父亲梁思成和刘伯伯刘敦桢率队，带领莫宗江和陈明达二位先生到四川省和西康省进行了一次范围广泛的古建筑野外调查。半年中他们走过35个县，调查了730余处汉阙、崖墓、摩崖、古建等。与此同时，母亲林徽因和刘致平先生留守在昆明乡下的麦地村，在一座叫兴国庵的小庙里开展学社日常工作，兴国庵大殿成为临时的古建研究工作室，木架支撑起一块木板成为绘图台，上方立着几尊菩萨，工作台与菩萨们共处一殿。

他们首先考察了重庆、成都及周边的古建筑，当时日本敌机在四川狂轰滥炸，考察工作只能在警报间隙中展开，趁着警报稀疏时扛着仪器出城或返回。行走在兵荒马乱之中，他们随身都携带着由重庆市政府颁发的护照，以备军警时时盘查。父亲的护照上写着："为发给护照事，兹有中国营造学社社员梁思成，现年三十九岁，广东新会县人，由重庆到　调查古建筑遗迹，特发给护照，希沿途军警查验放行勿阻，该持照亦不得携带违禁物品，致干查究。"这一路，他们往返于岷江沿岸、川陕公路沿线、嘉陵江沿岸，跑了大半个四川。

四川省的木构建筑大多毁于张献忠之乱，但境内保存了大量的汉阙，其总数约占全国汉阙的半数以上。崖墓数量也很可观，在岷江、嘉陵江两岸，崖墓时而散布，时而集中，随处可见。最多的要数摩崖石刻，那里几乎找不到一个没有摩崖石刻的县城。虽然学社没有找寻到明清以前的木构建筑，但大量的石阙、崖墓均反映出汉代建筑的营造法式，这是华北地区所难见到的。

摩崖石刻中往往刻画出人们想象中的西方极乐世界，以及其中各种类型的亭台楼阁，建筑各细部处理准确、比例逼真，它们是研究唐代木构建筑的宝贵资料。总的来说，川康考察虽然在木构建筑方面收获不大，但发现的汉阙、崖墓、石刻大大填补了建筑史中汉唐阶段的空白。

学社团队到川康两省展开野外考察期间，我们曾收到过父亲的来信，厚厚的一沓。那是十多张"考察连环画"，画面上他们走在郁郁葱葱的山林之间，脚夫们手上抬着滑竿，嘴里喊着号子。脚夫通常两个人抬滑竿，一前一后，后面的人看不见前路，全靠与走在前面的脚夫对话来实现默契配合。父亲的连环画记录的便是这样的场景。他的画将这些景象描绘得惟妙惟肖，读之如临其境：

前面脚夫喊：左边一个缺！（告知有个坑）
后面脚夫和：来官把印接！（官场术语，回答知道有坑）

画上，正画着路前方有个不大不小的坑。他还把自己和刘伯伯都画了进去：脚夫们挑着滑竿前行，父亲在后面的滑竿上坐着，前面则是刘伯伯，他们听到脚夫文绉绉的号子，一时乐得前仰后合。读信的母亲、我和弟弟也笑得前仰后合。又见另一张画上写着：

前面脚夫喊：天上鹞子飞！（告知不要只看天，注意脚下）
后面脚夫和：地下牛屎堆！（回答知道有牛屎）

父亲的画上画的就是他和刘伯伯两个人被滑竿抬着，向远处眺望的景象。天空中还有鸟儿盘旋，前路上依稀可见一坨牛屎，正是脚夫们号子里喊的意思。

还有一张上画着：

前面脚夫喊：左边一大排！（相遇很多人）

后面脚夫和：一个一个数起来！（注意到来人了）

这就是到了人多的地方了。我还记得父亲在画面的左侧画了一大排当地模样的各色人等，他们有的扛着菜，有的拎着筐，表情丰富各异，穿着也各不相同。

更有意思的是：

前面脚夫喊：左手一枝花！（前面碰到一位女士）
后面脚夫和：没钱莫想她！

看父亲的画上，一位貌美如花的女士正从脚夫们身旁经过呢！

脚夫们一前一后喊着滑稽的号子，路上接连不断地发生着一系列故事，那画面真是被父亲描绘得妙趣横生。母亲看了开怀大笑，我和弟弟看得不眨眼睛。

这一叠西南考察时期留下来的连环画，画面生动，让人身临其境，如同亲耳聆听到脚夫的号子一般，一张张图画让全家人看得乐不可支，给我们当时凄苦寂寞的生活带了许多欢声笑语。几十年过去了，父亲画中那每一笔都令我记忆犹新。

1940年11月下旬，中国营造学社决定随同工作关系密切的中央研究院历史语言研究所（下文简称"史语所"）迁往四川南部的李庄。由母亲带领全家（外婆、我和弟弟）与刘敦桢伯伯一家同行。父亲留下治病，治愈后再到四川来。

12月13日上午,我们从宜宾坐小木船(下水船)前往李庄,终于来到了此行的目的地——离宜宾约60里的李庄。我们一家后来在李庄住了五年半,直到1946年夏天才离开。

李庄镇在长江南岸,是一个青山绿水、树木繁茂的地方。镇南有与长江平行的起伏山脉,不太高的小山上是成片的橘林和茂密的竹林,江边有多人才能合抱的大榕树和宽阔的草场,沙土地上生长着颇有名气的李庄花生。在物资匮乏的抗战时期,这里是一个得天时地利的好地方。因此,不仅史语所和社会所、中央博物院以及营造学社等学术单位迁来了,同济大学也差不多在同一时期从云南迁来。一时间,这个小镇成了抗战时期后方人才荟萃的文化中心。

但是,李庄也是一个气候比较阴冷潮湿的地方。入川后不到一个月,母亲肺结核症复发,病势来得极其凶猛,连续几周高烧四十度不退,从此失去了健康。尽管她稍好时还奋力维持家务,继续协助父亲做研究工作,但她身体日益衰退,成为常年卧床不起的病人。

我们到达李庄后,立即前往离李庄镇约两里路的上坝村月亮田,中国营造学社的"社址"就在这里,也是我们居住的地方。我在到李庄当天的日记里写道:**我们的房很大很好,院里有芭蕉,我很高兴。我们都坐在树下,把芭蕉叶撕成一条一条的,编成凉席。晚上大家合在一起吃面,很是热闹。**

史语所在另外一个地方,叫作板栗坳,社会所在门官田,中央博物院位于李庄镇的张家祠。叔叔梁思永是史语所的研究员,

梁思成与梁再冰、梁从诫在李庄

记得母亲那个时候身体还很好,乘坐滑竿去板栗坳看望三叔,回来跟我讲:板栗坳好极了,大块大块的石板,大棵大棵的梅花、茶花,上五百五十五层台阶才到上面。这一句我写在日记里头,印象还很深。在母亲的记忆中,板栗坳不仅建筑物漂亮,环境也非常优美。

2018年,萧易根据父亲与刘致平先生应广汉邀请拍下的560张照片,写成了《影子之城》一书,将小城广汉作为中国城市布局的标本,讲述建筑与城市、建筑与中国文化的关系,也拉开了川康古建筑再次研究、调查的序幕。这几年,他重走川康古建筑调查之路,讲述了父亲与刘敦桢伯伯等人抗战年间一段鲜为人知的调查,也勾勒出了一个八十多年前的四川。照片中的很多地方,崖墓汉阙,石刻建筑,他都一一走过。零散的照片经由他之手,变成了一座座立体的建筑;八十多年的变迁在他的笔下,读来是如此亲切,却又触目惊心。

今天,我将所记得的有关四川的往事讲出来,权以为序。

梁再冰 口述　于葵 执笔

2023年6月11日

逆时代的173天

姿态优美的西桥横跨两岸，桥上行人如织，冬日西河干涸，露出河底凌乱的条石，附近的百姓在一汪汪水塘中洗衣择菜，用四川话摆着龙门阵，儿童埋头在石块中搜索着漏网的铜钱。梁思成走到桥下，凝视着西桥净跨十一米的拱券，一袭黑大衣的陈明达、手拿测绘本的莫宗江也跟了过来，夕阳将他们的影子映在厚实的桥墩上。拍摄照片的是刘敦桢，时任中国营造学社文献部主任。

这一天是1940年1月4日，南充县，照片中的西桥也称广恩桥，始建于宋代，清嘉庆年间重修。此时，梁思成、刘敦桢、莫宗江、陈明达一行已走过重庆、成都、灌县、雅安、芦山、夹江、彭山、乐山、新都、广汉、绵阳、梓潼、剑阁、广元、苍溪、阆中、南部、渠县等地，川康古建筑调查到今天已经130天了。

看似恬淡的画面背后，是一寸寸山河沦陷。全面抗战已经进入到第四个年头，就在1月4日，日本人叫嚣"无论如何，今年要解决中国事变"。而在四川，交通不易，人心浮动，城市中的古建筑年岁已久，却因战争、贫穷无力维护，纷纷走向破败。梁思成曾经不无感慨："研究中国建筑可以说是逆时代的工作。"

对于这次调查，读者或许觉得陌生，我们耳熟能详的是营造学社在河北、河南、山西等地的调查。1932年，初出茅庐的梁思成与助手邵力工前往河北省蓟县，在这个山麓小城中，发现了"充溢着唐风的梦幻般的观音阁"；1932年6月，梁思成前往调查河北宝坻县广济寺，三大士殿当时被骑兵团占据，佛、菩萨隐藏在堆积如山的稻草中，殿中没有天花板，梁思成一下子明白了宋代建筑学著作《营造法式》中的"彻上露明造"是怎么回事；[1] 1936年5月14日—6月29日，刘敦桢、陈明达赴河南进行古建筑调查，5月28日梁思成、林徽因抵达洛阳，一同考察了龙门石窟，刘敦桢记录建筑特征，林徽因记录佛像雕饰，梁思成和陈明达负责摄影；1937年5月19日—6月30日，刘敦桢又赴河南、陕西两省，几乎与此同时，梁思成、林徽因正跋涉在山西，7月5日，他们在山西五台山发现佛光寺——原来中国还有唐代木建筑！

1937年7月5日同样也是营造学社的分水岭。七天后，沉浸在惊喜中的梁思成、林徽因才在代县得知"七七事变"的消息，这也是他们颠沛流离生涯的开始。梁思成一家离开北京，先到长沙，再到昆明。1938年初，刘敦桢从老家新宁抵达昆明，他们的助

---

[1] 林洙：《中国营造学社史略》，百花文艺出版社，2008年。

手莫宗江、陈明达、刘致平先后抵达。营造学社的招牌在昆明重新挂了起来，员工也只剩下了五人，还有位不拿薪水的林徽因。

刘敦桢之子，东南大学教授刘叙杰回忆，梁思成、刘敦桢曾对学社的方向有过一次交谈，分别在手心写了两个字，打开一看，写的都是"调查"。梁思成、刘敦桢深知，只有不断地调查，才能了解中国的古建筑家底，即便战火纷飞、颠沛流离，他们仍然把田野调查作为学社的方向。

1938年11月24日，刘敦桢带着莫宗江、陈明达，在云南西北部考察了大理、剑川、丽江、鹤庆、镇南、楚雄等地的古建筑，第二年1月25日返回昆明。[1]不久，梁思成、刘敦桢又将视野投向了四川，酝酿一次更为久远的调查，因调查区域涉及四川省与西康省（1939年成立，1955年撤销），史称"川康古建筑调查"。

梁思成、刘敦桢均未回忆过考察缘起。内迁昆明后，学社的考察重心已从华北转移到了西南，放眼望去，整个中国尚未受战火荼毒的土地已经很少，四川算是其中之一。尤为重要的是，他们不止一次从法国人色伽兰、德国人柏石曼的照片中，得见四川古建筑、古遗址的吉光片羽，迫切想一探究竟。对于四川省而言，这不啻于第一次家底的大普查，此前除了偶尔有外国传教士、建筑学家进行猎奇式的调查，国人对四川知之甚少。

1939年的昆明依旧空袭频繁，营造学社搬到了昆明郊区麦地

---

[1] 刘敦桢：《云南西北部古建筑调查日记》，载《刘敦桢全集》第三卷，中国建筑工业出版社，2007年。

村一所叫"兴国庵"的小庙。8月26日，刘敦桢从瓦窑村来到昆明，购置旅行用品。在当日日记中，他写道："此次赴川，拟先至重庆、成都，然后往川北绵阳、剑阁等处考察，自剑阁再沿嘉陵江南下，经重庆、贵阳返滇。"[1]

营造学社的初步计划，是以川北金牛道沿线、川东嘉陵江沿线的调查为主。到了四川以后，他们发现抗战时期交通不便，短时间不易再来，遂不止一次调整考察计划，先是添上川南十五县，再增加大足、合川两县，行程由此多了四分之一。这也说明一个问题，营造学社最初计划的是"四川古建筑调查"，因计划变动才改为"川康古建筑调查"。

来到四川后，学社诸人一度非常失望，明末清初张献忠屠蜀，四川古建筑大多毁于兵燹，明代建筑都很少见，更别说宋元了。但四川有着丰富的汉阙、崖墓、石窟资源，学社调整方向，将这三个方面作为考察的重点。在9月18日的日记中，刘敦桢写到："川中古建筑，以汉墓阙为主要地位，盖数量为全国现存汉阙四分之三也。此外，汉崖墓遍布岷江及嘉陵江流域，其数难以算计。而隋、唐摩崖石刻亦复不少。故汉阙、崖墓、石刻三者，为此行之主要对象。"[2]

---

[1] 刘敦桢：《川、康古建筑调查日记》，《刘敦桢全集》第三卷，中国建筑工业出版社，2007年。

[2] 刘敦桢：《川、康古建筑调查日记》，《刘敦桢全集》第三卷，中国建筑工业出版社，2007年。

正如他们预料的一样，四川各地崖墓密如蜂巢，如蜂房水涡，尤以乐山、彭山两地数目最巨，乐山白崖崖墓规模恢弘，前带祭堂，镌刻着古老的汉代建筑图；彭山县江口镇一带崖墓超过四千座，不少门楣带有硕大的斗栱。"西风残照，汉家陵阙"，中国现存汉阙46座，其中大半在四川，学社考察了雅安高颐阙、夹江杨公阙、绵阳平阳府君阙、梓潼贾公阙等，而在渠县，他们在土溪场、崖峰场一带就遇见了六处七座汉阙。最新的统计资料表明，四川有石窟2134处，是中国石窟最集中的省份，营造学社考察了阆中涧溪口、青崖山，乐山龙泓寺等，这些石窟如今已全然不见踪迹。

如果说在华北考察的唐、宋、元、明古建筑帮营造学社梳理了唐代之后的建筑脉络的话，那么唐之前的建筑史如何书写？这个问题曾经在萦绕梁思成脑海中。而伴随着川康古建筑调查的深入，问题迎刃而解。梁思成提出了"佐证法"，即从汉阙、崖墓、石窟中寻找答案。梁思成《中国建筑史》中汉代部分的素材便明显倚重于四川的考察，他的另一本《佛像的历史》也对四川石窟涉猎颇多。

梁思成沿途还多有留影，我们熟悉的梁思成往往意气风发，或者与林徽因如同神仙伴侣，但照片中的梁思成却如此陌生。他灰头土脸，一脸倦容，在漫长的旅途中忍受着灰尘、阴雨、臭虫，以及日寇的空袭。刘敦桢则有记日记的习惯。带着一本《刘敦桢全集》在重走的路上，如同跟他一同远行，天气的冷暖，行路的忧乐，旅馆的简陋，县长的脸色，在他的日记中五味杂陈。学社的两个年轻人，莫宗江与陈明达，经历了华北与云南的调查，已经具备了相对完备的学术素养，在此次调查中找寻着自己的学术方向，陈明达《汉代的石阙》一文即基于此次调查完成。

1940年2月16日，结束了长达173天的调查，学社回到麦地村。梁思成、刘敦桢或许不会想到，就在当年，日军登陆法属印度支那北部，中央研究院历史语言研究所决定内迁四川，一向依赖史语所资料的营造学社也不得不随之迁徙，他们又一次来到四川，这次到了南溪县李庄——一个当时地图上找不到的地方。

来到李庄后，学社生活困顿，林徽因终日抱病在床，梁思成不得不为了些许经费奔波在重庆与李庄之间。通常认为，在李庄的营造学社已无力进行大规模调查，但照片透露了一些不同寻常的线索——此时的学社依旧利用一切条件调查古建筑：1941年春夏之交，梁思成、刘致平受广汉县邀请，参与了重修《广汉县志》的工作；同样在1941年，刘致平调查了新都寂光寺、新津观音寺等明代寺院；1941年，梁思成出任陪都建设计划委员会专门委员，8月完成了重庆府文庙修葺计划；1942年，中央研究院历史语言研究所、中央博物院筹备处、营造学社联合成立"川康史迹调查团"，对彭山县江口崖墓进行发掘；1941年与1945年，刘致平两次到成都，调查了南府街周道台府、棉花街卓宰相府、文庙后街杨侯爷府等，开中国民居研究的先河……

在李庄，梁思成开始撰写构思已久的《中国建筑史》，川康古建筑调查的雅安高颐阙、彭山崖墓、大足北山石刻、梓潼七曲山大庙、蓬溪鹫峰寺等皆收入其中。但遗憾的是，这批资料此后一直随学社辗转流离，被静静压在箱底，未能得到系统整理，也就很少有人知道这次漫长的调查。

时间来到2008年，央视编导胡劲草拍摄《梁思成 林徽因》纪录片，在清华大学建筑学院档案馆发现一个蓝布包裹，里面有560张四川广汉的照片。根据这批照片，我撰写了《影子之城》（广西师范大学出版社2018年出版），并与三星堆博物馆、成都博物馆举办了"影子之城"特展。

整理照片时，我发现梁思成先生遗孀林洙女士手中保存着一份完整的川康古建筑调查照片，数目超过3100张。经由林洙授权，在四川省文物局支持下，我与西南交通大学建筑系张宇副教授及各地文物局、文管所一起，于2019年春天开始重新调查营造学社当年考察的古建、古迹，了解它们的状态。八十年弹指一挥间，很难想象它们经历了怎样的命运。

西山观在绵阳城外凤凰山上，当年，瘦弱的道士领着他们，探访后山石窟，茂密的藤蔓遮住元始天尊俊逸的脸庞，真人的身躯掩埋在泥土中，破旧的香炉已很久没飘过香火了。如今的西山观成了西山公园，两个石包上残存31龛隋唐道教石窟，可惜的是，超过50个隋唐道教龛窟已不翼而飞，其中就有珍贵的大业六年龛。

1940年1月，梁思成一行来到蓬溪县鹫峰寺，这座寺院天王殿、大雄殿、毗卢殿均建于明代，寺院左侧，一座挺拔的宋塔拔地而起。20世纪80年代，鹫峰寺几经波折，天王殿搬迁到了赤城湖清幽岛，大雄殿先是搬到钟山，又因开发房产被拆掉，在库房中存放了几年，直到几年前才再次组装复原。

文庙、武庙、广东会馆、陕西会馆、湖广会馆、城隍庙、娘娘庙、土地庙、开元寺，壮观肃穆的牌坊，样式精巧的桥梁，不同姓氏的宗祠……两临广汉，营造学社几乎拍下了这座小城内外的所有古建筑。如今存世的却不足十处。

拿到照片时，它们仅有简单编号，比如新津观音寺，编号从1—177号，但某张是属于哪个殿堂，抑或是殿堂的哪个部分，却无从得知。更糟糕的是，许多殿堂已经从观音寺中消失，无从依据，我们只有从前人调查、村民的回忆中找寻蛛丝马迹，或者是从照片的细节中寻找关联，将不同的照片拼接成殿堂，再将殿堂组合成一个相对完整的观音寺。3100多张照片，如同一幅巨大的拼图，让我们得以用一处处石窟、一座座建筑、一处处遗迹拼接出一个八十多年前的四川。

绵阳西山观消失的50多龛造像是什么？营造学社为何每每与宋元建筑擦肩而过？大足石刻为何得而复失？新津观音寺为何从十二重变成了如今的五重？中国抗战年间规模最大的考古发掘在哪里？

川康古建筑调查的730多处古建筑、古遗址，或毁于兵燹，或没于土改，或亡于"文革"，或逝于城建，如今留存下来的已不足一半。重走川康古建筑调查之路，既是对它们命运的梳理与交代，也是对营造学社这次漫长调查的回顾——当年，他们逆时代的洪流，用了173天穿梭在巴蜀大地上，留下时代的背影。我们也在漫长的八十多年后才找寻到这段历史，经过五年的调查，我基本弄清楚了照片中古建筑、古遗址的状况，主编了《中国营造学社川康古建筑调查图录》（六册），并把这几年重走的经历，写成了这本《漫长的调查》。那些崖墓、汉阙、建筑、城市，它们，有的还在地上。有的，已只在纸上。

目 录

成渝之间 / 001
  陪都前后的山城重庆 / 002
  从明蜀王府到陈举人府 / 020
  安澜索桥 / 037
    中国第一竹索桥的前世今生

西康纪行 / 048
  "汉阙翘首"高颐阙 / 050
  芦山访古 / 063
    太守、将军与县令

沿江南下 / 078
  破镜重圆的夹江千佛岩 / 080

白崖崖墓 / 094

　　祠堂中的汉代春秋

与营造学社失之交臂的元代建筑 / 110

彭山崖墓 / 123

　　石头上的建筑史

寻找明代平盖观 / 140

北上蜀道 / 150

　　新都古寺三绝 / 152

　　　　唐塔、梁碑与明构

　　拼接西山观 / 166

　　　　中国最大的道教石窟群

　　重返金牛古道重镇梓潼 / 182

　　广元 / 198

　　　　武后皇泽千佛重影

东行嘉渠 / 218

　　阆中 / 220

　　　　穿行在唐代梵音中

南部禹迹山大佛 / 237
　　蓬溪县 / 245
　　　　鹫峰寺　定香寺　宝梵寺
　　穿行在汉阙之乡 / 263

石窟之乡 / 280
　　潼南石窟 / 282
　　　　大中八年四娘遇贼记
　　"得而复失"的大足石刻 / 293
　　濮岩寺 / 316
　　　　石窟里的合州刺史们

内迁李庄 / 328
　　板栗坳 / 330
　　　　史语所李庄往事
　　戎州故城旧州塔 / 354
　　拼接观音寺 / 365
　　　　一座明代寺院的营造与重现
　　广汉照片中的古城标本 / 387

附：部分川康古建新旧对照图

成渝之间

地图标注：
- 绵阳 11月20日
- 德阳 11月19日
- 广汉 11月18日 1941年春夏之交
- 灌县 10月6日
- 郫县 10月10日
- 新都 11月16日
- 成都 9月27日
- 新津 1941年后
- 彭山 11月5日
- 芦山 10月22日
- 雅安 10月18日
- 岷江
- 夹江 10月25日
- 乐山 10月28日
- 沱江
- 大渡河
- 峨眉 11月1日
- 宜宾 1941年后
- 南溪 1941年后

重庆 9.4 ——— 府文庙 长安寺 五福宫 温泉寺 缙云寺

成都 9.27 ——— 蜀王府 文殊院 万佛楼 周道台府 陈举人府

灌县 10.6 ——— 安澜索桥 二王庙

1939年8月27日，刘敦桢从昆明出发，9月4日抵达重庆，随后莫宗江、陈明达、梁思成也先后抵达。民国年间的重庆城中挤满了内迁的军政机构、高校，寺院、祠庙、宗祠纷纷被借用，加上日寇空袭，城中的古建筑如长安寺、五福宫损毁严重，余下的已"十不一睹"，北碚的温泉寺是保存下来的难得一见的明代寺院。9月27日，学社乘车抵达成都，以此为中转站北上南下，成都城中的古建筑以蜀王府为最早，寺院历史悠久，民居饶有特色。10月6日，学社前往灌县，调查了二王庙、安澜索桥等，横跨内外江之上的安澜索桥，堪称中国第一竹索桥。

陪都前后的山城重庆

9月4日,刘敦桢抵达重庆,随后莫宗江、陈明达、梁思成也陆续到达。重庆是学社在四川的首站,二十余日时间,考察了长安寺、五福宫、缙云寺、温泉寺、禅岩寺、府文庙等,但因建筑损毁,大多仅是惊鸿一瞥。9月26日,学社前往成都,但梁思成与重庆的缘分却没有结束,1941年,重庆陪都计划委员会邀请他培修府文庙。一纸尘封的档案揭开了这段往事。

从昆明到重庆

1939年8月27日,昆明市南屏街,一大早,滇缅路局门口就挤满了拖儿带女、背着行囊的旅客。七点半,两位文质彬彬的男子到了车站,他们是刘敦桢与金岳霖,一会儿,林徽因来了,拎着几提点心给他俩送行。九时,汽车缓缓驶出车站,经拓东路检查站离开昆明,营造学社的川康古建筑调查正式拉开序幕。[1]

出发几天前,梁思成左脚中趾被皮鞋擦伤,因有感染风险,故由刘敦桢带着相机、测绘工具与行李先行。汽车一路经马龙、曲靖、平彝(今富源县)、盘县(今盘州市)、安南(今晴隆县)、贵阳、遵义、綦江,9月4日抵达重庆。几天后,金岳霖去峨眉山游历访友,刘敦桢等待着学社成员的到来。民国年间的建筑界有"北梁南刘"的说法,"刘"便是刘敦桢,湖南新宁人,1916年赴日本东京高等工业学校留学,回国后创立中央大学建筑系,1932年秋加入营造学社,他是梁思成最亲密的同事与伙伴,也是中国最杰出的建筑史学者之一。

来重庆第二天,刘敦桢到中华教育基金会(以下简称"中基金")办事处问询经费事宜。1924年5月,美国国会决定将庚子赔款的余额及利息退还中国,当时中国军阀混战,政局动荡,遂成立由中美两国知名人士组成的中基金,将这笔钱用于资助中国的科研、文教事业,营造学社每年获得一万五千元的资助。1937年

---

[1] 刘敦桢:《川、康古建筑调查日记》,载《刘敦桢全集》第三卷,中国建筑工业出版社,2007年。

"七七事变"后,为避战乱,学社内迁昆明,梁思成给中基金董事会周诒春先生写信,请求恢复拨款。周诒春回信说,只要梁思成、刘敦桢还在营造学社,中基金将继续予以资金支持。刘敦桢闻讯,当即从湖南新宁老家赶到昆明,刘致平、莫宗江、陈明达也相继抵达,1938年初,中国营造学社的招牌终于在昆明重新挂了起来。

9月6日,学社的两位年轻人,莫宗江、陈明达乘坐的中央信托局车辆抵达重庆。9月9日,梁思成乘飞机抵达。当天,刘敦桢跟他交流了对于重庆古建筑的第一印象:城内古建筑因市容改造与道路修建,拆毁甚多,余下的"不啻太仓一粟耳"。梁思成听后,自是唏嘘不已。

重庆依山而建,嘉陵江、长江绕城而过,不规则的城池开有十七道城门,即朝天、翠微、东水、太安、太平、人和、储奇、金紫、凤凰、南纪、金汤、通远、定远、临江、洪崖、千厮、西水,其中八座是挑夫担水入城的水门。旧时重庆火灾频发,人们认为是水门洞开的缘故,遂将八座水门关闭,因此民间也有"九开八关"的说法。1939年的重庆城中塞满了内迁而来的行政机构和高校,城门、城墙正在被拆除,寺院、祠庙、宗祠纷纷被借用,古建筑已"十不一睹",仅余府文庙、老君洞、五福宫、长安寺、温泉寺、禅岩寺、缙云寺等。

9月的重庆,天气炎热,如同火炉。11日上午九时许,在市政府社会局科长余伟英带领下,学社一行提着相机、测绘工具,开始了第一天的调查。刚刚出门,街头就响起空袭警报,一行人躲进防空洞,等到中午警报解除,余伟英已不见人影,考察戛然

长安寺大雄宝殿,殿前有一卷棚顶建筑,与大殿相连。

而止。第二天清晨,学社一行雇舟到长江对岸的老君洞,刚到山脚,城中警报声又起,他们此次有了经验,知道敌机一来,城外反而安全,连忙雇滑竿往山上走,到了山上,警报也解除了。

老君洞在老君山上,曾是重庆城中最大的道观。站在山门前,一手持蒲扇、一手拿文明棍的刘敦桢,站得笔直的梁思成,戴着礼帽、一袭白衣、咧嘴笑着的陈明达,在山门前留下了第一张合影。

长安寺在金碧山上,是重庆名刹,原名"崇因寺"。明人曹学佺的《蜀中名胜记》载:"……又四十里为长安洞……相传崇因寺前居民屋内有洞,与此通,故崇因寺亦谓之长安寺也。"[1]1939年4月,作家萧红旅居重庆时曾借住于此,在《长安寺》一文中,她写道:"庄严静妙,这是一块没有受到外面侵扰的重庆的唯一的地方。"可惜一个月后,长安寺就在空袭中毁于

---

[1] (明)曹学佺:《蜀中名胜记》,重庆出版社,1984年。

长安寺接引殿莲花形柱础，上层三层仰莲，下层二层覆莲。

一旦，接引殿、大雄宝殿湮没在断壁残垣中。

接引殿莲花形柱础上方仰莲三层，下方覆莲两层，造型生动，又符合建筑身份。大雄宝殿单檐歇山顶，面阔五间，殿前有座卷棚顶建筑，这种做法，是中国古建筑常见的"勾连搭"，即两个以上的屋顶相连。大雄宝殿的面积由此增加不少，但殿内常年黑黢黢的，待到居士婆婆背着香烛走进来，点起蜡烛，那些接引佛、达摩、罗汉才露出或慈祥、或愤恚的面孔。

重庆是营造学社考察的第一站，也是调查最深入的城市之一，但80年后，想找到一处完整的古建筑，却是难如登天。从2019年开始，我数次来到这座城市，想在摩登的都城中，找寻那些"漏网之鱼"。法国国家博物馆藏了一幅《渝城图》，约绘制于1850—1900

重庆五福宫，正殿檐下斗栱第一层昂嘴往右，第二层往左，如此反复至第四层。

年间。从地图上看，从东水门往上，沿途经过猪十字、大十字、小十字，穿过打铁街，远远就能望见长安寺的照壁了。

小什（十）字是长江索道的起点，从这里出发，乘索道横跨长江，一直能到南岸区上新街。索道站旁边有一坡石梯，从这里往上走，便是昔日的长安寺，这座寺院没有留下一点痕迹。它的故事留在附近百姓的记忆中，82岁的李苇告诉我，长安寺的山门上写的是"崇因寺"，为什么会叫长安寺呢？听父亲说，重庆城外有个长安洞,传说崇因寺里的水井与这个洞相通,民间就俗称为长安寺。

长安寺的盛况,李苇也未能亲见。新中国成立后,长安寺改为学校,也就是重庆二十五中,他在这里度过了初中生涯。他说,上学那会,寺里的菩萨、罗汉早就不知去向了,只留下一口井,他跟小伙伴们时常对着里面张望,心想着有一日能从这里走到城外。

道观五福宫在通远门内,曾是重庆城的制高点。重庆东起朝天门、西起通远门的范围内曾经有三座平地而起的山峦,又以五福宫所在的山头最高,登高远眺,重庆城尽收眼底。五福宫大殿是清康熙三十九年(1700年)修的,前檐坐斗上置昂四重,第一重向右,第二重向左,如此反复调换,刘敦桢先生有"异常特别"的评价。

五福宫堂殿两重,西侧廊庑已在战火中被焚毁。1939年5月,日寇飞机在重庆上空投下数百枚炸弹、燃烧弹,四千余栋建筑物损毁,长安寺、五福宫、府文庙皆在空袭中受损。这让梁思成意识到,此次调查,不同于此前在山西、河北的考察,更像一场与日寇战火的赛跑,考察得越多,记录的标本也越多。

重庆城中的十七道城门,通远门是如今仅存的两道之一。沿着城墙步入鼓楼巷,狭窄的石板路蜿蜒通往山顶,路边的黄葛树遮天蔽日,走不多远,路过一个叫"打枪坝"的坝子,这是驻扎重庆清军的火枪操练场。从打枪坝再往上走,巷子两侧的现代楼盘一个挨着一个,这里昔日是五福宫的地盘,可惜这座道观连一点痕迹也没剩下。

温泉寺全景，民国年间存山门、接引殿、中殿、后殿等。

"偷梁换柱"温泉寺

9月14日清晨，梁思成、陈明达在城中接洽去成都的车辆，刘敦桢、莫宗江从两路口车站乘车前往北碚，在建筑学家刘福泰陪同下考察温泉寺。1927年，中央大学工学院开中国建筑系先河，也是中国现代建筑学学科的发源地，刘敦桢、刘福泰同为开创者。刘敦桢1932年加入营造学社，刘福泰则留在中央大学执教，两年前内迁重庆。故友重逢，却是物人皆非。

温泉寺在嘉陵江西岸，坐山面江，林木葱郁，据说南北朝年间即已建寺，宋代敕封为崇胜禅院，也是重庆最有故事的寺院之一——上任的官吏，郁郁不得志的诗人，风浪中谋生的商贾、船夫，路过寺院时常下舟祭拜，甚至连蒙古大汗都曾在寺中停留。

南宋年间，恭州（重庆古称）状元冯时行力主抗金，遭到秦桧打压，屡遭谪贬。绍兴二十七年（1157年），冯时行被启用为蓬州知州，到任20天又遭罢黜，路过温泉寺，写下了一首《假守蓬州视事二十日以台章罢黜行至温汤作此》，其中"人生今疹瘁，世路只歔欷。苦潦人将溺，思援手病痱。道孤谁叹息，迹寒共嘲讥。去矣犹回首，忧之欲奋飞"几句，读来令人唏嘘不已。

102年后（南宋开庆元年，1259年），蒙古大汗蒙哥领兵入蜀，兵围合川钓鱼城，准备拿下蜀地，挥师临安，对南宋王朝施以最后一击。蜀地军民在王坚指挥下婴城固守，蒙古铁骑绕城三匝，却始终无法攻破这座城池。连月的攻战不克使得蒙哥颇为恼怒，令士兵在西门修建高台，台上接起桅杆，上有木斗，想看看钓鱼城为何如此固若金汤。木斗刚升起来，城上火炮、飞石宛如雨下，桅杆被打断，蒙哥为炮风所震（也说被礌石打中），一代蒙古大汗抱憾而终之地就是温泉寺。

在长达半个世纪的拉锯战之后，南宋王朝最终咽下了最后一口气，四川寺院、道观损毁大半，温泉寺或许也毁于此时，直到明代才开始艰难重建。明人江朝宗在《温泉寺碑记》中载：

渝郡去城百里许，有山曰宝峰，山之下有峡曰大蟒，泉曰温泉。……国朝宣德壬子，有僧真金重建其宇，塑如来罗汉诸像，金饰辉煌，照人目睫。真金圆寂后，得郡之缙云山敕赐崇教寺僧永刚、徒祥海者超悟。禅宗有"一岛白云，千江明月"之概，为近寺居民所敬信，延之以续真金之绪，师徒亦欣然至止。协心共

接引殿柱础与金柱之间垫有八角形木櫍。

济，复建天王殿，说法香积二堂，前后阶墀，东西两廊以及山门桥道。凡说阙略，悉皆增置，备极完美。[1]

依此来看，明宣德壬子年（1432年），僧人真金重建大雄殿，塑起如来、罗汉像。真金圆寂后，缙云山崇教寺僧人永刚、祥海师徒先后掌温泉寺，陆续修建了天王殿，说法堂、香积堂，以及东西廊庑、前后石阶等，古老的温泉寺又迎来重生。

可惜学社一行来时，温泉寺已改建成温泉公园，围墙、廊

---

[1] （明）江朝宗：《温泉寺碑记》，见清霍为棻等修、熊家彦等纂《巴县志》，同治六年。

接引殿中供奉接引佛与四大天王像，天王像似已残损。殿中有明代石万年灯一座。

庑已被悉数拆除,园林也被划走,只留下几座破败的建筑,孤零零地散落在山间,其中一座是关圣殿。关圣殿本是山门,清乾隆四十七年(1782年)重建时供奉关帝,故而得名。清代道教关帝信仰流行,连寺院中都频频出现他威武的形象。

拾级而上,天王殿重檐歇山顶,面阔五间,梢间尤其狭窄,外檐斗栱七踩三昂,昂嘴瘦削。刘敦桢发现,天王殿前檐、山面柱础覆盆形,上垫八角形木櫍,这正是明代建筑的特征。木櫍也称柱櫍、柱珠,是柱础与木柱间的垫板,中国古建筑檐柱大多是木头材质,水分容易顺着竖向的木纹上升,影响木柱寿命,横向纹理的木櫍可以防止水分上升、保护柱身。木櫍早在殷商时期即已出现,明代南方建筑中偶有使用,清代柱础升高,渐渐取代了木櫍功能。

天王殿正中设坛,因供奉阿弥陀佛,故也称"接引殿",四大天王守护在两侧,天王上半身荡然无存,只剩下踏着战靴的双腿,殿中瓦砾遍地,桌椅散落。一座精致的石刻万年台立在中央,须弥座上刻狮、龙承托圆盘二层,绕以栏杆,中间以镂刻花卉分隔,最上部仰莲三层。梁思成对此称赞道:"各部比例,虽未能调和精当,臻于至善,然花纹镂刻,玲珑透澈,备极工巧,亦明末石刻之不易多得者。"[1]

就在这年7月,教育家陶行知创办"育才学校",在天王殿中授课20余日。学生顽皮,上课不走正门,从四面透风的山墙钻进教室。学生离开后,天王殿一时间没有用处,干脆一锁了之。

[1] 梁思成:《崇胜寺石登台及摩崖造象》,载《西南建筑图说》,人民文学出版社,2014年。

禅岩寺正殿。

缙云寺大雄宝殿前左右各有一敕赐蟠龙碑，碑外建碑亭加以保护，图为梁思成先生与僧人在碑前合影。

自改为公园后，温泉寺一蹶不振。我来到寺里时，天王殿正在维修，这座明代建筑当过学校，做过餐厅，甚至在20世纪80年代还用作歌舞厅，许多北碚人都有在这里跳舞的经历。天王殿外檐涂上暗红色，墙面涂上黄色，覆盆式柱础焕然一新，变成了圆鼓形，八角形木櫍也更换成了圆形。殿中空无一物，"文革"中，天王殿残破的佛像、天王被扫地出门，万年台也残成了几截。

大雄殿重檐歇山顶，面阔五间，结构与天王殿相似，却是屡经"偷梁换柱"。正梁"大清康熙五十三岁之甲午孟秋月望立"题记清晰可见——1714年，大雄殿曾经大修，更换了正梁。温泉寺碑林中有一通《换柱碑记》："……无如中殿未久，而井口一柱，忽遭蚁毁，僧因前功浩大，恐遭摧折，于是叩化合州居士印正芳，发心补柱一根，遂捐货二十二两以换一柱。"雍正十三年春（1735年），大殿破败，居住在合州（今重庆合川区）永清里一甲的居士印正芳、郭氏，与几个儿子、儿媳一起，捐资换了一根井口柱。

许是温泉寺是重庆少见的明代建筑，9月19日，刘敦桢、梁思成又前往测绘，抄录碑文，在寺院西南隅意外发现了几个镌刻着罗汉的石包，其中一尊双目圆瞪，张口露齿，身旁有浅浮雕的飞龙。"文革"中，罗汉头颅被凿掉，20世纪80年代陆续恢复，这尊怒目的罗汉，变成了一个大胡子。

温泉寺附近还有两座明代寺院，一是禅岩寺，一是绍隆寺。禅岩寺在嘉陵江对岸，坐落在大片竹林中，台基两层，面阔三间，明间尤其宽敞，走上前一看，斗栱已经被换掉，但额枋上低矮的蜀柱、再承接平板枋的做法，在明代四川颇为常见。绍隆寺建于明成化年间，刘敦桢进去一看，正殿只剩下两根金柱还是

重庆府文庙,民国年间棂星门、戟门、大成殿、崇圣祠、奎里阁、明伦堂等尚保存完整,图为大成殿。

明代旧物,其他构件均在历代维修中被更换,失望之余,居然都没有按下相机。在漫长的岁月中,就连这些山间的明代建筑也难熬过王朝的更迭、频繁的战火、潮湿的气候。营造学社考察后不久,禅岩寺、绍隆寺便消失了。

当晚,刘敦桢、梁思成留宿温泉寺附近的旅馆。日寇连日轰炸重庆,成千上万的民居毁于炮火,无家可归的难民从废墟里扒了些被褥、床席,就在公园里生活。入夜,对岸的重庆城灯光渐渐熄灭,公园中小孩的哭闹声、老人的叹息声此起彼伏。战争之殇,如同魔咒一般缠绕着重庆城。

府文庙培修计划

9月25日,学社众人终于在重庆公管局打探到明日有车前往成都,第二天上午乘坐卡车离开了重庆。但梁思成与重庆的缘分并没有结束,重庆市档案馆近年发现了一份《重庆文庙修葺计划》12页手稿,撰写者正是梁思成。

重庆城中有两座文庙,一是巴县文庙,一是重庆府文庙。巴县文庙在县庙街,规模不大。府文庙在临江门内,也就是梁思成手稿中的重庆文庙。它由泮池、棂星门、戟门、大成殿、奎星阁、崇圣祠等构成,远远就能看到高耸的奎星阁,五层六边形,翼角上翘,如同一只姿态轻盈的飞鸟。大成殿面阔七间,殿前月台三层,每层围以栏杆,肃穆壮观。

地处寸土寸金的闹市,民国年间府文庙一直命运多舛。1932年,泮池被填平,在上面建起了公共体育场;1934年,崇圣祠在一场大火中被焚毁；1939年修公路，文庙又被拦腰穿过。学社一行来时，残留下来的古建筑则被兵役署、特务团、卫生所等单位占用，庙内空地见缝插针建了不少临时棚屋，人声嘈杂，污水横流，连大成殿门前都晾晒着衣裤。

1940年，重庆正式成为陪都，次年三月陪都建设计划委员会成立，孔祥熙任主任，负责重庆城市规划、公共设施建设、古建筑维修。孔祥熙上任伊始即热心府文庙的修缮，营造学社迁入李庄后，梁思成时常到教育部申请经费，孔祥熙遂请他出任陪都建设计划委员会专门委员，制定重庆府文庙的修葺方案。[1]

梁思成再次来到府文庙，进行实地勘察，因李庄与重庆间往来不便，遂委托建筑事务所——基泰工程司先行勘测。8月，基泰工程司的测绘图纸寄到李庄，孔子圣诞日这天（农历八月二十八日），梁思成完成规划，提出两步方案，先是暂时计划，再是永久计划。在给孔祥熙的信中，他如是写道：

> 鑫见拟分修葺工程为暂时计划及永久计划两步，目前先实行暂时计划，以足蔽风雨保持现状不再浸漏，但求庄严整洁为目的，其近岁添建之房屋席棚等一律拆除，其已完全炸毁部分及琉璃瓦装修雕饰等部分拟暂缓补配，盖暴敌继续轰炸我陪都，诚恐孔庙难免再三被炸之厄，故拟先修葺至此程度为止，待战事结束以后，再行实行永久计划。永久计划以恢复孔庙古建筑原状为原则，在外表上须尽力求其恢复原状，但在工料方面则宜尽量采用

---

[1] 张峰：《一份沉睡70年的手稿》，载《群言》，2016年第1期。

力学上之新智识及新材料，以匡救我国古式结构法上之弱点而求其永固。[1]

暂时计划是将府文庙附加的建筑拆除，恢复本来面目，进行基础维修，使之能挡风遮雨；永久计划是按照中国文庙的布局，恢复文庙消失、受损的建筑。由于日寇正在轰炸重庆，梁思成先生建议先实施暂时计划。在计划中，他详细介绍了修复步骤——拆除棂星门前兵役署的房间、戟门前卫生所的公共厕所、戟门内兵役署堆放货物的席棚等；戟门东北、西南两角被炸毁，被毁石柱按照原状以钢筋水泥柱替代；大成殿架梁相对完整，但槛窗、格扇缺损严重，应找木匠补齐，屋瓦翻新尽量使用旧瓦，不足部分再用新瓦。

1941年9月，行政院拨款18万余元用于府文庙修复，第一步自然是搬出文庙中的行政机构，但它们均以无处可去为由迟迟不肯搬迁。1942年，陪都建设计划委员会突然被裁，府文庙修复计划不了了之。不知道梁思成日后到重庆，是否再见到过府文庙？它日渐破败，如同一个不合时宜的老人在城市中茕茕孑立。

20世纪50年代，在日新月异的城市建设中，府文庙南半部分建起了大众游乐场，此后又修起了重庆解放碑的地标建筑——国贸中心，北半部分如今被重庆二十九中占据，今二十中校门外三岔路口，就是昔日的奎星阁。这座承载着儒家荣光的建筑，几乎没有留下任何残砖片瓦。营造学社考察时的重庆，古建筑宛若"太仓一粟"；如今，就连这仅存的"粟"，也是无处可寻了。

---

[1] 胡懿：《湮没不闻的梁思成重庆文庙修复计划》，载《世纪》，2016年第6期。

从明蜀王府到陈举人府

川康古建筑调查中,营造学社前后在成都停留了20余日,北上灌县,南下雅安,也以成都为中转站。历代王朝在这座城市中留下了诸多古建筑、古遗址——明代蜀王府,清代文殊院、昭觉寺、草堂寺等,明蜀王府嘉量楼堪称孤品,文殊院的格扇则是琳琅满目。1941年,营造学社另外一位成员刘致平也来到成都,将街头巷尾的周道台府、陈举人府作为调查对象。

漫长的调查

王府 明蜀王府的断壁残垣

9月26日,天还没亮,细雨淅沥,学社一行雇了几乘滑竿,冒雨前往重庆两路口汽车站。挤了两辆没挤上去。等了两小时,八点半才挤上一辆货车,车上坐了三十余人,蜷伏在货箱间,几乎不能动弹。货车一路经荣昌、隆昌、内江、资中,途经青木关(今重庆青木关镇)时,大雨倾盆,衣衫尽湿。途经简阳,路途颠簸,一名乘客不慎被甩下车,当即人事不省。路途艰辛,可见一斑。[1]

第二天下午5点,货车抵达成都牛市口车站,梁思成、刘敦桢等从东门入城,寓居春熙路中国青年会。成都古称锦官城、蓉城,民国年间城墙环绕,设有东门迎晖、南门江桥、西门清远、北门大安四道城门,城内古建筑众多,比如城中心的明蜀王府、清真寺,城东南的望江楼,城北的文殊院、昭觉寺,城西的草堂寺,以及散落在街巷中的周宅、陈宅、彦宅等民居。"很多的建筑物合起来,就变成了一个城市。建筑与建筑之间留出来走路的地方就是街道。城市就是一个扩大的综合性的整体的建筑群。"[2]在《祖国的建筑》一文中,梁思成如是写道。自然,不同历史时期的建筑,也会在城市里沉淀,容纳着这些建筑的城市也会由此变得更加丰富、厚重。

---

[1] 刘敦桢:《川、康古建筑调查日记》,载《刘敦桢文集》第三卷,中国建筑工业出版社,2007年。

[2] 梁思成:《祖国的建筑》,载《梁思成全集》第五卷,中国建筑工业出版社,2001年。

蜀王府是成都城中最古老的建筑之一。明洪武十一年（1378年）正月，明太祖朱元璋将十一子、七岁的朱椿分封到成都。洪武十五年（1382年），景川侯曹震奉"蜀之为邦，在西南一隅，羌戎所瞻仰，非壮丽无以示威仪"之谕，在成都营建蜀王府，历时八年方才完工。

蜀王府中轴线上依次分布着端礼门、承运门、承运殿、圜殿、存心殿、王宫门、广智门，端礼门是南门，其他三面设有广智、体仁、遵义三门，如同一个被拉得竖长的巨大"回"字，书写在成都城中心。"回"字的外框是萧墙，内框是宫墙。萧墙是宫殿的矮墙，成语"祸起萧墙"的"萧墙"便是指此。蜀王府萧墙长的一边达1200米（东西垣），短的一边也有600米（南北垣），萧墙与宫墙距离约200米，里面是王府的园苑，遍植名花异草，亭台楼阁穿插其中。蜀王府的布局与故宫极为相似，只是规模缩小，堪称小一号的故宫。伴随着明太祖将子子孙孙分封到各地为藩王，这些皇室建筑也渐次出现在大明王朝的州府之中。四川著名作家李劼人这样描述蜀王府的范围：

北起今天骡马市街，南至今天红照壁街，东至今天的西顺城街，西至今天的东城根街。以今天成都街道来看，恰在城中心占了个大长方形地方。[1]

---

[1] 李劼人：《成都历史沿革》，见成都市文学艺术界联合会 李劼人研究学会编：《李劼人研究2007》，巴蜀书社，2008年。

1644年，八大王张献忠的大西军攻入成都，末代蜀王朱至澍跳井自尽。张献忠以蜀王府为西王府，登基称帝，改承运门为承天门，承运殿为承天殿。两年后，他纵容手下将这里付之一炬。传承了两百余载的巍峨王府，生活在其中的十世（13位）蜀王，与明王朝一起消失在了历史深处。

清康熙四年（1665年），荒草丛生的蜀王府被改建为贡院，作为乡试考场，修建了密如蜂巢的考棚，承运殿殿基上建起了致公堂，承运门基址上修了明远楼。明远楼三重檐歇山顶，也是整个贡院的中心。可惜1939年6月，日寇轰炸成都，致公堂与明远楼皆毁于战火，蜀王府又成了一片废墟。

带着失之交臂的遗憾，学社一行走进蜀王府旧址，这座命运多舛的古建筑仅剩下端礼门、承运门、承运殿基址掩映在荒草之中。承运门前后有踏道，踏道与台基连接处施半圆券，以通明沟，"自南京明皇极门外，国内所存唯此一例而已"。[1]承运殿殿下石台两重，螭首、圭角等图案风化斑驳，却带着标准的明代气息。

令梁思成欣喜的是，承运门基址前还残留了一座明代石嘉量楼，单檐歇山顶，檐下斗栱、格扇清晰可见。嘉量是古代量器，王莽篡汉后，为统一全国度量衡，命人依照学者刘歆的考订，将斛、斗、升、合、龠五种量器合为一器，取名"嘉量"。清乾隆年间，民间得到一只王莽时代的嘉量，献给朝廷，乾隆皇帝令人仿造四只，三只放置在北京故宫午门、太和殿、乾清宫前，另外

---

[1] 梁思成：《明蜀王府故基》，载《西南建筑图说》，人民文学出版社，2014年。

营造学社考察时,蜀王府明承运门基址、承运殿旧址、嘉量楼尚存,图为明代嘉量楼。

一只安放在沈阳故宫崇政殿前,与日晷相对,建楼供奉。

明代嘉量楼在中国堪称凤毛麟角,走南闯北的营造学社没想到在成都遇见了这件孤品,它也意味着明代藩王府中已设立嘉量楼,作为国家统一的象征。可惜民国年间,嘉量早已不知被谁取走了,这座精美的石嘉量楼,如今也像蜀王府一样消失无踪。

寺院 文殊院的多变格扇

民国时期的成都城中寺院、祠庙林立,文殊院、大慈寺、昭觉寺、草堂寺、青羊宫、娘娘庙、城隍庙、马王庙等分布在大街小巷,庇护着城中百姓,也是城市建筑的重要组成部分。

9月29日下午,学社前往北门外的文殊院。这座古老的寺院,隋代就已出现在成都城中,伴随着城市兴衰几经浮沉——唐宋称信相院,明末寺毁,清康熙三十年(1691年)重建更名为文殊院,道光年间大事修葺,奠定了寺院格局。

民国年间的文殊院存山门、钟鼓楼、三大士殿、说法堂、大雄宝殿、藏经楼,辅以两庑的伽蓝殿、禅堂、客堂、斋堂等。藏经楼是文殊院最恢宏的建筑,道光四年(1824年)重建,两年后完工,前檐十二根柱廊拔地而起,如同古希腊建筑一般宏伟。梁思成评价:"全寺规模,在当地佛寺中虽非最巨,但堂殿廊庑,精洁整饰,远过他刹,僧规亦较严肃云。"[1]

在成都人心目中,文殊院是座温暖的寺院,每年的腊八节,寺院会熬上热气腾腾的腊八粥,陪着成都人度过寒冬。文殊院也是座幸运的寺院,中轴线上的古建筑大多留存到了今天,堪称成都结构最完好的寺院之一。文殊院的一大特色,是寺中琳琅满目的格扇。当年,梁思成对此也是赞不绝口:

> 寺内窗棂式样,颇富变化;计有网文菱花,方格菱花,码三箭,井口字文,及亚字,卍字,田字,八方菱花,四斜球文,如意文等合组之棂格多种。[2]

---

[1] 梁思成:《文殊院》,载《梁思成西南建筑图说》,人民文学出版社,2014年。

[2] 梁思成:《文殊院》,载《梁思成西南建筑图说》,人民文学出版社,2014年。

文殊院三大士殿改建于嘉庆二十年（1815年），图中穿廊今已不存。

文殊院大雄殿前檐西次间格扇。

文殊院大雄宝殿梢间槛窗，格心龟背如意锦。

中国古建筑门窗一般不承重，恰好给了工匠施展手艺的机会。大雄宝殿前檐明间格扇形如蛛网，梢间格心貌似龟背；后檐明间格心似菱花盛开，次间又变换成了八方菱花。文殊院的格扇，不仅不同的建筑形式各异，就连同一建筑的前后檐，甚至明间、次间、梢间也不尽相同，堪称格扇的博物馆。

城西的草堂寺也是座千年古刹，隋代称桃花寺，宋代称梵安寺，因与诗人杜甫的草堂相邻，又称草堂寺。梵安寺虽是一介寺院，宋时却是成都人游玩的好去处。宋人任正一的《游浣花记》载，每年农历四月十九日，成都人身穿华美的衣服，相约出锦官门，走上十里到梵安寺，再游览杜甫故居，继而畅游百花潭。成都寺院与百姓似乎并无距离，另一座大慈寺常年三教九流会聚，尤其以七夕夜市盛况空前，灯火辉煌，人山人海。

可惜这座千年古刹，明末亦毁于战火，清康熙三十年梵安寺重修正殿，同治年间又建了座万佛楼，曾是成都西门第一高楼。营造学社来时，万佛楼掩映在树林中，在树丛中露出高挑的翼角，大有"如鸟斯革，如翚斯飞"的意境。万佛楼四层八角形，攒尖顶，楼中供奉佛像四尊，称四面佛，彩绘小佛八千余尊。

与成都城里的许多寺院的命运一样，草堂寺也悄然消失在了城市中，它的一部分被今天的杜甫草堂占据，流水萦回，小桥勾连，来来往往的游客记住了杜甫的"草堂"，却不记得这里曾经有座"草堂寺"。今草堂寺东面楠木林中，矗立着一座万佛楼，修建于2005年，重修时在地下挖出了24个石柱础，平面呈三个规则的八角形，这便是营造学社考察的那座"万佛楼"的遗物了。

29日晚，四川教育厅厅长郭有守招待刘敦桢、梁思成一行，

万佛楼为四层八角形木楼阁，攒尖顶，楼中彩绘小佛八千余尊，故称万佛楼。

晚宴不久便听到空袭警报。从此，跑警报也成了他们在成都的家常便饭。10月2日深夜，刘敦桢被警报惊醒，随着汹涌的人流跑出新南门，急促的警报声回响在成都上空。2时，日寇飞机自西掠过，在成都上空投弹，火光冲天。凌晨4点，空袭警报方才解除。1939年，日寇曾四次轰炸成都，又以6月11日的轰炸最为惨烈，数千间民居成为焦土，明远楼、致公堂也在当日毁于炮火。

民居 一位僭越逾制的成都举人

抗战年间高校纷纷内迁，梁思成、刘敦桢在成都碰到了不少旧交。9月30日，金陵大学教授、金石学家商承祚在南大街宴请学社一行，史学家顾颉刚、林名均、蒙鸿诸也参加了宴会，席间聊起新津宝资山、江口镇汉代崖墓众多，新津观音寺毗卢殿有明代壁画。这里的江口，其实属于彭山县（今眉山市彭山区），11月4日，刘敦桢、莫宗江慕名来到江口镇，连绵起伏的山间隐藏着4000多座崖墓，龛楣硕大的斗栱向他们展示了汉代建筑的风貌。

在成都20余日，营造学社还考察了昭觉寺、青羊宫、民众教育馆，观摩测绘了华西大学博物馆收藏的汉代陶楼。在少城公园民众教育馆，他们看到了展出的南朝造像，出自城中万佛寺遗址，其中一尊背面有"中大通元年六月乙酉…………敬造释迦像一尊……"题记。"中大通"是梁武帝萧衍的第四个年号，中大通元年为529年，这也是中国少见的南朝佛像，梁思成不禁发出感慨："故此所藏，无殊球璧，其足瑰宝，固如何耶！"

10月10日，学社从灌县返回成都，准备雇车前往雅安，打听到13日有卡车到雅安，但连日赶路，莫宗江右脚肿痛，只得暂缓出发。没想到这一等就是五天。成都的古建筑、遗迹已考察得差不多了，他们又把目光投向了民居。

成都大街小巷，民居鳞次栉比。四川有句俗话，叫"摆龙门阵"，意思是在大门口聊天，龙门就是大门。成都民居龙门饶有特色，大的三间，小的一间，饰以金箔，雕刻蹲狮，刘敦桢如是总结：

> 成都民居之大门，小者一间，大者三间，皆以挑梁自柱挑出一米（一架）或二米（二架）不等。挑梁之前端，则施以莲柱及各种雕饰，敷以金箔，外观自成一格。而三间者，其中央一间之屋顶特高，尤壮丽可观。[1]

关于民居，梁思成曾在《中国建筑史》中写道：

> 住宅建筑，古构较少，盖因在实用方面无求永固之必要，生活之需随时修改重建。故现存住宅，胥近百数十年物耳，在建筑种类中，唯住宅与人生关系最为密切。[2]

民居留存下来的古物不多，建筑学家也很少重视，而营造学社有位建筑学家，却偏偏对民居有着浓厚兴趣，他就是刘致平。

---

[1] 刘敦桢：《川、康古建筑调查日记》，载《刘敦桢全集》第三卷，建筑工业出版社，2007年。

[2] 梁思成：《中国建筑史》，百花文艺出版社，2003年。

周宅，也称周道台府，是成都城中典型的官僚府第。

1940年，学社从昆明迁徙到李庄后，承担了中央博物院筹备处川康地区古建筑研究的课题，其中不少调查工作便是刘致平完成的，而他的调查，又以民居为主要方向。

1941年夏天、1945年秋天，刘致平两次来到成都，考察了双栅子街朱宅、南府街周道台府、棉花街卓宰相府、文庙后街杨侯爷府、犀浦陈举人府、茶店子叶家院子、东城根街刘宅等，又以周道台府与杨举人府的调查最为详致。

周道台府在成都南府街北，是清代修的官僚宅第。龙门一间，双挑出檐，门上绘着比真人还高的门神——神荼、郁垒。龙门看起来不起眼，内部却别有洞天，背后有条幽长的宅巷，左右各有一个四合院。四川的大户人家，常常在龙门背后建四合院，作为对外治事、下人居住的场所。

从龙门左拐，便是二道龙门，门前有砖砌照壁，既遮挡视线，也有风水上的考虑。迈入二道龙门，一条小径通往正厅，左右各有一座种植铁树的花台，以及太平缸一口。正厅五间，与左右耳房相接，耳房前檐略低，叫"天井三檐平"，后面带有卷棚，这是主人宴会的场所，偶尔也邀请戏班子来唱戏。正房五间，天井中铺着整齐的石板，摆放名花异卉。

周道台府的独特之处，在于宅子左侧别有洞天，主人营造了一座华丽的私家园林。花园之中，楼阁上下两层，花脊歇山顶，二楼有美人靠，可以欣赏园林景致。花厅是主人品茗、饮茶的场所，厅后有水池一方，假山叠翠，亭台轩榭。刘致平感慨：

这座房确是清代大官僚的典型住宅。它有舒适的花园，壮丽

陈宅修建于清代中叶，又名陈举人府或陈家桅杆，门前有桅杆两根，表明宅中曾有人高中举人。

陈宅正厅，行人由左右山墙巷道出入内宅。

的正厅正房。还有地台穿房，两道大门，左右小院房舍，以及磨砖雕花，一切布置全是在表示主人的权势及趣味。[1]

1945年，刘致平再来到周宅时，正房、耳房、花园已在日寇轰炸中受损，光秃秃的房架袒露在外面，主人家不知去向，房屋分给了几户人家居住。这户豪华的官僚府第，就这样走向了衰落。

在成都，刘致平时常遇到空袭，别人听到空袭警报，往城外跑时带的是家人和金银细软，刘致平带的是钢笔、笔记本、卷尺。女儿刘进回忆，农村乡民对城内的逃难者很是客气，常常邀请他们到家里喝杯热水，刘致平先递上名片，征得主人同意后，就开始对着民居拍摄、测量，跟主人攀谈，了解民居历史。刘致平有个绝活，他从前门开始画图，沿着房屋考察一圈，出后门时草图就绘制好了，且线条流畅，比例准确。

陈举人府在成都西郊犀浦，也叫陈家桅杆，门口竖立两根桅杆，意味着家里曾有人高中举人。陈府虽地处郊外，却处处"僭越逾制"。正房居然有九间，中央五间尤为高大。中国民居的正房不过三五间，九间之数，历来只有皇家宫廷才用，天高皇帝远，陈宅的主人似乎并不在乎这些规矩。陈宅右侧有一片大花园，四面走楼、八角亭、花厅一应俱全，四面走楼围成一个天井，上下两层，走楼距正宅七八米，主人修建了两座天桥，从正宅过来，在桥上可以欣赏花园景色，下人只能从桥下走。刘致平不禁感慨："这些布置说明宅主人是个很不守清代法制的人。"

---

[1] 刘致平：《中国居住建筑简史》，中国建筑工业出版社，1990年。

在四川，刘致平调查了大小住宅一百余所，仔细测绘六十余所，足迹遍布成都、灌县、广汉、乐山、荣县、夹江、彭山、威远等地，堪称中国民居研究的开拓者。民居修建时随意，使用时又经常维修翻新，比起文庙、会馆、寺院等公共建筑更难留存，刘致平在四川考察的民居，几乎没有一座保存到今天。

相比县城，城市中的古建筑命运更为坎坷。1968年12月蜀王府被拆除，在原址建起了毛主席像；万佛楼中的八千尊佛像被一一凿毁，宏伟的楼阁轰然倒塌，和尚走的走、散的散；偌大的草堂寺渐渐融于杜甫草堂中；周道台府、陈举人府、卓丞相府、杨侯爷府等民居，也悄然从城市里消失。营造学社在成都拍摄的古建筑，如今仅有文殊院、昭觉寺、清真寺还在城市中苟延残喘。那个20世纪40年代的成都，永远停留在了学社的镜头中。

安澜索桥

中国第一竹索桥的前世今生

10月6日,学社一行经郫县(今成都市郫都区)抵达灌县(今都江堰市),寓居文庙街中国旅行社招待所。在灌县期间,他们考察了伏龙观、二王庙、常道观、朝阳洞、奎光塔等,并测绘了安澜索桥,这座当时中国最大的竹索桥长330余米,宛若一条游龙横跨在外江、内江上。安澜索桥宋代称"评事桥",清代称"夫妻桥",不同年代,索桥的孔数、竹索的根数也时有变化。

宋代评事桥

织箽匀铺面,排绳强架空。染人高晒帛,猎户远张罝。薄薄难承雨,翻翻不受风。何时将蜀客,东下看垂虹?

南宋淳熙四年(1177年)正月,南宋著名诗人范成大因病辞去四川制置使、成都知府一职。同年五月,他从锦江顺舟而下,经彭山、郫县,到永康军(灌县),游历青城山,参拜都江堰,在见到安澜索桥后,写下了这篇《戏题索桥》。范成大还详细观察了索桥结构,在《吴船录》一书中如是记载:

既谒谢于庙,徜徉三楼而返。将至青城,再度绳桥。每桥长百二十丈,分为五架。桥之广,十二绳排连之。上布竹笆,攒立大木数十于江沙中,辇石固其根。每数十木作一架,挂桥于半空。大风过之,掀举幡然,大略如渔人晒网、染家晾彩帛之状。

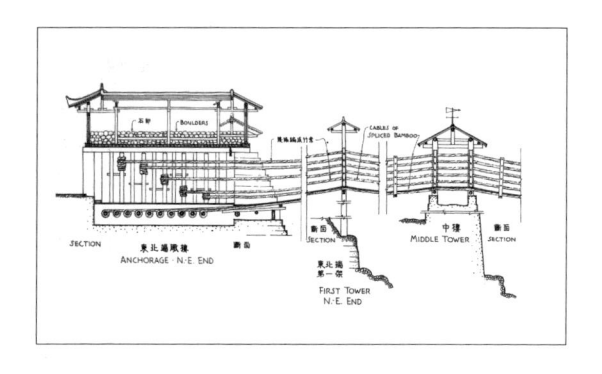

安澜索桥远景,营造学社拍摄的索桥重修于1934年。

又须舍舆疾步,从容则震掉不可立,同行皆失色。[1]

范成大从崇德庙(即二王庙)前往青城山,路过索桥,桥长一百二十丈。宋代的一丈合今3.168米,当时的索桥长约380米,可谓恢弘。桥分五架,以巨木立于江中,其下以石头加固,绳索十二根并排悬于木架上,上铺竹笆。江风吹拂,索桥晃动,过桥者无不目眩神摇。

宋代的索桥也称评事桥。宋淳化元年(990年),时任大理评事的梁楚主持重建。大理评事是大理寺属官,掌断刑,正八品。

---

[1] (宋)范成大等:《吴船录及其他二种》,中华书局,1985年。

重建完工后，百姓便以梁楚的官职命名为"评事桥"。这似乎说明，早在宋初索桥即已修建。

但索桥的历史或许更为古老。蜀郡守李冰修造都江堰后，商旅行贾往来不绝，岁修时运送材料，无不需要桥梁往来。四川河流密布，沟壑幽深，落差极大，至迟在秦汉时期，竹索桥就已广泛使用。李冰时期成都锦江之上曾有座夷星桥，就是竹索桥。此桥又名"笮桥"，得名于笮人，这个部族历来以善于制竹索桥闻名，并凭借此手艺行走江湖。

清代夫妻桥

竹索桥时毁时建，明代末年再次毁于战火，清初邑人无力重建，在渡口以木船渡河，然江河宽阔，恶浪滔天，木船往往险象环生。清嘉庆八年（1803年）五月十五日，一艘满载行人的渡船被巨浪掀翻，100余人葬身鱼腹。灌县私塾先生何先德听闻此事大为悲愤，找来工匠勘察地形，向官府申请重修索桥。都江堰市大观乡曾发现一通何先德墓碑，高1.6米，宽0.86米，他祖上是贵州大定府人，清乾隆年间迁入灌县，乾隆五十年（1785年）在灌县置产，传及何先德已是三代。何先德孝顺双亲，为人正直，在乡民中颇有声望。[1]

中国人历来以修路建桥为善举，在何先德倡议下，百姓纷纷捐出银两，索桥次年九月破土动工。新建成的索桥长九十四丈，

---

[1] 四川省地方志编纂委员会:《都江堰志》,四川科学技术出版社,1993年。

高七丈,宽八尺,清代的三丈合今十米,此时的安澜索桥长约313米。行人无须再从渡口冒险渡河,故称之为"安澜桥",又感念何先德夫妻修桥之功,因此命名为"夫妻桥"。

深感盛情!端只为半句留言常系心,最苦是凄风苦雨,子夜深深,游魂儿几度入梦魂。只见他瘦影儿若现若隐,泪痕交错,咽喉儿哽,似气,似恨,或是嗔?似责我言而无信,不践前盟;似怨我志不坚韧,有负乡邻;似气,气我忍见渡头流氓逞凶狠;似恨,恨我忍听江上行人呼救声;似乞怜,似哀恳,好叫我难猜他眉宇蕴藏一片情。总被鹃啼惊梦醒,醒来时,孽债如山压我心!

川剧这折《夫妻桥》,便是以何公夫妻修桥的故事改编的,何娘子悲戚的唱词,道出了夫妻二人修桥的艰辛。何公倡议修桥,触犯了渡口把头曾锡武与地痞范幺么的利益,他们勾结官府,暗中破坏,即将完工的索桥毁于风雨之夜,何先德被押送到法场问斩。何娘子继承先夫遗志,百折不挠,最终修成了安澜桥。其实,时任灌县知县的吴昇对修桥之事颇为支持,何公也未曾屈死,嘉庆年间才安详去世。戏剧之言,终究是过于戏剧化了。

清光绪十三年(1887年)初秋,安澜索桥毁于洪水,灌县知县朱樾卿倡议再建,桥长九十丈、高二丈五尺;光绪二十年(1894年),桥毁于大火,知县吴之英又领着百姓重建。[1]战争、

---

[1] 都江堰市文物局编著:《都江堰市文物志》,四川科学技术出版社,2019年。

安澜索桥长336余米，建竹索桥十间，各桥跨度根据河床状况因地制宜。

洪水、火灾，历史上的安澜索桥屡建屡毁，又屡毁屡建。

从七孔到十孔

10月6日上午六时一刻，学社一行前往成都老西门外车站，等了两个小时，才等到公路局的木炭车，十一时抵达灌县，寓居在文庙街中国旅行社招待所。放下包袱，马不停蹄赶到伏龙观，伏龙观地处玉垒山麓，由老王殿、铁佛殿、玉皇殿等建筑构成，因地制宜，错落有致。

归来时间尚早，下午四点，梁思成、刘敦桢等又前往安澜索桥。岷山层峦叠嶂，俨然黛色；岷江奔腾而下，动波激石。雄

安澜索桥因桥身较长，需要多重桥架分担负荷，除中间桥架以石砌成外，其余为木架，下垒卵石，上建简易屋顶。

安澜索桥中央桥架以石砌成，上建木楼。

踞江心的鱼嘴将滔滔江水一分为二，西边的称外江，江水直奔长江；东边的称内江，滋润着古老的成都平原。安澜索桥则如同长龙一般，横亘在内江、外江上，也是中国规模最巨的竹索桥。

营造学社之前，曾经有两位前辈来过都江堰——德国建筑学家柏石曼与美国地质学家张柏林。1908年8月30日，柏石曼从成都来到灌县，拍下了安澜索桥存照。当时索桥桥身七孔，除两岸第一孔外，每孔跨度极长；两岸桥头堡以石砌成，外江第二个桥架也是座石楼，其余几间为木架，夏季河水充沛，木架下部淹没在水中。1909年，张柏林也来到都江堰，当时的索桥依旧是七孔。

但学社拍下的安澜索桥有着明显区别：桥长336米，分十孔。岷江两岸各有桥头堡一座，以条石砌成，上覆木质城楼；鱼嘴口附近也建有一座石楼，以此为中点，东西各建有四座木架；竹索桥横贯其间，以木架、桥头堡为支点，故桥分十孔。细观每座木架均以五六根巨木支撑，上覆简单屋顶，下垒卵石。木架位置因地制宜，两木架之间短者七八米，长者五十余米。木架上，十根粗大竹索贯通东西，上铺木板为桥面。每根竹索以三根直径约10厘米的竹缆组成，两头绕在两岸桥头堡内的横梁上，横梁选用粗巨圆木，每根对应一索，梁上有把手，可以调整松紧。

柏石曼、张柏林与营造学社拍摄的安澜索桥，似乎并非同一座。1933年8月25日，茂县叠溪发生7.5级大地震，山岩崩塌，岷江为之阻断，10月10日，干流小海子溃决，洪水冲毁飞沙堰、人字堤与安澜索桥。营造学社拍摄的十孔索桥，应是地震后重修的。

梁思成记载，民国二十八年（1939年）安澜索桥有竹索十根，民国三十年（1941年）更换为九根，[1]而宋代范成大看到的索桥则有十二根，可见历代重建、维修时竹索根数时有变化。不仅如此，索桥孔数也不固定，宋代五孔，晚清七孔，民国已变为十孔了。

竹索上铺木板，以利行人通行，两侧各有竹索五根，每隔一两米贯以木板两枚，夹着竹索以为栏杆。民国年间的索桥，走在上面是何种感受？1942年8月，作家老舍游览青城山，路过安澜索桥，在《青蓉略记》一文中，他写道：

> 竹索桥最有趣。两排木柱，柱上有四五道竹索子，形成一条窄胡同儿。下面再用竹索把木板编在一处，便成了一座悬空的、随风摇动的大桥。我在桥上走了走，虽然桥身有点动摇，虽然木板没有编紧，还看得到下面的急流——看久了当然发晕——可是绝无危险，并不十分难走。

安澜索桥长达三百余米，但桥身选用较轻的竹索，自重较轻，行人走在上面，桥身虽然随风摇晃，但竹索坚韧，不易折断，颇符合力学原理。桥梁专家茅以升将其与广东的广济桥、福建的洛阳桥、江西的宝带桥、陕西的灞桥同誉为中国五座名桥：

> 这座桥，以竹为缆，以木为桩，都是就地取材。与都江堰的水利工程相似，用竹笼装石，筑成堤堰，用竹木绑成三脚架的

---

[1] 梁思成：《珠浦桥》，载《西南建筑图说》，人民文学出版社，2012年。

'杩槎',放在水边,堆上黏土,成为临时挡水坝,费省效宏,简单易行。足见历代劳动人民的巧思高艺。[1]

都江堰水利工程的一大精巧设计,便是杩槎与竹笼的运用。当内江用水不敷时,需在外江河口立下一定数量的杩槎封堵,以增加内江引进流量,杩槎就地取材,由竹、木、卵石、泥土构成。[2]竹笼也称"笼石蛇",将竹子制作成长短不一、粗细不等的竹笼,在里面填上卵石,用以护堰、作堰。

杩槎、竹笼的主要材料是竹子,都江堰附近竹林密布,遍植雷竹、方竹、楠竹。古人因地制宜,将竹运用到治水之中,这也是都江堰水利工程的一大巧思。横跨在内江、外江之上的竹索桥,则是古人对于竹的又一次伟大运用。竹子受气候影响,淋雨了容易伸长,干燥了又容易收缩,安澜索桥旧时专门有看桥人,负责检修,并有三年一大修的传统。

北川县的登云桥是湔江上最大的一座竹索桥,两岸各建一桥头堡,以十二根长约四十八丈的竹索横跨两岸,上铺木板,两侧编网。登云桥每年维修费工数千人,历时一月方可完成。维修需要大量竹子,白草河右岸有竹林数千亩,有桥公会专门负责管理竹林以及索桥维修,竹子取自官竹林,工人的工钱也由卖竹子的费用支付,如此循环往复,也是登云桥代代相传的保障。

---

[1] 茅以升:《介绍五座古桥》,载《文物》,1972年第6期。

[2] 四川省水利电力厅、都江堰管理局:《都江堰》,水利电力出版社,1986年。

今日的安澜索桥，却又不是营造学社考察的那座了。1964年7月，在一次汹涌的山洪中，索桥再次被毁，重建时改为混凝土桥桩，并弃用传统的竹缆，改为钢缆，老舍笔下索桥随风摇曳的场景，也是再也体会不到了。不仅如此，索桥的位置也发生了变化，1974年建外江水闸时，将索桥向下移动了100余米，桥的长度也相应变为了286.5米。

结束了灌县的调查，10月10日，学社一行返回成都，作南下西康省的准备。

西康纪行

地图标注：
- 绵阳 11月20日
- 德阳 11月19日
- 广汉 11月18日 1941年春复之交
- 灌县 10月6日
- 郫县 10月10日
- 新都 11月16日
- 成都 9月27日
- 新津 1941年后
- 彭山 11月5日
- 芦山 10月22日
- 雅安 10月18日
- 夹江 10月25日
- 乐山 10月28日
- 峨眉 11月1日
- 宜宾 1941年后
- 南溪 1941年后
- 岷江
- 沱江
- 大渡河

雅安 10.18 ——— 府文庙 高颐阙

芦山 10.22 ——— 樊敏碑 有翼神兽 姜庆楼

姜公庙 广福寺 罗公桥

蓬安
12月22日

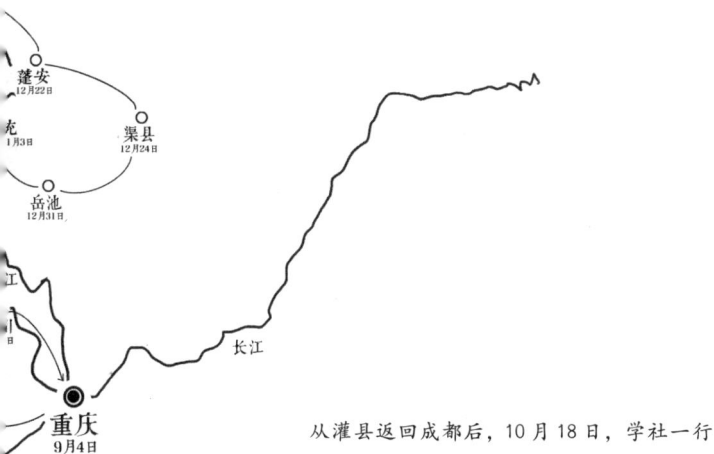

渠县
12月24日

岳池
12月31日

长江

重庆
9月4日

  从灌县返回成都后，10月18日，学社一行前往雅安。1939年1月1日，西康省成立，省会设在康定，辖区包括今四川甘孜藏族自治州、雅安市、阿坝藏族羌族自治州、西藏昌都市等地。营造学社的考察深入到了西康省下辖的雅安、芦山两地，故称"川康古建筑调查"。雅安、芦山虽地处西康省，境内的遗迹却以汉文化为主：雅安高颐阙是学社考察的第一座汉阙，也是中国保存最完好的汉阙之一；芦山境内的几处著名古迹与一位太守、一位武将、一位县令有关——樊敏碑、姜庆楼与罗公桥。

"汉阙翘首"高颐阙

雅安高颐阙是川康古建筑调查的第一座汉阙，梁思成在《中国建筑史》中，将它与平杨府君阙一起作为四川完好汉阙的代表。刘敦桢更是称赞："但其造型之雄丽与雕刻之华丽，又当居其中翘首。"

西风残照,汉家陵阙

10月18日清晨五时许,学社一行匆匆起身,六点半赶到新南门汽车站,九点才坐上了前往雅安的卡车。慢吞吞的卡车一路经双流、新津,过岷江,转西经邛崃、名山,下午四点抵达雅安,寓居在东门外四川旅行社招待所。

1939年1月1日,西康省成立,省会设在康定,刘文辉任主席。西康省辖有46县与两个设治局(民国年间尚未设县的地方,先成立设治局筹备),其中金沙江以西13县,其余在金沙江以东。随着国民政府迁都重庆,以四川、西康为重点的大后方建设也就愈加重要,西康省地域辽阔,境内山脉延绵、河流纵横,自古以来便是内地与边疆的过渡地带,正如四川省政府和西康建委会向行政院的呈文所说:"西康(与四川)唇齿相依,不仅关系后防,且为国家西部国防之前线……"

雅安地处四川盆地与青藏高原交界地带,群山环绕,常年多雨,素有"清风雅雨"美誉。四川到西藏、云南的两条古道在这里交汇,既是交通重镇,也是汉文化与少数民族文化过渡、融合的区域。民国年间的雅安产茶,衣衫褴褛的背夫背着比自己还高的背篓,艰难地跋涉在古道上,将茶叶运送到康定后进藏。

10月20日上午八时,学社从川北招待所动身,雇滑竿前往姚桥村,他们的目标,是一座古老的汉阙——高颐阙,这也是他们在川康古建筑调查中碰到的第一座汉阙。"乐游原上清秋节,咸阳古道音尘绝。音尘绝,西风残照,汉家陵阙。""不知天上宫阙,今昔是何年?"中国古代诗词中,阙一直是诗人吟咏的对

高颐阙素来以保存完好闻名,成为营造学社一行在雅安的主要考察目标。

象,李白、苏轼都留下过千古名篇。

"阙",《说文解字》释为"门观",这是中国古代城楼、宫殿、寺庙、陵墓前的礼仪性建筑,因用途不同,自然也可分为城阙、宫阙、神道阙、陵墓阙等。早在先秦时期,阙便已经出现,但汉代才是阙的极盛时代,"汉阙"一词由此得名。汉代创立之初,丞相萧何在长安营建未央宫,除了前殿、武库、太仓,还修筑了东阙、北阙。汉高祖认为天下未定,就修建如此壮丽的宫阙,实在太过奢侈。萧何答道:"夫天子以四海为家,非壮丽无以重威",换句话说,巍峨壮丽的东阙、北阙,就是大汉帝国威仪的象征。此后,汉武帝也在建章宫前立凤阙、圆阙,其中凤阙"高二十余丈",汉代1丈约合今2.3米,凤阙高约46米,该是何其壮丽巍峨!凤阙遗址位于今西安市未央区双凤村,分为东西两阙,东阙残高5米,西阙残高11米。

对汉阙,刘敦桢并不陌生。1936年5月14日至6月29日,刘敦桢与陈明达、赵法参(营造学社研究生)进行了一次河南古建筑调查,6月6日抵达登封县(今登封市),这个小小的县城中藏着三座汉阙——启母阙、少室阙、太室阙,由于位于嵩山腹地,统称"中岳汉三阙"。

启母阙在太室山南麓万岁峰下,是启母庙前的神道阙,东汉延光二年(123年)颍川太守朱宠营建。少室阙在少室山东麓,为少室山庙前的神道阙。太室阙是太室山中岳庙前的神道阙,阙上铭文隐约可见:"元初五年四月,阳城□长左冯翊万年吕常始造作此石阙……"太室阙建于东汉元初五年(118年),左右阙俱全,均带耳阙,阙身镌刻着车马出行、宴饮、羽人、四灵、狩猎等场景,也镌刻下汉代人的宴乐、出行、生活,乃至心灵史。在阙身一角,刘敦桢发现了民国十一年(1922年)题记,原来是庄某修《河南通志》来此调查金石时留下的。几天后,他才得知这个庄某1920年前后任登封县长,连连感叹:"夫以一县之行政长官竟摧残古物如此,令人慨叹!"[1]

刘敦桢对汉阙一直保持着高度关注。1937年5月,他又带着赵法参、麦俨曾两位研究生进行了河南、陕西两省古建筑调

---

[1] 刘敦桢:《河南古建筑调查笔记》,载《刘敦桢全集》第三卷,中国建筑工业出版社,2007年。

查，并应史语所董作宾先生邀请，对登封三阙进行测绘，制定修复计划。

一座汉阙最精彩的部分

汉阙所在水田里的水稻业已收割，两座古老的汉阙矗立在田边，掩映在枝繁叶茂的树丛中。阙前，两头庞大的神兽歪倒在草丛中；阙身开裂，杂草从裂缝中生长出来，调皮的孩童将鹅卵石塞入裂缝之中，高颐阙如同一位风烛残年的老人等待着他们的到来。

高颐阙存左右二阙，左阙残，右阙主阙、耳阙完整，堪称中国汉阙的精品。

民国年间高颐阙顶盖已损毁一角。

高颐阙左右阙俱存，左阙仅存阙身，顶盖是后人加上去的。右阙则几乎完好，台基、阙身、楼部、顶盖四个部分清晰可见，阙身由四层厚重的条石垒砌而成，正、背面隐起六柱。额枋的车马出行图再现了墓主生前出行的场景：墓主安坐在轺车之中，前有八名伍伯开道，身后还有骑马的小吏跟随。轺车是汉代官吏乘坐的车舆，按照汉朝定制，文武官吏出行皆有仪仗队随行，车马之前鸣声开道的步卒叫"伍伯"。

楼部位于阙身上方，一般由三至四层整石构成，是一座汉阙最精彩的部分。右阙楼部由四层石材构成，正面、背面斗栱三朵，侧面两朵。斗栱形式为一斗二升，栱臂上承散斗，有意思的是，栱臂中央增设一根枋，体现了从"一斗二升"到"一斗三升"的演变历史。斗栱间的壁面镌刻了高祖斩蛇、张良刺秦、季札挂剑、师旷鼓琴等历史传说，以及三足乌、翼马、九尾狐等神兽。

高颐阙右阙楼部四层，斗栱间雕"张良刺秦""高祖斩蛇"等图案。

右阙顶盖为庑殿顶，顶部有一只口衔绶带的雄鹰，纵横相交出头的枋子露出24只枋子头，每只都刻有隶书铭文，从正面左起，四面依次为"汉故益州太守阴""平都尉武阳""令北府丞举孝廉""高君字□□"。

阙主高颐不见于史料记载，汉碑村以前叫孝廉村，联系枋子头"举孝廉"的铭文来看，他是"举孝廉"走上仕途的。"举孝廉"是汉朝自下向上推选人才为官的制度，汉武帝元光元年初（前134年）令郡国举孝、廉各一人，此后一直延续到东汉，两汉不少名公巨卿是孝廉出身。高颐曾任武阴都尉、武阳令等职务，最终官至益州太守。益州是东汉十三州之一，也是面积最大的一州，其范围横跨四川、重庆、云南、贵州大部，高颐阙建成时治所在蜀郡成都。

高颐阙不远处有座高孝廉祠，几间破落的瓦房，高颐碑就在其中。双龙交尾碑额，龙虎衔璧碑座，碑身满是无序的刻痕，飘逸的汉隶早已漫漶不清，碑末的小字依稀可辨："建安十四年八月于官卒。臣吏播举而悲叫，梨庶踊泣而忉怛，追恩念义，坟侧，因作颂曰……"建安十四年（209年）八月，高颐在益州太守任上辞世，归葬故里，这也是判断高颐阙年代的直接证据。

驾起的梯子只能够到楼部，梁思成、刘敦桢爬到梯子顶部，再翻到阙顶做测量。调查工作持续到下午五点，两位身着衬衫、穿着西裤、戴着礼帽的学者站在高颐阙上，刘敦桢扶着阙顶的雄鹰，梁思成拿着黑色的测绘本，他们清癯的背影掩映在起伏的群山中，低沉的乌云徘徊在山巅。

一位汉代官员的死亡空间

西康省1955年9月底撤销，雅安重新归入四川省，并在2000年升级为雅安市。伴随着城市规模不断扩大，农村成了都市，水田成了公园，村舍成了小区，一座座拔地而起的楼盘中间，围了个仿古的院子，高颐阙就在其中。进入院中，民国年间倒在草丛中的神兽，如今精神抖擞地立在阙前，它们姿态矫健，最特别的是身带双翼，由此得名"有翼神兽"。高颐碑也从祠堂里搬了过来，加上阙后的墓茔，集神兽、阙、碑、神道、墓为一体，再现了汉代官吏的陵园结构。

1961年3月，太室阙、少室阙、启母阙、高颐阙皆被国务院列入第一批全国重点文物保护单位，其中登封三汉阙分别名列中国古建筑国家级文物1号、2号、3号。登封三汉阙皆为神道阙，高颐阙则是墓阙。四川现存汉阙以陵墓阙为主，建立在墓室前面，寓意跨过此阙，便进入了一个神圣的空间。按照汉朝葬俗，汉阙之后便是神道，石像生立在神道两旁，它们共同建构了汉代有地位的官民的死亡空间。

很多人看到高颐阙会有这样的疑问：论完好程度，它并不如绵阳的平杨府君阙，为何说它是最完整的汉阙？

高颐阙左阙虽残，右阙却几乎完好，楼部雕刻少有风化的痕迹，传神地再现了汉人的雕刻手艺。男子眼睛微闭，右手支着脑袋，左手按剑，一只鞋散落在一旁，似乎正在小憩。这是"高祖斩蛇"。汉高祖刘邦曾是秦代沛县的泗水亭长，一次押解百姓到骊山修筑陵墓，途中百姓纷纷逃离，走到丰县时，刘邦喝得大

高颐阙前有翼神兽,民国年间歪倒在水田中。

高颐阙前有翼神兽。

醉，索性将他们都放走，自己也准备亡命天涯。十多个百姓见他仁义，决意追随。有个大汉在前面探路，见路上有一大蛇拦住去路，刘邦乘着酒兴，说："大丈夫行走天下，岂能被一条蛇挡住去路？"遂拔剑将蛇斩成两断。走了几里地，有人听到老妇啼哭，上前询问缘故，老妇说自己的儿子是白帝子，刚刚被赤帝子杀了。秦代尚水德，汉代则以火德自居，这个故事隐喻着汉朝取代秦朝的合法性。

工匠只用一个略带醉意的大汉，便凝练出"高祖斩蛇"的传说。"张良锥秦"中，则表现了力士扔出铁锤的瞬间——张良与力士在博浪沙设伏，准备刺杀秦王嬴政，待到嬴政的车马经过，力士便将重达一百二十斤的铁锤扔出去。汉代的石阙往往承担了社会教化功能，伴随着一座座石阙的树立，朝廷标榜的侠义、诚信、孝道、尊老等思想也就具象化在了汉代疆土上。

更有甚者，高颐阙右阙耳阙也保存完好。耳阙也称子阙，因体量较小，看起来如同主阙（也称母阙）的儿子一般。这样的阙也称双出阙，规格最高的三出阙（一母阙二子阙）只能为帝王独享。耳阙同样由台基、阙身、楼部、顶盖四部分构成，阙身由独石雕成，楼部雕有一斗二升的斗栱。刘敦桢发现，高颐阙的柱、枋、斗栱大小有一定比例：母阙的枋方11.5厘米，子阙的枋方9.5厘米，斗栱大小也随之变化。弄清楚高颐阙的结构，显然对于了解乃至复原汉代建筑颇有裨益。

梁思成的《中国建筑史》，刘敦桢的《中国古代建筑史》，都写到了高颐阙，刘敦桢的评价尤高：

耳阙楼部也由四层石材构成，刻枋子、角神、斗栱、蔓草、仙禽、异兽图。

阙之知名者如河南登封少室祠阙，四川渠县沈府君墓阙、冯焕墓阙，但内中最华丽者，乃雅安之高颐墓阙。此阙建于东汉献帝建安十四年（公元209年），虽时代居已知诸阙中最晚，但其造型之雄丽与雕刻之华丽，又当居其中翘首。[1]

雅安高颐阙是营造学社考察的第一座汉阙，接下来，他们在芦山、绵阳、梓潼、渠县等地都将碰到汉阙。最新的统计数据显示，中国已发现汉阙46座，其中四川24座，占到了一半以上。

---

[1] 刘敦桢：《中国古代建筑史》，载《刘敦桢全集》第六卷，中国建筑工业出版社，2007年。

芦山访古

太守、将军与县令

芦山县虽地处边陲，汉文化遗迹却颇为丰富——汉阙、汉碑、有翼神兽，它们的主人是东汉巴郡太守樊敏；芦山境内还留存着诸多与姜维有关的遗迹，如姜城、平襄楼、姜侯庙等，这位充满悲情的蜀汉将军，在一座座古建之中，一张张面具背后，被传诵吟唱；学社在芦山城外拍下了一座恢弘的铁索桥，据考察当为罗公桥，修建此桥的，是清康熙年间县令罗之熊。

东汉太守樊敏

完成了雅安高颐阙、府文庙的调查，10月22日，学社一行乘滑竿前往芦山县。上午六时半出发，抵达县城时天已黢黑，随意找了家杨氏店，"脏秽不堪，权过一夜"。芦山县山川纵横，耕地狭隘，清代城墙、石碑上，"中国就要亡国了，蒋介石还说中国无力抗日，帮助日本来吞并中国。打日本首先打蒋介石""寔行抗日反蒋 才能自救救国"标语虽经涂抹，仍隐约可见。1935年11月，红四方面军在芦山建立了苏维埃政权，次年2月离开。

第二天上午，梁思成、刘敦桢去县政府拜访县长宋琅，这位地方官主持编纂了民国《芦山县志》，对芦山的古建筑、文物如数家珍。芦山县既是南方丝绸之路的重镇，也是茶马古道的要冲，樊敏碑、汉代石兽、平襄楼、姜公庙等文物、建筑，是这座边陲小城昔日繁华的注脚。

从县政府出来，学社前往调查樊敏碑。一间四面透风的瓦房中，巨大的赑屃驮着黑黢黢的石碑，碑额双龙交尾，镌刻"汉故领校巴郡太守樊府君碑"12个大字，碑身正面以隶书镌刻557字，书法精湛，飘逸隽永，康有为对此有"如明月开天，荷花出水"的评价。碑主樊敏的一生，也在斑驳的石刻中慢慢浮现：

东汉元初六年（119年），樊敏出生于青衣县。幼年的樊敏以好学著称，精通诗书六艺，名噪乡里。延熹二年（159年），40岁的樊敏被举为孝廉，次年调任永昌郡（治今云南保山一带）长史，不久改任宕渠（今四川渠县）县令。三年后，母亲去世，樊敏回乡守孝，当时黄巾起义的浪潮正冲击着腐朽不堪的东汉王

樊敏碑碑阳上端微削，碑首浮雕双螭，额篆"汉故领校巴郡太守樊府君碑"。

朝，朝廷为宦官把持，他决意归隐。在朝廷再三征召下，樊敏才先后任治中、诸部从事等职，在任惩治奸佞，整肃风气，有"吏师"的称誉。203年，樊敏与世长辞，部属将其归葬芦山，雕刻石碑，建立石阙，祭奠这位汉朝官员。

樊敏碑前有两座石兽，当地人称石马，当时淹没在水田中，只露出半个脑袋，梁思成、刘敦桢找来乡人开挖，这尊两千多岁的神兽逐渐显露出来——身形庞大，姿态矫健，最奇怪的是带着双翼。这些长着翅膀的神兽形象可能来自于波斯、大夏国文化，或者与欧亚流行的鹰头狮身"格里芬"神不无关联。这似乎说明，早在汉代，以芦山县为代表的蜀地郡县，已与外界有着频繁的交流。

如今,芦山汉代石刻陈列馆在青衣江畔,一座仿木结构的碑亭中央,樊敏碑孤零零地耸立在其中。陈列馆的广场已经被青苔染成了墨绿色,樊敏阙孤峙中央,几头威猛矫健的汉代石兽一字排开。陈列馆中还存放着红军在古碑上刻写的标语,时过境迁,当年被涂抹的碑刻,如今也跻身于"红色文物"的行列了。

按照汉代礼制,二千石以上的官员死后可以立阙,竖立墓碑,神道两旁安置神兽。奇怪的是,当年营造学社并未拍下樊敏阙,这是为何呢?

原来,清代末年樊敏墓园日渐凋敝,有石工贪图省事,把这两千年的文物当成采石场,隔三岔五就从阙身凿下一块。没多久,古老的樊敏阙轰然倒塌,湮没在青衣江畔疯长的草丛中。20

樊敏碑前的有翼石兽,其时半埋在水田中,村民正将石兽挖出。

芦山石坊村有翼石兽，现藏雅安市博物馆，定名"石羊上村石兽"。

世纪50年代，附近农民下地耕作，才意外发现了早已四分五裂的樊敏阙，四川文物保护委员会为左阙补上了台基、阙身、耳阙。右阙损毁严重，早已失去了维修价值。

祠里的蜀汉将军姜维

芦山汉代称姜城，得名于三国蜀汉姜维，传说县城北门外的安营坝是大军安营扎寨的场所，城东龙尾山金井阁还有座姜维墓。倘若问起姜维，乡民们会重复同样的故事：姜维曾率军驻扎在芦山，旗下的士兵与当地百姓融合，最终成为芦山人的祖先。

三国历史上，姜维是位充满矛盾色彩的人物，他被诸葛亮选中继承衣钵，却无力挽救蜀汉政权覆亡的命运。《三国演义》

中，诸葛亮兵临天水郡，本打算留一路伏兵，待天水太守马遵出城后攻城，不意被姜维识破，诸葛亮遂生爱才之心，设计收服。姜维入蜀后授奉义将军，封当阳亭侯，时年27岁。此时关羽、张飞、马超皆殁，蜀汉面临着"蜀中无大将"的窘境，难怪姜维的投诚会令诸葛亮欣慰无比，他曾经给参军蒋琬的书信说："姜伯约忠勤时事，思虑精密，考其所有，永南、季常诸人不如也。其人，凉州上士也。"[1]永南（李邵）、季常（马良）都是蜀汉冠绝一时的人物，可见诸葛亮对姜维的器重。

建兴十二年（234年），诸葛亮病逝，姜维出任辅汉将军，进封平襄侯；延熙十年（247年），迁卫将军。姜维不敢懈怠，先后八次出兵伐魏，却是胜少败多，加上蜀汉宦官弄权，姜维不得不屯田避祸。景耀六年（263年），魏将钟会、邓艾大军压境，邓艾意外地从摩天岭神兵天降，突袭成都，姜维慌忙引军救援，却在中途接到后主投降的诏书。姜维仍不放弃，投降钟会后发觉其野心便劝其谋反自立，以求借机兴复大汉，惜最终谋泄，与钟会皆被魏军杀害以身殉国。

史书中并未有姜维驻扎芦山的记载，这座小城却与姜维有着诸多联系，古城中心的姜侯祠，便是祭祀姜维的场所。姜侯祠由牌坊、平襄楼、姜公庙构成，牌坊木石结构，四柱三开间，正面字牌书"汉姜侯祠"，背面书"万古忠良"，额枋下设龙头雀替，雀替下有三幅云支撑。据《汉平襄侯祠牌坊记》，牌坊创建于明嘉靖三十五年（1556年），由邑民周文秀、李成阳、杨应

---

[1]（晋）陈寿：《三国志·蜀志》，中华书局，1975年。

汉姜侯祠坊,四柱三开间,正面额书"汉姜侯祠",背面"万古忠良",建于明嘉靖三十四年(1555年)。

敖、杨芃等捐资,时任芦山县令的羊亨撰写了碑文。

跨过牌坊,平襄楼出现在学社眼前,三重檐歇山顶,面阔五间,进深四间,通高14米,明间宽约6米,次间和梢间宽2米,明间显得很是宽阔。第一层明间檐下悬有"汉平襄侯祠"横匾,第三层檐下悬"姜庆楼"匾额。楼身挂满了附近农家晾晒的黄豆秆,层层叠叠,如同给平襄楼穿上了一层草衣。

进入殿中,午后阳光透过屋顶的缝隙射入,略显阴森的大殿顿时鲜活起来。补间铺作后尾挑斡,弯曲如琵琶形,颇具古意。平襄楼中悬有明隆庆戊辰年(1568年)"万古英灵"牌匾,金柱彩塑盘龙,童子足踏龙身,双手合十。在正脊檩下,刘敦桢发现一则残缺的墨书题记:"维大明正统拾年岁次乙丑……"[1]正统是明英宗朱

---

[1] 刘敦桢:《川、康古建筑调查日记》,载《刘敦桢全集》第三卷,中国建筑工业出版社,2007年。

芦山平襄楼，三重檐歇山顶，其上挂着厚厚的黄豆秆，层层叠叠，如同穿上了一层草衣。

祁镇年号，正统十年即1445年，这是平襄楼最晚建于明代的确凿证据，而诸如彩塑盘龙、童子，也带有典型的明代风格。

有意思的是，一些资料中，平襄楼时常被视为宋元建筑。这可能源于《蜀中名胜记》"芦山县"条的记载："……按绍兴二十三年，徐闳中记土人祀姜伯约，有庙，额曰平襄。"[1]曾师

---

[1] （明）曹学佺：《蜀中名胜记》，重庆出版社，1984年。

从刘敦桢的重庆建筑工程学院古建专家辜其一两次带学生来此实习，认为内部结构"尚存宋风"。四川的明代建筑，因地处偏远，往往会残留宋元习气，并不能作为判断古建筑年代的依据，当年，刘敦桢还是谨慎地将其定为明代——或许平襄楼宋代业已创立，并在战火中屡屡受损，明代才再次重建。

山墙四面透风，露出里面的竹篾条。墙角堆满了稻草，几块明清碑刻湮没其中，分别为嘉靖二十九年（1550年）芦山新任知县周棐祭祀姜公碑，嘉靖丙辰年（1556年）《汉平襄侯祠牌坊记》，南明永历四年（1650年，清顺治七年）《重修汉丞相平襄侯姜公祠记》，乾隆四十五年（1780年）《祠内置田碑记》，其中又以《重修汉丞相平襄侯姜公祠记》最为悲壮。[1]

南明永历四年，崇祯皇帝早已吊死在煤山上，永历帝四处逃亡，清人的铁骑踏入四川，起义军、明军、清军三股势力纠缠在一起。芦山县的情况也是错综复杂，1644年，八大王张献忠在成都称帝，派兵攻占芦山县，并委派了一名叫李国杰的县令。张献忠打算逃离四川时，在江口遭到明将杨展截击，狼狈地跑回成都，明军趁机收复雅州、邛州、眉州等地，芦山也在此时回到南明怀抱。

镇芦都督府都督佥事杨光志重修了姜公祠，并邀请时任西川军驿屯田水利道按察司佥事的白为衮撰写碑文。白为衮昔日与杨光志一同拜谒平襄楼，感慨蜀汉大厦倾覆，姜维忠肝义胆，以一

---

[1] （南明）白为衮：《重修汉丞相平襄侯姜公祠记》，碑文未发表，承蒙芦山县博物馆见示拓片。

平襄楼中悬明隆庆戊辰"万古英灵"牌匾，置有嘉靖丙辰年《汉平襄侯祠牌坊记》，永历四年《重修汉丞相平襄侯姜公祠记》等碑刻。金柱彩塑童子。

己之力苦苦支持。如今清军入川，南明衰落，情势与蜀汉又是何等相似！而一旦芦山县被攻破，城中百姓命运如何，自己身为前朝将领又将何去何从？

白为衮的命运，不见于史料记载。明朝大厦已倾，这位官员如同溅起的星火一般，转瞬即灭。

平襄楼后，杂草爬满了天井，一座破败的明代香炉上长出了植物，上面晾着衣服，焚烧字纸的字库塔早已没有烟火，两根细瘦的木棍支撑着摇摇欲坠的前檐。这是姜公庙，面阔三间，重建于南明永历五年（1651年，清顺治八年）。2006年，姜庆楼跻身第六批全国重点文物保护单位，经过几次大修，民国年间披挂草衣、山墙破落的景象，倒是再也寻不着了。推开木门，童子仍悬在梁枋上，补间铺作的挑斡形如琵琶，看起来极具古意。

民国年间，姜庆楼的楼梯损坏，学社只在楼下拍了一幅东岳大帝的壁画，未曾上到二楼。另一面的壁画，绘的是幅凤冠霞帔、气度不凡的女子，可能是明清年间常见的碧霞元君。二楼正中有个神坛，其上三尊造像——羽冠纶巾的诸葛亮，手捧官印的关平、留着大胡子的周仓。关平、周仓是关帝的配神，那尊关帝造像不知去向，两员蜀汉虎将倒给诸葛亮当起了配神。

从姜庆楼上远眺姜公庙，歇山式的屋顶荒草萋萋，如同一块古老的青铜钱。姜公庙虽是清代建筑，但去明不远，依旧残留着明代气息，前后檐补间铺作的第二跳后尾起一昂尾，直向上斜至正脊檩下，如同"人"字，峨眉飞来寺明代九蟒殿亦能看到类似做法。

姜侯祠既是祭祀姜维的场所，也是芦山人举行祭祀仪式的地

姜侯庙重建于清顺治八年（1651年），庙前曾有焚烧字纸的字库塔与石质香炉。

方。自古以来,芦山县一直流传着古老的仪式——庆坛,坛师诵念古老的经咒,表演者戴上面具,手舞足蹈,通过夸张、重复的动作,驱除恶鬼、祈祷福祉。庆坛本是古老的傩戏,逐渐演变成祭祀姜维的活动,相传八月十五日是姜维遇难的日子,只有最负盛名的坛师,才能在平襄楼前表演庆坛仪式。

与此同时,芦山城中已高搭彩楼,鞭炮轰鸣,锣鼓、唢呐、胡琴齐奏,这便是县志中记载的"四十八台竞胜罢,满城歌舞乐中秋"。这种全城的祭祀仪式往往持续三日之久,古老的巫语,夸张的傩舞,穿过平襄楼的飞檐,传遍芦山的大街小巷。姜维的英魂也在一张张面具、一句句巫语中被后人铭记,福荫一方。

桥上的清代县令罗公

在芦山调查途中,学社经过一座长逾百米的索桥,高悬于芦水河上,桥上行人往来如梭。冬日是枯水期,河床露出大片的鹅卵石,刘敦桢跑下河滩拍摄照片,仔细观察桥的结构,他在当天日记中如是写道:

> 铁索桥在东门外,悬铁索九条,铺木板其上,以便通行。两侧各夹以铁索二条,作为扶栏。诸索皆延至两岸,绕于大石磴上,其上覆以亭门,但两岸之间,于东岸设木架一,西岸设木架二,分全桥为四间,而非单跨。[1]

---

[1] 刘敦桢:《川、康古建筑调查日记》,载《刘敦桢全集》第三卷,中国建筑工业出版社,2007年。

漫长的调查

罗公桥远景,东岸设木架一座,西岸设木架两座,将桥分为四间。

都江堰安澜索桥以竹为索,芦山索桥则以九条铁索横跨两岸,缠绕在大石磴上,因铁索沉重,又在东岸设木架一座,西岸两座,将桥分为四间,其上架设木板以利通行,两侧各有两条铁索作为扶栏。

营造学社并未记下这座索桥的名字。民国《芦山县志》"津梁"载,芦山境内有罗公桥、西门桥、北门桥(一名天禄桥)、昇恒桥、龙门桥等铁索桥。[1]刘敦桢曾记下当天的行程，"后出南门，转东渡铁索桥，凡三公里半，见东汉末樊敏碑。"从他的记载大概可以确定两点信息：其一，铁索桥在芦山县南门偏东的位置，且距离樊敏碑三公里半左右；其二，此桥规模宏大，长逾百米。结合县志的记载，我确定应是东门外的罗公桥。

罗公桥的历史，康熙《芦山县志》载："城西康熙丙子，邑侯罗之熊修，因河水暴急，恒舟没人溺，故环以铁索，今如坦途。"[2]芦山城东芦水河水势汹涌，百姓以舟楫往来，时常舟毁人亡，县令罗之熊目睹于斯，遂捐资修建铁索桥，康熙三十五年（1696年）仲春动工，第二年孟夏完工，长三十六丈、宽四尺，清代一丈合3.2米，罗公桥长约115米。

罗之熊其人，县志略有记载："旗下荫生，劝民栽桑，修堰建铁索大桥，陛任黎民思之。"[3]清代依靠祖辈、父辈功名，特许进入国子监学习的学生，称为荫生。荫生从国子监毕业后，可直接为官，也可通过科举考试为官。罗之熊看来就是一位荫生。

雍正、乾隆、嘉庆、道光、光绪年间，罗公桥屡经修葺。民国二十四年（1935年），罗公桥桥头亭阁毁于大火，四根铁链受损，次年由县长赵万灵主持修复，营造学社看到的铁索桥，正是

---

[1] 宋琅、张宗翔修，刘天倪等纂：《芦山县志》，民国三十二年。

[2] （清）杨廷琚、刘时远：《芦山县志》首卷"关梁"，康熙六十年（1721年）。

[3] （清）杨廷琚、刘时远：《芦山县志》首卷"秩官"，康熙六十年（1721年）。

罗公桥地当要道,行人如织。

修复后的罗公桥。

1964年7月,芦水河洪水冲毁罗公桥中央、西岸桥墩。1966年7月28日,罗公桥彻底毁于洪水,铁链沉没于河中,三百余年历史的罗公桥走到了生命尽头。

太守的石阙、石碑、石兽,将军的平襄楼、姜侯庙,县令的铁索桥,可见芦山虽地处西康省,文化上却与四川一脉相承。营造学社并未深入西康省,结束芦山县的调查后,他们返回雅安,改乘竹筏前往夹江县。

沿江南下

绵阳
11月20日

德阳
11月19日

广汉
11月18日 1941年春夏之交

灌县
10月6日

郫县
10月10日

新都
11月16日

成都 9月27日

新津
1941年后

芦山
10月22日

彭山
11月5日

雅安
10月18日

岷江

夹江
10月25日

乐山
10月28日

沱江

大渡河

峨眉
11月1日

宜宾
1941年后

南溪
1941年后

夹江 10.25 ——— 千佛岩 杨公阙

乐山 10.28 ——— 白崖崖墓 篦子铺崖墓 乌尤寺

峨眉 11.1 ——— 飞来寺

彭山 11.5 ——— 寨子山崖墓 王家坨崖墓 江口崖墓
　　　　　　　　寂照庵 平盖观

西康省惊鸿一瞥，学社沿青衣江而下，前往夹江县。夹江、乐山、彭山本不在营造学社调查计划中，9月30日，考虑到短期不易再来，学社决定增加四川南部雅安、乐山等十五县。事实证明，这个区域有着丰富的崖墓、石窟资源：乐山白崖崖墓规模恢宏，墓中祭堂充当了汉代祠堂的角色；彭山崖墓八角形柱、斗栱、皿板中蕴藏着汉代建筑之道；学社曾两入夹江千佛岩，从他们拍摄的照片中，我发现了50余龛业已消失的造像；入川以来，梁思成一直在苦苦寻找宋元建筑，可惜却错失峨眉飞来寺香殿、飞来殿，为何他总是与宋元建筑失之交臂？

破镜重圆的夹江千佛岩

10月25日,学社一行从芦山县来到夹江县,却苦于细雨,到千佛岩考察小半天即返回寓所。11月2日,刘敦桢、莫宗江去彭山县途中经过夹江,系统考察了杨公阙,并到千佛岩补摄照片。在营造学社的照片中,有三个石包特别引人注意,其上镌刻的数十龛造像,在千佛岩现存造像165龛已不复见,可能正是千佛岩如今已消失的唐代龛窟。

两入夹江

10月25日,学社一行乘竹筏从芦山县前往夹江县。青衣江江水湍急,险滩众多,木船容易撞毁,吃水浅、有韧性的竹筏反而更安全。年迈的船家撑着竹筏在青衣江中轻快地穿行,掠过两岸的青山,石壁林立,远山如黛,偶尔会路过一个吊脚楼林立的场镇,看到某个会馆精致的飞檐掠过天际。竹筏长五丈余、宽约一丈二尺,正中有平台,上面支篷供旅客居住。

在江心,梁思成、刘敦桢瞥见崖壁上密如蜂巢、层层叠叠的石窟,询问船家此是何地。船家告诉他们,这是千佛岩,岩下古道连接着雅安、名山与荥经、汉源,往来不绝的商贾行旅,捐出银子开凿了一龛龛石窟,蔚为壮观。入夜秋雨凄凄,一直下到第二天凌晨,孤舟星火,顺江漂流,七十里至罗坝场,再五十里至洪雅,再七十里抵达夹江。

学社沿青衣江从芦山来到夹江,图为夹江竹浮桥。

梁思成等人居住在城内荣记客栈。夹江县城是乾隆年间修的，因临近大江，城池时毁时建，民国六年（1917年）的一场洪水将西城墙冲塌了数十丈，虽已修复，当地人还心有余悸。城内有东正街、南正街、西街、北街、吉庆街、毛街、半边街几条主要街巷，街上牌坊林立，贞妇烈女、德仁行善的故事在南来北往的行人中口口相传。

青衣江畔惊鸿一瞥，梁、刘对千佛岩念念不忘，27日冒雨前往。千佛岩地处夹江县城以西2.5公里的大观山南麓、青衣江北岸，这里河床狭窄，两侧山势紧逼，长约300米的岩壁上，开凿着百余龛造像。"千佛胜境"也是"夹江十景"之一："绝壁深潭，奇险幽峻，唐时刻佛其上，累若千数，妙丽庄严，今多剥落。"[1]

岩下的古道沿着青衣江岸延伸，双观音、地藏菩萨、毗沙门天王、西方净土变等石窟造像在他们面前次第出现，梁思成写道：

> 沿官道上下，凿佛像大小百余龛，东西约长三百公尺。其制作年代，除少数初唐者外，盛唐以后，历五代、北宋，为数最多，惟铭记可辨者，只开元廿七年（公元七三九年）一处而已。其西端造像，则系明清人所刻。[2]

---

[1] 刘作铭、薛志清纂：民国《夹江县志·古迹》，载《中国地方志集成·四川府县志辑》第三十八册，巴蜀书社，1992年。

[2] 梁思成：《千佛崖摩崖造象》，载《西南建筑图说》，人民文学出版社，2014年。

千佛岩下古道至今是夹江人往来的要道。

细雨下个不停，没多久衣衫尽湿，草草拍摄了几龛造像后，学社一行返回客栈，第二天前往乐山。许是生怕漏掉了细节，11月2日，在乐山前往彭山途中，刘敦桢、莫宗江路过夹江，考察了杨公阙，并再次到千佛岩补拍照片。

从220龛到165龛

四川各地石窟中，千佛岩是风光宜人的一处。青衣江澄清如练，大观山山色青幽，一百多龛造像就分布在沿江岩壁上，岩下古道至今仍是夹江人往来的要道，他们或扛着自行车、或挑着箩筐、或背着小孙儿从此走过。当年营造学社的照片中，就有挑着货担、扛着货物的行旅之人，他们好奇地回过头，看着梁思成拍摄古老的石窟。

由于调查石窟，每年我都会去几次千佛岩，对造像的分布、题材也颇为了解，但在整理营造学社的千佛岩照片时，却意外发现一些没见过的石窟。当年莫宗江曾站在一个石包前做记录，枯藤垂下岩壁，上有大大小小的造像几十龛，但这个石包如今已不见踪影。

关于夹江千佛岩造像的数目，县志言"唐人刻佛其上，累若千数"，梁思成先生记载"大小百余龛"，都只是约数。1958年，夹江县计划在大观山附近修建水电站，四川省文物管理所闻讯，派遣曹恒钧到千佛岩进行了一次调查，统计出石窟数目220龛，"千佛岩造像均为摩崖龛而无窟。现存二百二十龛，其中大龛高约4米，中型龛高在1—2.5米之间，小龛0.3—0.8米为数也最

民国年间，当地人或撑着伞，或挑着担子走过岩下的古道。

多。"[1]曹恒钧还发现了大历十一年、大中十三年、大中二十一年六月十三日以及唐开元、咸通、会昌等年号，显示出千佛岩的营造从盛唐持续到了中晚唐。

1983年10月—1984年5月，学者王熙祥、曾德仁又对千佛岩进行编号、测绘，"造像共编号162龛，实存153龛，造像约2500尊，大致分三段，集中在临江一面的崖壁上，龛窟重叠处上下最多有十层，高低相差达11米。"[2]2009年11月，四川省文物考古研究院、西安美术学院中国艺术与考古研究所、乐山市文物局等单位联合对千佛岩进行了调查，数目与20世纪80年代的调查接近，共编号165龛，题记15则，因中间或有中断、间隔，分为A、B、C、D、E、F、G七个区域。[3]

曹恒钧1958年调查统计数目220龛，2009年已变为165龛，也就是说，大约半个世纪中，千佛岩50余龛造像已经不翼而飞。

这些石包消失的原因，引起了我的兴趣。千佛岩外的聚贤街是条百年老街，街上住着些老街坊，我拿着打印出来的营造学社照片询问老人，他们大多茫然地摇摇头。卖豆腐乳的刘大爷说，以前过了老街，路边就有石窟了，听说修水文站打掉了一些石窟，不过他当年在外当兵，复员回家才听乡亲说起。夹江水文站

---

[1] 曹恒钧：《四川夹江千佛岩造像》，载《文物参考资料》，1958年第4期。

[2] 王熙祥、曾德仁：《四川夹江千佛岩摩崖造像》，载《文物》，1992年第2期。

[3] 四川省文物考古研究院等：《夹江千佛岩——四川夹江千佛岩古代摩崖造像考古调查报告》，文物出版社，2012年。

在千佛岩入口处，负责监测青衣江的水文状况。

我又拜访了夹江文管所前所长周杰华先生，才得知石包消失的真正原因。原来，当年修建水文站时，有个石包上确实有龛造像，但水文站特地找来石匠凿下来，迁移出来异地保护。真正令50多龛造像不翼而飞的，是氮肥厂。20世纪60年代中，全国各地涌现了一股修建氮肥厂的风潮，夹江县也不甘落后，选好厂址后需要石材，县里就打起了千佛岩的主意，将水文站到铁石关一线的石包打掉，那些天王、佛祖、菩萨、力士就这样身首异处，变成了一块块冰冷的条石。

从水文站再往前走，沿途经过千佛岩的售票处、办公室、厕所，就到了铁石关，此关号称夹江第一雄关，上依绝壁，下临江水，一径中通。铁石关附近还有些零星的石窟，比如一佛二弟子二菩萨、三世佛等，有的只剩下华丽的宝珠形背光，有的风化得只剩下影子，可能就是当年侥幸逃脱的龛窟了。

毗沙门天王背后的剑拔弩张

从营造学社的照片看，夹江千佛岩消失的龛窟，大多位于三个石包上，为了论述方便，暂称为"甲""乙""丙"石包。

照片中莫宗江面前的岩壁便是甲石包，平面呈长方形，或大或小的石窟分布其上，最密处上下四层，从题材看，有毗沙门天王、双观音、地藏、七佛、三世佛等。毗沙门天王龛位于石包右上方，天王戴三面筒形高冠，上身披挂铠甲，着腹甲，系腰带，下身着裙，脚踩地天，身材魁梧，面容饱满，活脱脱就是一位威

千佛岩消失的石包之一,暂编为甲石包,照片中人物为莫宗江先生。

夹江千佛岩消失的石包之一，暂编为乙石包，大龛为毗沙门天王，其下小龛可见弥勒与文殊、普贤等。

夹江千佛岩134号龛毗沙门天王立像。

风八面的唐朝将军。

乙石包上下三层，上层龛窟规模宏大，包括观无量寿经变、毗沙门天王、三世佛等，天王怒目圆瞪，八字胡须，上身披挂铠甲，双肩着臂甲，左手上举托莲座宝塔，右手叉腰。二层、三层为小龛，题材有文殊普贤菩萨、弥勒佛等，色彩鲜明，似乎不久前才有过妆彩。

丙石包规模不大，中央有6龛造像，最大的一龛雕一佛二弟子二菩萨，窟壁浮雕天龙八部，莲座下方浮雕石碑，字迹漫漶，左右各有二位飘带环绕、手捧香盒的供养菩萨。龛口的力士头部已经不存，他们袒胸露乳，身披帛带，左手抚膝，右手高举金刚杵，威武地坐于层层岩石之上。

甲、乙、丙石包上都出现了毗沙门天王。夹江千佛岩现存天王6龛，分别为8、17、107、134、136、159号龛，加上这消失的三龛，其数目有九龛之多，这也使得夹江千佛岩成为四川毗沙门天王龛最集中的区域之一。

毗沙门天王是唐代四川石窟的流行题材，广泛分布在巴中、资中、邛崃、大足、安岳等地，又以资中北岩数目最多。从题记来看，供养人大都是州县大员，或者军队的中下级官吏，比如北岩49号龛便是都虞候冯元庆捐资开凿的。但威武赫赫的天王，却是唐朝走向衰弱的标志。

天宝七载（748年），西蕃、大石、康居三国兵围安西府，路途遥远，朝廷救兵难至，高僧不空设坛作法，召唤毗沙门天王。几个月后，安西府的信使入京奏告，城外神兵天降，鼓号齐鸣，山崩地裂，毗沙门天王在城头现身，三国联军不战而溃。此事记载于《宋高僧传》。因为这个缘故，唐玄宗下诏在军营张贴毗沙门天王像，军队出征，亦要祭拜天王，诵《祭毗沙门天王文》。许多士兵还将天王文在背上，认为可得神助，在战场上勇猛过人，每月初一、十五焚香祖坐，裸露背部，供妻儿参拜。[1]

唐代的夹江县隶属嘉州，中晚唐时期，随着唐朝与南诏国交

---

[1] （唐）段成式：《酉阳杂俎》，上海古籍出版社，2014年。

恶，蜀地也被卷入战争泥潭。咸通十年（869年），唐定边节度使李师望无端诛杀南诏使臣杨酋庆，十月，南诏大军在南诏王酋龙带领下由灵关道入蜀复仇，在清溪关受阻后，转而进攻嘉州，尔后集结于凌云寺，与唐军隔江对峙，不久便攻陷嘉州。乾符元年（874年），南诏卷土重来，攻破黎州（治汉源）、雅州（治雅安），唐溃兵纷纷逃到邛州（治邛崃），南诏大军一路追击，一直打到新津县方才罢休。

慑于南诏强大的军事压力，唐朝在成都以南布置重兵，军事重镇嘉州自然也不例外，夹江县或许也有诸多驻军，军中将领纷纷捐资开凿毗沙门天王造像，祈祷在九死一生的战场上平安返回。

僧伽、宝志、万回三圣僧

除了三个石包，营造学社在千佛岩拍摄的龛窟大多保留到了今天，比如第56、58、60龛相邻的几个佛塔龛，第91号三圣僧龛，第99号观无量寿经变龛，第114号三世佛龛，135号弥勒大佛龛等。只是，石窟仍在，龛中造像却是沧海桑田。

三圣僧龛高约2米，宽2.5米，龛中雕僧伽、宝志、万回三位高僧，窟壁浅浮雕层层山峦，恍若远山。[1]僧伽头部残损，身着厚重的袒右袈裟，民国年间他的头部还在，头戴披风帽，眼窝深陷，

---

[1] ［日］肥田露美、臧卫军、于春：《夹江千佛岩091号三圣龛研究》，载《四川文物》，2014年第4期。

颧骨高耸，神似一位异域僧人。

僧伽是唐代著名高僧，自称何国人，又称泗州大圣、大圣菩萨，民间传说他是观音菩萨化身，景龙二年（708年）被唐中宗尊为国师。京城久旱，百姓苦不堪言，中宗求助于僧伽，只见僧伽将手中的甘露瓶一撒，不一会阴云密布，倾盆大雨从天而降。两年后，僧伽在长安荐福寺圆寂，遗体被送回泗州，泗州也就成为僧伽信仰传播的中心。历史上的泗州是连接黄河、长江水运的要冲，河道纵横，舟楫繁忙，商贾、船夫苦于水患，希望平安无虞，僧伽逐渐演变为一位治水之神，甚至与中国古代治水英雄大禹齐名。

左侧的宝志和尚头戴披风帽，眼窝深陷，脸上布满皱纹，颈部青筋暴出，手持锡杖，上面挂着剪刀、矩、镜。宝志和尚是南北朝名僧，他四海为家，疯言疯语，世人发现他所言都会应验，崇信佛教的梁武帝听说此事，将他请到建康。梁天监年间，宝志留下了一首诗："昔年三十八，今年八十三。四中复有四，城北火酣酣。"梁武帝三十八岁登基，八十三岁时四月十四日，京师名刹同泰寺起火，果如诗中预言。

右侧的万回和尚面形方圆，眼睛微睁，张着嘴巴。万回幼时木讷、痴呆，十岁时才显露出不同寻常之处。他哥哥在安西府当兵，音信隔绝，父母不知儿子生死，终日忧伤不已，万回说要去看望哥哥，上午出发，傍晚就带着书信回来，一天来回万里，故得名"万回"。唐武则天当政期间，酷吏经常罗织罪名诬告官员，一日，后来的博陵王崔玄晖的母亲将万回迎入府内卜问吉凶，万回一言不发，将老人家施舍的银筷子往屋顶扔去。崔家派人爬到屋顶一看，银筷子下压着一本谶纬之书,这在唐朝被视为禁书,正是酷吏为诬告崔玄晖所藏匿的证据,崔府由此躲过一劫。

万回能一日奔走万里,取回书信,报得平安,由此被民间供奉为团圆之神、和合之神。年轻的女子思念心上人,希望能和心上人早日相见,亲切地称他"万回哥哥"。中国民间的"和合二仙",一种说法是唐代和尚寒山、拾得,另一种观点即是万回信仰演变而来。

91号龛没有题记。夹江千佛岩地处青衣江畔,这条大江同样也走过了众多商贾、船夫,他们祭拜僧伽,以求行船平安,此外,宝志和尚能预告吉凶,万回和尚能赐予团圆,这都是行船之人的愿望与希冀。三圣僧龛是巴蜀地区少见的造像题材,除了这里,仅见于安岳石锣沟、仁寿坛神岩、绵阳北山院、大足北山等地。

无独有偶,会昌五年(845年)唐武宗灭佛,日本僧人圆仁被勒令返回日本,临行前,他在长安最亲密的朋友、新罗人李元佐赠给他几件礼物,其中就有三圣檀龛像一合,镌刻僧伽、宝志、万回。[1]檀龛像是一种木刻小型佛龛,可以随身携带,考虑到圆仁即将踏上归途,李元佐才选择了三圣像,希望这位异国友人山高水长,归途平安。

下午四时,刘敦桢、莫宗江离开千佛岩,返回城内荣记栈。四川诸多石窟中,夹江千佛岩是唯一一处吸引学社两次考察的,倘若说千佛岩是一面破碎的铜镜,那么借助营造学社的照片,我们终于能将这枚破裂的铜镜复原。

---

[1] [日]圆仁:《入唐求法巡礼行记》,广西师范大学出版社,2007年。

白崖崖墓

祠堂中的汉代春秋

川康古建筑调查甫一开始,营造学社就将崖墓作为主要调查对象。四川崖墓数目众多,如蜂房水涡,但他们来到乐山时,依旧为白崖崖墓恢宏的规模所震惊。白崖崖墓M83、M84、M96都是带祭堂的大型崖墓,祭堂中镌刻着古老的"汉代建筑图",梁思成发现,它们很可能与汉代武梁祠、朱鲔石祠一样,充当了祠堂的角色。

白崖三洞

结束了夹江的调查，10月28日，学社一行抵达乐山，下榻在白水街嘉乐饭店。当日，他们接到林徽因信函，海河大水，天津城区被淹，学社保存在麦加利银行的测绘稿、底片惨遭水灾。梁、刘二人痛心疾首，夜不能寐，哀叹"十载辛苦，付之东流"，并当即致函中国营造学社创始人朱启钤，商议从银行提取资料。

中央大学建筑系学生辜其一，毕业后在成都蜀华实业公司任工程师，听说恩师刘敦桢到了乐山，从犍为县专程赶来，左等右等不见踪影，遂委托仁济医院院长杨枝高代为照顾。杨枝高素来嗜古，平日喜好探访崖墓，家中也藏有汉画像石、画像砖拓片，学社一行前来，他大喜过望，自愿充当向导。

乐山境内崖墓众多，密如蜂巢地分布在岷江、青衣江、大渡河、竹溪河、麻浩河两岸崖壁上，又以白崖崖墓规模最大，此前，英国人陶然士与法国人色伽兰曾来踏访，色伽兰对此评价尤高：汉代艺术遗迹中，间有之欠雅致、无气力及幼稚之点，兹皆一洗而空之。其简洁及其尺度，可谓已臻完善矣。[1]

出乐山嘉乐门，沿岷江北行五里，西折两里即是白崖山，山形俊秀，修竹夹道，难怪汉人会选择这里作为长眠之所。山中崖墓甚多，最著名者得名"白崖三洞"——清风、白云、朝霞。早在宋代，三座崖墓便已暴露，并成为州中名胜，刺史县令、文人墨客纷纷来此游玩。宋元祐八年（1093年）四月十五日，嘉州郡

---

[1] ［法］色伽兰：《中国西部考古记》，商务印书馆，民国十九年。

白崖崖墓，现编号M69，莫宗江先生正在拍摄墓室。

守张弼直、洪雅宰孙诏、龙游县令王完、夹江县令高冲等官吏同游朝霞、白云、清风三洞，至暮方还，并在崖壁勒石为记。[1]

朝霞洞崖壁上，密密麻麻刻满了宋代、清代题记，营造学社看到一则题记上方装饰的菊花纹饰颇有特色，上前拍了一张照片，连文字信息都没拍全。这则题记在朝霞洞墓门旁："王若拙仲高从二日二十有八日游命……"下部早已斑驳不清了。

金石题刻显然不是营造学社关注的内容，匆匆看完"白崖三

---

[1] 帅秉龙：《乐山市白崖山崖墓及摩崖石刻》，载《四川文物》，1996年第6期。

漫长的调查

洞",他们走进白崖山深处,拨开茂密的藤蔓,崖墓门楣上仿木的檐瓦隐约可见,一幅幅汉代建筑图展现在他们面前。

汉代建筑图

白崖山地处乐山市市中区通江镇竹溪公村,东临竹公溪,南至白坟山,西至白崖山西麓,环绕山腰分布着大湾、龙头湾、白崖山东麓、白崖山西麓、小磨儿山、罗湾儿、白坟山七处崖墓群。当年,营造学社调查的是白崖山东麓崖墓,共109座,有单室、双室、多室多种类型。

营造学社在白崖山拍摄了54张照片,至少分属8座崖墓。这些崖墓可还存世?带着这个疑问,我来到乐山。白崖山崖墓未曾出过考古报告,乐山市文物局委托四川省文物考古研究院做过一个"白岩山崖墓保护规划",对崖墓进行了编号,[1]但也不清楚照片中崖墓现在的情况。

当年城外的白崖山,如今已成了公园,公园依山而建,修建了诸多仿古建筑。颇具讽刺意味的是,宋代已是名胜的"白崖三洞"被划在了景区外面,更多崖墓因为缺乏统一规划,干脆用围墙一封了之。茂盛的竹林与树木将崖墓封存起来,一群群蝙蝠将墓室据为己有,成群结队的耗子在祭堂中随意出入。

刘敦桢在《中国古代建筑史》中,记录了一张白崖崖墓测绘

---

[1] 四川省文物考古研究院:《乐山白岩山崖墓保护规划(2014—2030)》。

图。[1]从图片来看,这是个双室墓,墓室中央夹着壁龛,左墓室墓道往左倾斜,由墓门、前室、后室构成,后室带二侧室;右墓室同样由墓门、前室、后室构成,后室带一侧室,里面安放石棺。

崖墓至今仍存,编号M84,墓口被砖墙封闭。我从墙上的小洞钻了进去。M84是座大型崖墓,砂岩内部潮湿,表面析出,昔日红色的岩壁如今已经是白茫茫一片,加上砂岩易风化,早已斑驳剥落。走上前去,一幅古老的"汉代建筑图"显露出来:祭堂正面雕出柱枋,上接长条形的横枋,横枋上承蜀柱,挑出檐口,圆形瓦当和曲面板瓦间错分布。正壁中央有一壁龛,墙面柱枋痕迹隐约可见,龛顶四边向上倾斜,顶部镌刻藻井。

中国古建筑,以唐代为分水岭,唐及唐以后的建筑尚有实物存世,唐之前只能寻找文物、遗迹佐证。其中,汉代又是一个重要时代,汉人崇尚厚葬,无论是崖墓、汉阙、祠堂,还是画像砖、画像石上,都留下了为数众多的建筑图画。M84祭堂中诸如柱枋、横枋、瓦当、蜀柱等仿木雕刻,令营造学社得以一窥汉代建筑的模样。刘敦桢如是总结:

> 凿山为石室以营墓,现见于四川彭山、乐山诸地者,均属东汉时期,或于入口凿享堂及供奉神位之龛,再于龛侧开甬道深入崖内。……见于乐山崖墓之享堂、龛及阙,其表面均隐出木构建筑之形象,如倚柱、梁头、阑额、地栿、腰枋、立柱以及板瓦、

---

[1] 刘敦桢:《中国古代建筑史》,载《刘敦桢全集》第六卷,中国建筑工业出版社,2007年。

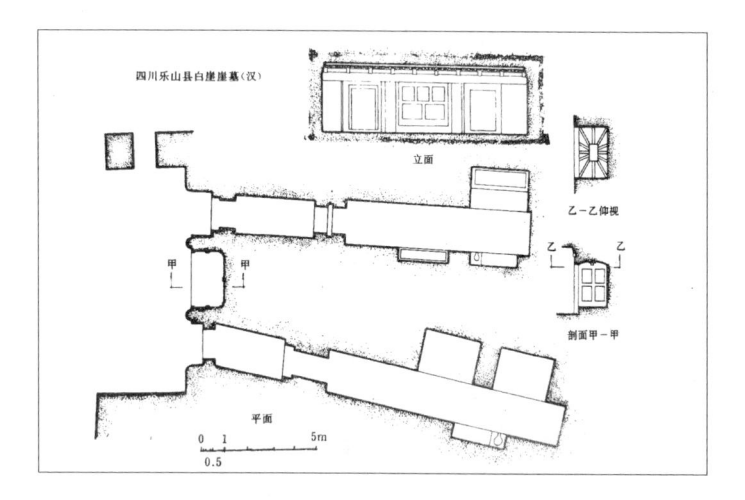

白崖崖墓线描图

M84中带有较多建筑元素，尤为营造学社所关注。

正壁开龛，过去可能是摆放祭品的场所。

藻井龛顶四边向上倾斜，后世盛行于唐代的盝顶帐形佛龛与此类似。

筒瓦等。[1]

M84左墓室方向斜出30°，可能为了避免与右墓室交叉，当年开凿时才刻意设计了角度。墓门业已洞开，顺着长长的墓道，我走进墓内。走上几步，又是一重门，再往里走，墓内潮湿阴冷，散发着腐殖的味道，蝙蝠在头上盘旋，仓皇飞出墓外。

后室左侧有两个方形侧室，里面空空荡荡，过去是存放墓主棺材的地方。汉代棺材主要有石棺、瓦棺、木棺三种类型，木棺易朽，瓦棺易碎，只有石棺能保存下来。右侧小壁龛凿有灶台，汉人讲求"事死如生"，将生前的生活场景复制到崖墓中，当年墓中还会放置陶俑、庖厨俑、伎乐俑、执盾俑、说唱俑、舞乐俑——在黑暗的黄泉世界，厨师依旧忙里忙外，准备宴席；威武的勇士守卫着大门；无休止的宴会上，憨态可掬的说唱人正在说书逗乐，女子翩翩起舞。有了他们的陪伴，死亡便不再令人恐惧。

荒草何茫茫，白杨亦萧萧。严霜九月中，送我出远郊。四面无人居，高坟正嶕峣。马为仰天鸣，风为自萧条。幽室一已闭，千年不复朝。千年不复朝，贤达无奈何。向来相送人，各自还其家。亲戚或余悲，他人亦已歌。死去何所道，托体同山阿。

陶渊明的《拟挽歌辞三首》，以亡者的口吻，写出的不仅是汉

---

[1] 刘敦桢：《中国古代建筑史》，载《刘敦桢全集》第六卷，中国建筑工业出版社，2007年。

晋之人对于死亡的态度,也描写了当时的丧俗。

族中有亲人去世,接到报丧,亲友即便远在外地也需回来奔丧,主人家给宾客准备饭菜,安排伎乐、俳倡娱乐。送葬当日,马车载着棺柩,送往郊外的家族墓地,丧车路过街巷,亲友在路旁设供品祭奠,前来送葬的车辆越多,越能体现家族的脸面。到了墓地,厚重的石门开启,亲友将棺柩送入崖墓,并在墓中放置陶俑,以及盛满了食物的陶罐、陶豆。

汉代夏季伏日与冬季腊日,也会定期举行祭墓活动,这一天,壁龛中摆放着祭品,宽阔的祭堂中,人们面向祖先祭拜,观察着宏大的祭堂,他们深知,百年之后,这也是自己的归宿。整个家族,通过反复的祭祀增强凝聚力与认同感。

M83在M84旁,同样是双室墓,祭堂正壁雕刻柱枋,圆形瓦当清晰可见。右侧墓室门口有一兽,八十年多前,它面目模糊,身

白崖崖墓,现编号M83,墓门前雕一兽。

上布满凿痕；八十多年后，那些凿痕也被岁月抚平，它红色的身躯析出与岩壁一样的盐霜，一层层剥落在泥土中。

祠堂与墓室合二为一

当年，在杨枝高带领下，营造学社还考察了两座规模宏大的崖墓，一座高约五米，地上铺满了崩塌的巨石，正壁雕刻弥勒佛。幸运的是，这座崖墓也留存到了今天，编号M77。M77是一座带祭堂的巨型崖墓，正壁四墓室，中央开凿了一尊大肚弥勒，左右壁各有十二尊造像，可能是二十四诸天。

白崖山崖墓，现编号M77，为一座前堂四后室带长方形龛的大型崖墓，明人在祭堂开凿佛像。

汉代崖墓中怎么会有大肚弥勒呢，一方题记揭开了答案：

> 嘉定州犍为县龙池坝人氏，信善孙永柏同缘戴氏捐建佛座一所……嘉靖二十一年春正月十二日吉。[1]

原来，明嘉靖年间，犍为县人孙永柏与妻子戴氏，领着儿子、儿媳、女婿等，捐资开凿了弥勒佛的佛座，嘉靖二十一年（1542年）正月十二日完工。这似乎也说明，早在明代M77就已经暴露在外了。

另一座大墓编号M96，是白崖规模最宏大的崖墓，也是命运多舛的一座。崖墓同样被围墙挡着，附近的流浪汉在围墙上掏了个洞，把这里当成了家。这是怎样一幅场景：地上铺满了衣服、鞋子、袜子、酒瓶、塑料纸等垃圾，厚重的崖柱上刻满了现代人的名字与誓言。民国年间，时值抗战，当时的M96虽然荒草丛生，尚干净整洁，如今竟如此满目疮痍。傍晚，一位蓬头垢面的流浪汉拎着一包废品回到崖墓中，他看了我一眼，将垃圾倒在祭堂里，挑选出有用的衣服，转身走进了墓室中，那是他的卧室。

M96也是一座带祭堂的五墓室崖墓，汉代人在设计崖墓时，保留了山岩的岩厦，既使得祭堂看起来颇为恢宏，又增加了挡风遮雨的空间，可能是开间过于宏大，预留了一根崖柱作为支撑。正壁凿有五个墓室，分为一室、二室、二室，共三组，第二组

---

[1] 帅秉龙：《乐山市白崖山崖墓及摩崖石刻》，载《四川文物》，1996年第6期。

营造学社在乐山受到杨枝高先生的热情款待，杨是位业余考古爱好者，对乐山崖墓分布情况很是熟悉。

中央开凿壁龛。营造学社曾在墓室门楣拍下一只朱雀，它张着翅膀、翩翩起舞，如今已经模糊不清。

  山东嘉祥县曾经有座祠堂，这座华丽的祠堂墙壁与屋顶雕刻着栩栩如生的画像，宋代金石学家慕名而来，尔后，泛滥的黄河将祠堂冲毁，构件被埋入泥沙之中，直到清代才被重新发现，这便是武梁祠。近几十年来，大量汉代祠堂残件在考古发掘中被发现，比如河南密县打虎亭石祠、徐州洪楼石祠、茅村石室、朱鲔石室等，显示出汉代祠堂的兴盛程度。汉代墓地前往往建有祠堂，一种是小型家庭，往往建一座祠堂，比如朱鲔石室；另一种是大家族，墓地前分建几座祠堂，比如武氏墓地，除了武梁祠，墓前还可能有过武斑祠、武荣祠、武开明祠。

祠堂前有石阙、石兽，郦道元在《水经注》中，曾经记载过河南密县张德墓的布局：入口处矗立着双阙，石兽在墓道两侧，顺着墓道往前，一座华丽的石祠建于墓前，旁边立着三块石碑。张德的后人引水进入墓园，池塘中有亭，周边又环绕石兽。每一位来到这里的拜谒者，都会赞叹墓地的独特布局，称赞张德后人的良苦用心。

对于汉代祠堂，梁思成自然不陌生，他的好友费慰梅1934年到访了武梁祠，并于1942年在《中国营造学社汇刊》发表了《汉武梁祠建筑原形考》一文。白崖崖墓是汉代典型的家族墓，家族不同分支的成员送入不同墓室安葬，祭堂公用，事实上充当了祠堂的角色。

在《中国建筑史》中，梁思成写下这段话：

乐山县白崖，宜宾黄沙溪诸大墓，多凿祭堂于前，自堂内开二墓道以入，墓室即辟于墓道之侧，其中亦有凿成石棺者。全墓唯祭堂部分刻凿建筑结构形状。堂前面以石柱分为两间或三间，其外檐部分多已风化。[1]

可以想象，东汉年间，崖墓逐渐取代了竖穴墓，成为蜀地流行

---

[1] 梁思成：《中国建筑史》，百花文艺出版社，2003年。

的葬式。原本建立在墓前的祠堂,也逐渐成为崖墓的一部分,设计者在开凿崖墓的同时,便预留出了祭堂的空间——乐山崖墓,兼有汉代祠堂与墓地的双重功能。不过,武梁祠、打虎亭石祠、朱鲔石祠都雕刻了繁复的图案——车马出行、三皇五帝、祥瑞图案、历史传说等,而眼前的M96除了建筑构件,祭堂中并没有其他雕刻。乐山崖墓是否也会像汉代祠堂那样,雕刻出复杂的图案?

祭堂中的汉代画像

11月1日早上6点半,梁思成、陈明达动身前往峨眉,刘敦

箥子铺崖墓不少业已暴露,贫民搬入里面居住。

桢、莫宗江沿岷江北上,继续调查崖墓。沿途崖墓随处可见,数目之多,令人咋舌。笸子铺崖墓不少业已暴露,崖墓旁张贴着"嘉定中英大药房临时营业处设紫云街二号""协丰联号营业处半边街"的广告,附近的贫民搬进去,将祭堂用作客厅、厨房,晚上就睡在冰冷的墓室中。可惜照片中的崖墓,因邻近城市,也消失得无影无踪了。

营造学社离开的第二年,杨枝高又在麻浩河畔发现了麻浩崖墓群,同年,金陵大学中国文化研究所的商承祚前来调查。商承祚是广东番禺人,19岁师从罗振玉学习甲骨文,21岁即出版了甲骨文字典《殷墟文字类编》,1933年进入金陵大学,抗战年间迁入成都。他对麻浩崖墓进行了初步调查,证实是一处东汉至南北朝时期的崖墓群,544座墓葬分布在大地湾至虎头湾间东西长约300米的山崖中,高低错落,左右毗连。

与乐山乌尤寺隔河相望,有处仿古建筑,这便是乐山崖墓博物馆,馆中陈列三座崖墓,其中M1规模最大,也是麻浩崖墓最精彩的一座。M1是一座带祭堂的大型崖墓,由墓门、前室、墓室构成。前室宽11.2米,南部进深6.13米,北部进深4.02米,充当了祭堂。与白崖崖墓崇尚恢宏不同,麻浩崖墓更讲究教化功能,前室与墓门雕刻了多达27幅图案,将雕梁画栋、历史故事、神话传说、祥瑞图案、神话世界等囊括其中。

北壁四幅图案以连环画方式展示了"荆轲刺秦王"的惊心动魄场景。柱枋、横枋、屋檐、瓦当将参观者的视线拉回秦宫之中,荆轲怒发冲冠,似乎正奋力掷出匕首,士兵将他拦腰抱住,他身体前倾,仍准备奋力一搏;秦王仓皇失措,衣冠不整,落荒而逃；宫中的侍臣躲避在角落中，吓得瑟瑟发抖；秦舞阳跪伏在地上，樊於期头颅还置于打开的匣中。荆轲的豪气，秦舞阳的懦弱，秦王的失措，侍臣的惊恐，在小小的空间中展示得淋漓尽致。

荆轲刺秦是汉代的流行题材。为何刺杀皇帝的故事情节，会频频出现在汉代画像石、画像砖上？一种观点认为，荆轲讲信义，重承诺，具有侠义精神，这是汉代人标榜的品质，也符合儒家倡导的忠义孝勇道德规范。《史记·刺客列传》中记载的六位刺客均出现在武梁祠中，分别是曹沫、专诸、要离、豫让、聂政与荆轲。

据四川大学罗二虎教授统计，麻浩M1祭堂、墓门还雕刻了西王母、佛像、凤鸟、玉兔、蟾蜍、嘉瓜、瑞兽、朱雀、门吏、垂钓、伎乐、董永侍父、卧羊、男女拥吻等诸多场景。如此一来，一座祠堂便被分割成了多重空间与功能：门吏在门前，等待墓主的到来，侍从在马车旁听候主人召唤；"荆轲刺秦"展示着汉代社会流行的侠气之风，"董永侍父"显示着孝道盛行；更重要的是，墓主死后会遇到掌管着不死药的西王母；连印度的佛陀也一同庇护着他。这也意味着，早在东汉年间，佛教便已经流传在巴蜀大地上。

川康古建筑调查中，营造学社一路考察了乐山、彭山、绵阳、广元、岳池等地的崖墓，它们或密如蜂巢，如蜂房水涡；或带有建筑元素，镌刻斗栱痕迹；乐山崖墓却以其恢宏的规模与祠堂的功能，给学社留下了深刻印象，并在梁思成的《中国建筑史》、刘敦桢的《中国古代建筑史》中占据了一席之地。

与营造学社失之交臂的元代建筑

来到四川后,梁思成一直苦苦寻找宋元建筑,为撰写《中国建筑史》收集材料。11月1日,他来到峨眉飞来寺飞来殿前,觉得隐有古风,但出于谨慎,还是将其定为明代建筑。半个世纪后的一次维修,证实它应该是座元代建筑,临近的香殿同样修建于元代。四川近年来发现了阆中五龙庙、剑阁香沉寺、盐亭花林寺、蓬溪金仙寺等元代建筑,多以家庙为主,为何营造学社当年与它们失之交臂?

漫长的调查

不识峨眉真面目

11月1日上午,营造学社兵分两路,刘敦桢、莫宗江留在乐山继续调查崖墓、石窟,梁思成、陈明达赶赴峨眉,之后两队人马先后返回成都。梁思成没有写日记的习惯,也就无法得知他的行程。峨眉照片分为两部分,一是飞来寺,一是圣积寺,推测他们先调查了飞来寺,尔后游历了峨眉山。

飞来寺在峨眉县(今峨眉山市)北飞来岗上,距县城约五里。出峨眉城后,沿途村舍日渐稀少,滑竿穿过田垄、竹林,跨过奈何桥,停在了飞来寺九蟒殿前。九蟒殿面阔三间,进深两间,明间开敞,正中神龛供奉王灵官,这是道教护法神,中国几乎每个道观都有他威武的形象,一如佛教的韦驮。次间围着木栅栏,里面也供奉神像。

拾级而上,香殿与飞来殿屋檐相接,山面有披檐相连。香殿是上香朝拜的献殿,面阔三间,进深两间,外檐斗栱五踩重昂,梁思成发现内额有"洪武二十四年"重建题记。[1]洪武是明太祖朱元璋年号,二十四年为1391年。

飞来殿是飞来寺主殿,外观被香殿遮挡,却依旧透出一股沉着古朴的气度。它面阔五间,进深四架,前檐斗栱七踩重昂,头昂雕成龙首,二昂象鼻形。明间雀替雕作龙形,次间凤形,昭示着建筑的不凡身份。前檐檐柱巨龙缠绕,龙首上扬,童子踏着龙身,手牵龙须,神态天真烂漫。

---

[1] 梁思成:《西南建筑图说》,人民文学出版社,2014年。

香殿过去建在飞来殿前的月台上，与飞来殿前檐相连接，为上香朝拜的献亭，故名"香殿"。

飞来殿面阔五间，殿中曾供奉东岳大帝、炳灵三太子，以及诸僚多属随从。

漫长的调查

殿内梁架结构一览无余，这样的做法叫作"彻上露明造"。金柱上彩塑或大或小的童子，它们脚踏祥云，似从天国降临。殿中供奉诸多神灵：东岳大帝身披道袍，全身贴金，双手持笏板拱于胸前，身后彩绘背屏十分华丽，这位道教尊神位列五岳之首，主宰世间万物的出生，并掌管着阴森的地狱。炳灵三太子传说是他第三子，又名泰山三郎，浓眉大眼，神情威严，身着贴金道袍，双手于胸前持笏板。殿中还可见其他神灵，他们或是文官模样，或是侍女姿态，道教典籍记载，东岳大帝掌管的铁围城有惩奸恶的三十六署，司吉凶的七十二曹，以及十大太保等。

飞来殿后即为玉皇楼，楼下供奉净饭王夫妇，他们是释迦牟尼佛的父母，楼上供奉玉皇大帝。殿中石柱础是古镜式样，比檐柱大得多。玉皇楼或许起初是座明代建筑，木建筑腐朽后，石柱础尚算坚硬，古人就地取材，将石柱础重新利用。

匆匆考察完飞来寺，梁思成、陈明达起身前往峨眉山。来到四川后，梁思成一直希望找到宋元建筑，飞来寺香殿与飞来殿，是他最接近的一次。

题记中保存的真相

1988年，飞来寺被列为第三批全国重点文物保护单位。四川宋元建筑寥若晨星，飞来寺也就成了"明星"，古建筑爱好者趋之若鹜，但近年来常年维修，大多处于关闭状态。石广场爬上了厚厚的青苔，枯黄的落叶几乎铺满了每一寸月台，黑猫与黄狗在里面追逐嬉戏。

我联系了峨眉文管所，管理员才打开木门，营造学社当年考察过的九蟒殿、香殿、飞来殿仍在，寺里还有从其他地方搬来的诸多明清建筑，堪称"古建筑博物馆"。跨过牌楼式的山门，九蟒殿出现在我眼前，单檐歇山顶，面阔12.5米，进深6.5米，修建于明崇祯五年（1632年）。殿中空空荡荡，王灵官像早已不翼而飞，没有了神像，内部构架倒是一览无余，前后檐正中的斗栱昂尾直向上插，在正脊檩底下相交，如同一个大大的"人"字。

香殿在飞来殿后，比起八十多年前，它往前迁移了十米。原来，香殿、飞来殿年久失修，随时有坍塌的危险，1983年11月，四川省文物管理委员会对两殿进行了维修，并将香殿迁移到今天的位置。也就是在这次维修中，在香殿前檐额枋发现"至治二年岁次壬戌十二月"（1322年）题记，[1]至治是元英宗硕德八剌年号，这年六月，著名画家赵孟頫辞世。

两株枝繁叶茂的樟树下，古老的香殿依旧屹立在月台上，面阔12.8米，进深6.25米，额枋上设平板枋，其上承接斗栱，五踩重昂。明间开敞，次间、山面用大面积隔扇，室内光线也颇为透亮。殿中不用内柱，明间前后檐柱间用大内额，额上施一斗三升的斗栱和素枋，其上又施五踩斗栱，第二翘向内出挑，上承平槫，这都是元代建筑的典型做法。

殿内有四通石碑，其中一通信息丰富——《宋淳化四年重修庙记》。淳化是宋太宗年号，四年为993年，碑上"嘉州峨眉

---

[1] 王小灵：《峨眉山市元代古建筑飞来殿落架维修及香殿搬迁工程》，载《中国文物保护技术协会第三次学术年会论文集》，紫禁城出版社，2005年。

香殿内部。

县重修东岳……""嘉州军事推官登仕郎试秘书省校书郎任尹述""将仕郎守嘉州峨眉县主簿兼令尉事程及篆额"题记清晰可见，可知993年曾对古庙进行重修，并得到时任嘉州军事推官任尹、峨眉县主簿程及等人的支持。这也说明宋代的飞来寺其实是座祠庙——东岳庙，在漫长的岁月中才变成了佛寺。

从香殿再往上，便是飞来殿。香殿搬迁后，偌大的月台上只剩一座飞来殿，视觉上也更加开阔，可惜檐柱上两条巨龙早非原物，童子也换成了道教的神仙。民国年间，梁思成从殿外拍下了照片，当时殿中神仙云集，童子遨游，连角落里都挤满了神仙；如今，飞来殿中没有一尊造像，金柱上也是空空荡荡。"文革"

飞来殿檐柱彩塑蟠龙，童子手牵龙须，站于龙身上，神态天真烂漫。

期间，东岳大帝铜像被砸毁，殿中神仙也逃不了同样的厄运，偌大的一个飞来殿，就这样被洗劫一空。

同样在1983年维修时，工人在飞来殿前檐角梁上发现了带有"元大德戊戌年"题记的铁钉。大德是元成宗年号，大德戊戌为1298年，这个发现也将飞来殿的年代拉回到了元代，并验证了学者们的猜测——既然附属的香殿修建于1322年，作为主体建筑的飞来殿应该更为古老才是。1941年，刘致平也曾来到飞来寺考察，他认为飞来殿的斗栱是他在四川看到最宏伟的，有可能是元代建筑。[1]

[1] 刘致平：《西川的明代庙宇》，载《文物参考资料》，1953年第3期。

飞来殿角部的角科、平身科为计心重栱造,里转两跳上施三幅云。

飞来殿山面设平板枋,上施柱头科与平身科,均为七踩单翘重昂。

不过，铁钉只是建筑构件，不属于传统的大木作，飞来殿的准确修建年代依旧扑朔迷离。话虽如此，这座建筑却隐藏着诸多古老的手法——面阔五间，前檐改为四柱三间，中央两柱跨度达8.15米，这样的做法称为"移柱造"，也是中国宋元建筑常采用的手法。当年，梁思成曾对这些存古的细节思量再三，但稳妥起见，还是将飞来殿定为明代建筑。

近年来，四川各地发现了一批元代建筑，比如梓潼七曲山大庙盘陀殿，眉山报恩寺，阆中五龙庙、永安寺大殿，盐亭花林寺，蓬溪金仙寺，剑阁香沉寺等。营造学社梦寐以求的宋元建筑在四川存世数目并不少，他们为何总是失之交臂？

令狐氏次子得性

1940年1月，梁思成、刘敦桢一行来到蓬溪县，这个偏远的县城在明代时寺院遍布乡野。学社考察了鹫峰寺、宝梵寺、定香寺，他们或许不会想到，在蓬溪城外6公里，还有座古朴的元代建筑——金仙寺。金仙寺地处蓬溪金仙村，插旗山下，马桑河边，大殿单檐歇山顶，面阔三间，民国年间曾在前面加盖了一个献殿，两层飞檐，如同飞鸟翩翩起舞般，掩映在蓝天碧树之间。

自从2008年7月在第三次全国文物普查中"验明正身"后，原本供奉在殿内的菩萨、神仙迁到了对面新修的庙里栖身，大殿也就空无一物了。扁平的柱础高矮不一，黑黢黢的木料也略显单薄，就是这样一个简陋的建筑，却在风雨飘摇中存续了七百余年。

金仙寺的故事，隐藏在大殿的梁栿、内额、挑斡上，二十余条墨书题记至今犹存：

> 大元泰定四年太岁丁卯，闰九月丙寅朔，初七日壬申，值开，当代修造讲僧得性，童子佛护、法护、僧护，堂头本师自昌、师叔自隆、师侄思聪等，鼎新藏殿，永镇金田；江西道吉安……喜舍宝钞伍定，同邑刘应凤舍钞壹定……；俗家母亲刘氏秀，兄令狐彬、何氏，弟令狐瑄，次弟杨嗣良、王氏……[1]

元代蓬溪县有个令狐家族，次子出家为僧，法号得性。泰定年间，得性筹建转轮藏殿，此举不仅得到了俗家兄弟的支持，附近百姓也纷纷捐资，还有乡官、盐井官慷慨解囊——乡官李坤厚与妻子谢氏，以及陈汝霖、陈汝泽、陈汝坚兄弟，捐了宝钞十锭；范兴志、范文彬等人捐了宝钞一锭、白面一百斤；来自江西吉安的商贾更是出手阔绰，一人就捐了五锭。"锭"是元代纸币"中统元宝交钞"的单位，中统元年（1260年）首次发行。

得性募得宝钞三十余锭，合白银一百五十余两，藏殿顺利动工，并于元泰定四年（1327年）闰九月初七日进行了上梁仪式，邻里的官吏、商贾、乡民也根据出资的多少，将自己的名字留在题记中。这些题记，也准确无误地表明了金仙寺大殿是一座元代建筑，当时称藏殿，因殿中转轮藏（佛寺中之一种可以回转的佛

---

[1] 赵元祥、蔡宇锟：《四川蓬溪县金仙寺藏殿元代题记及相关问题》，载《四川文物》，2014年第5期。

经书架）得名。

像金仙寺这样由某个姓氏主持,并有家人出家为僧的庙宇,称为家庙。有意思的是,四川已发现的元代建筑以家庙为主,比如剑阁香沉寺是母氏家庙,盐亭花林寺是蒲氏、李氏家庙,南充永安寺是杜氏家庙,阆中五龙庙是任氏家庙。元代赋税沉重,杂役繁多,不少姓氏纷纷兴建家庙,借此躲避赋税与徭役,家族子弟掌管庙产,也能在遇到洪水、战争时为家族财产提供保障。

香沉寺里的"梁思成"

四川剑阁县与阆中市交界处有个香沉镇,香沉河绕镇而过,香沉寺就老街上。倘若问香沉寺,镇上的人还会犯糊涂,但问起老小学,镇里的大半居民都在里面上过学。清光绪三十三年（1907年）,香沉寺被借用为小学,尔后一直是香沉镇小学、中学所在地,直到2015年发现此处是元代建筑,才将前殿、大殿及厢房从学校中划出来。

香沉寺前殿面阔三间,建于清代,前檐砌上砖墙,装上铁门。大殿同样面阔三间,这真是座简陋的家庙,前檐檐柱上施阑额,以短柱挑檐,原来的六朵斗栱荡然无存。步入殿中,大大小小、长短不一的挑枋、角梁在殿内交错,之前的构件改造一下又再次利用。在长达数百年的时间中,当地人一直对香沉寺修修补补,越到后面越不重视统一,似乎打上了诸多"补丁"。

这座伤痕累累的建筑,内额、丁栿、素枋上同样留存着诸多墨书题记,讲述了香沉寺的创建历史:

云南诸路行中书省掾史罗璟，将仕郎中庆路易门县尹高选，顺元等处宣抚司知事赵时行，镇西路儒学正罗瓒……丽江路军民宣抚使司儒学教授罗琇，云南廉访司通事郑庚，孟隆路儒学正高起严；俗亲母大用、母大富、母大中、母大全、母大和、母大悦……[1]

从题记来看，香沉寺是以母姓为主导的家庙，母姓在香沉镇是大姓，逢年过节，母姓子弟也会去寺里烧香祈福。香沉寺的修建也得到了附近安仁乡、金仙里、剑门乡、普成乡百姓的支持，他们纷纷捐出钱粮，祈求长寿、富有、平安。远在外地做官的乡人听说此事，也托人送来了钱财，比如时任孟隆路儒学正的高起严。历史上的孟隆路设立于元泰定三年（1326年），这不仅是香沉寺建于元代的见证，也是这座家庙年代的上限。

题记中还出现了何氏家族，"当乡大檀何富有，男社长何善荣、龙爪站提领何善质，次男何善从，孙男何道成、何道昌、何道隆、何道明，各舍钱粮，祈乞晚景康宁，子孙昌衍"。有意思的是，何道成、何道昌兄弟也出现在阆中五龙庙题记中。五龙庙位于阆中市木兰镇白虎村，元代同样隶属剑州，是任姓主持的家庙，虔诚的何道成、何道昌等兄弟听说五龙庙修建的消息，又到这里捐献了钱粮，他们虔诚地奔走在这些小庙间，希望能得到神灵的庇佑。

---

[1] 成都考古研究院编著：《四川古建筑调查报告》第一卷，文物出版社，2020年。

梁思成并未到过香沉寺，但香沉寺的题记却有"梁思成"的名字，甚至还有他的弟弟梁思永，这是怎么回事呢？原来，香沉寺左山中丁栿上，写着"金仙里施主罗庚祖、冯炳聪、冯炳明……梁思明、梁思永、梁思成、梁思恭、梁思有、梁思聪、梁思敬、梁思义……"题记。元代的剑阁金仙里，梁家兄弟也加入了营造香沉寺的行列，他们怎么都不会想到，七百多年后，会有个同名的年轻人在蜀地寻找宋元建筑；而梁思成也怎么都不会想到，他的名字会出现在梦寐以求的宋元建筑上。

川康古建筑调查虽历时一百七十三天之久，但在当时的交通状况下，营造学社只能沿着官道、驿道做调查。除了飞来寺在峨眉城边，四川已发现的宋元建筑大多地处荒野田畴，且以家庙为主，这才能熬过王朝变迁与岁月流逝。显然，营造学社步履匆匆的考察，并不能覆盖四川广袤的土地。

带着这样的遗憾，在《中国建筑史》中，梁思成列举了河北正定阳和楼、河北曲阳北岳庙德宁殿、山西赵城明应王殿、云南广福寺大殿作为元代建筑的实例。其中，唯独缺少了四川，这是梁思成与四川元代建筑失之交臂的遗憾，也是《中国建筑史》一个小小的缺失。

彭山崖墓

石 头 上 的 建 筑 史

11月5日，刘敦桢、莫宗江抵达彭山县双江镇，此前，乐山白崖崖墓恢宏的规模令他们震惊，但彭山崖墓又有自己的特点。王家坨、寨子山两座崖墓，墓室门楣雕刻硕大的斗栱，墓中的八角柱、方柱再现了汉代石柱的样子，柱上的皿板、斗栱也留下了极其珍贵的建筑标本。1941年，中央博物院筹备处、"中央研究院"历史语言研究所、营造学社联合成立"川康古迹调查团"，也选择江口崖墓作为发掘地，这是抗战时期中国最大的田野考古发掘。

《隶释》的启示

11月1日，营造学社兵分两路，梁思成、陈明达赴峨眉调查飞来寺，刘敦桢、莫宗江经夹江县、眉山县，5日抵达彭山县双江镇。武阳江、府河在这里交汇，汇入岷江，由于水运之利，古镇自古繁华，长约五里的老街，吊脚楼鳞次栉比，旅店、茶楼、饭庄、酒坊一家挨着一家。

在交通旅馆下榻后，刘敦桢向店老板打听镇上的古迹，店老板随手指着街后的小山，说那里就有"蛮洞"。"蛮洞"是当地人的叫法，意思是古代蛮夷居住的洞穴，按照经验，这些洞穴极可能是汉代崖墓。刘敦桢、莫宗江放下行囊就去考察，果然是两座崖墓，一座门窗俨然，窗下柱、枋的建筑痕迹清晰可见；另一座门楣雕瓦当，门口两匹石马相向而立。当地人早就见怪不怪了，崖墓冬暖夏凉，是储存红薯的好地方，有些人家也把木柴码在里面，或是养鸡喂鸭。

江口镇街后崖墓。

双江镇在彭山县城东北五公里,也就是著名的江口镇。古镇紧临岷江东岸,背后山丘起伏,崖墓数量超过4000座。刘敦桢探寻的崖墓虽已不存,古镇至今仍有座汉崖墓博物馆,岩壁上分布着四座崖墓。街前是市井生活,街后是九尺黄泉,在这里,生与死,似乎并无距离。

早在宋代,江口崖墓即已知名。宋代金石三大家之一的洪适在《隶释》中,记载了这样一个故事:南宋绍兴年间的一天,武阳城东(彭山古称)彭亡山,有农民耕作时,地下露出一个洞口,农民点着蜡烛,从洞口钻了进去,原来是座古墓。墓如房屋大小,泥泞不堪,两只石柱将墓室分成两部分。左边墓室中,三具瓦棺业已破碎,右室中有三具石棺。在崖柱上,农民发现文字痕迹,宋人酷爱金石,消息传出后,文人墨客纷纷前来观摩、拓片,《隶释》中收录了两则题记:

维兮本造此宵者,张宾公妻、子伟伯、伯妻、孙陵在此右方曲内中。

维兮张伟伯子长仲以建初二年六月十二日与少子叔元俱下世。长子无益为之祖父宵中造内,栖柱作崖棺,葬父及弟叔元。[1]

从题记看,这是个家族墓,墓中至少安葬了四代人——张宾公妻,子张伟伯夫妻,孙张长仲、张陵,曾孙张叔元。崖墓中原本长眠着张宾公妻子,伟伯夫妻,张陵;东汉建初二年(77

---

[1] (宋)洪适撰:《隶释 隶续》,上海古籍出版社,2021年。

年），张无益又雇来工匠，开凿墓室，安葬了父亲张长仲与弟弟张叔元。

《隶释》中所记的彭亡山，也称彭祖山，地点在江口茶场村。从洪适的记载来看，这座崖墓以墓道为中心，中立崖柱，左右各有两个墓室。墓室开凿时间并不相同——汉代崖墓会根据需求打开，以安放先后过世的逝者，甚至进行增开墓室等后续工程。

彭亡山崖墓，也解释了为何汉代四川的墓葬文化会发生剧烈变革——先秦时期流行的竖穴土坑墓，在汉代逐渐被崖墓取代。东汉盛行家族合葬，与竖穴土坑墓相比，水平方向开凿的崖墓满足了汉代人先后下葬、不断开启的现实需求。另一方面，汉人追求不朽，希望生命轮回，坚固的石头也契合他们对于永恒的想象。

东汉年间，崖墓成为蜀地最流行的葬式，在低矮的丘陵中，几十座，甚至几百座墓穴密集排列，鳞次栉比，错落相间。营造学社在四川考察了彭山、绵阳、乐山、岳池等地的崖墓，刘敦桢时常感慨：嘉定、彭山、绵阳等处岩墓，数目之多令人咋舌。但彭山崖墓，显然有自己的独特之处。

弯曲如花茎的斗栱

下午一时，刘敦桢、莫宗江沿江岸北行，约二里抵达王家坨，山上遍植棉花，其间崖墓杂布，数处墓门洞开，但淤泥堆积，实在无法进去一探究竟，更多的则是封土犹存。失望之余，刘敦桢感慨："若能逐一开掘，穷其究竟，当于汉代历史文化，裨益匪浅。"

再往山中走，官道旁有个采石场，工人正在开山取石，他们在岩壁间安上炮眼，一阵阵巨响之后，藏身在深山中的崖墓就这样暴露出来，甚至四分五裂。汉人的羽化成仙之梦，被纷纷惊醒。

刘敦桢瞥见半山有座崖墓，墓道已被炸毁，墓门离地面约六米，门楣三重，第一层雕刻硕大的弯曲斗栱；第二层两只羊相对，中有一熊，汉代以羊为吉祥，中国国家博物馆馆藏的铜洗，内底即有"大吉羊宜用"铭文，意为大吉祥；第三层无雕饰。在

彭山王家坨M460，由于石场在山中取石，墓道已毁。

向导帮助下,他钻进墓中,前室长条形,侧室梯形,东壁开凿着双眼灶与壁龛。侧室东北角开凿石椁两具,椁盖半启,椁中瓦棺散落在地,看来早已被盗掘了。

墓中并无题记,令刘敦桢欣喜的,是侧室开口正中的八角形石柱,柱高0.94米,略具收分,柱上设皿板,上置栌斗,两旁各出一弯曲如花茎的斗栱,两端下缘微微凸起。这样的斗栱他在日本见过,当时他在日本东京高等工业学校学习,考察法隆寺时曾见到这样的斗栱,但眼前的崖墓明显年代更早,这是日本建筑师法中国的直接证据。"柱上置栌斗及弯曲之花茎状栱。栱之两端,下缘较上缘微凸出,足证日本奈良法隆寺斗栱形制,仍导源于中国也。"[1]梁思成后来看到崖墓资料,也连连赞誉:汉代斗栱,及柱之独立施用者,江口崖墓为现存仅有之实例。

走出墓室,刘敦桢在石场看到一具瓦棺,棺盖裂为三段,上前询问石工,原来是崖墓被毁后,有好事者抬了出来,并将墓中文物洗劫一空。有位年长的石工拿着陶俑前来兜售,说是早些时候从墓里取出的,售价两元。刘敦桢离开彭山前,曾专程拜访杨县长,请他禁止石厂开采石料以致损毁汉墓的行为,并注意恣意盗掘。在战争岁月,这样的呐喊声影响微乎其微。

第二天,刘敦桢、莫宗江从王家坨继续向北,经老鹰沟,前往寨子山,考察了另一座崖墓,墓中有一方柱、一八角柱。囿于当时的条件,他们并未对崖墓进行发掘与编号,只拍下照片,记

---

[1] 刘敦桢:《川、康古建筑调查日记》,载《刘敦桢全集》第三卷,中国建筑工业出版社,2007年。

M460由墓道、墓门、前室、侧室四部分构成，侧室门口立有八角柱。

王家坨一具被拉出墓室的瓦棺，瓦棺是彭山崖墓最常见的葬具之一。

录下布局。得益于两年后的一次大规模考古,我们才得以知晓两座崖墓的详细信息。

重达22吨的文物

1940年,"中央研究院"筹备处与"中央研究院"历史语言研究所从昆明迁往四川李庄,第二年春天,与营造学社联合成立"川康古迹考察团",由吴金鼎任团长。这位山东汉子1901年出生于安邱县(今安丘市)万戈庄,1926年考入清华研究院,师从考古学家李济学习人类学与考古学,并于1928年发现了城子崖遗址,辉煌的龙山文化初见端倪。考察团中还云集了曾昭燏、夏鼐、高去寻、王介忱等诸多翘楚,他们都是中国考古的新生力量,陈明达也参加了发掘。

"川康古迹考察团"将四川省、西康省分为六个工作区,其中第二区为成都大平原,包括彭山、金堂、灌县(今都江堰市)等区域。1941年5月,经过再三权衡,考察团最终选择江口镇一带的崖墓作为突破口,以江口镇为起点,一路向西延伸,在寂照庵、石龙沟、丁家坡、豆芽坊沟、李家沟、王家坨、寨子山、陈家碥八地累计发掘了77座崖墓、2座砖室墓,并按照先后顺序进行编号。诸多崖墓中,M900有六个墓室,墓口刻有"蓝田令杨子舆所处内"隶书,"内"即墓室,墓主杨子舆曾任蓝田县令,归葬故里,东汉县令俸禄千石,这或许也是M900规模如此恢宏的原因。M550门楣雕刻秘戏图,半裸的男女相拥而吻,男子右手搭过女子右肩抚摸乳房,被誉为"天下第一吻",如此直白的场景,不仅是汉代粗犷民风的再现,也延续着汉人生命永恒的梦想。

在M505中,吴金鼎、曾昭燏发现了东汉永元题记,曾昭燏在《永元残墓清理报告》一文中回忆了当天经过:

> 1941年5月12日,与吴金鼎君自寂照庵北行,往寨子山调查。于山之西向半腰上,见有近代石工所开之大缺口,其近处有一洞,盖一已开之崖墓。入其内,见墓室尚完好,惟石椁残片与泥土堆积不平。吴君忽于墓之尽头处左侧,发现一内室,室外门两侧石上,各有刻字一行。向内一行过暗,不能读。向洞口一行,有"永元十四年三月廿六日"字样。既已知墓之年代,当即决意全部加以清理。[1]

1908年,英国传教士陶然士曾沿着岷江流域进行崖墓调查,其中有一座墓中有"永元十四年三月廿六日"题记。曾昭燏相信,陶然士发现的题记就在M505中。时隔三十多年后,中国人最终发现了这座崖墓,并运用现代考古方法进行系统发掘。

寨子山崖墓尤为密集,"川康古迹考察团"共发掘了32座崖墓,其中M505、M682、M901为纪年墓,M682中出土了"永平六年王"纪年砖,M505崖壁刻有"永元十四年三月廿六日",M901中的纪年砖模印"永元十五年二月作"。永平为东汉明帝年号,永元为东汉和帝年号,三座墓葬的年代分别为公元63年、102年、103年。

---

[1] 曾昭燏:《曾昭燏文集》,文物出版社,1998年。

王家坨M460墓门门楣三层,这张照片拍摄于1941年,陈明达在镇上找了个少年站在墓前,借此作为比例尺。

1942年3月7日,历时七个多月的江口崖墓考察告一段落,此次发掘出土了大量汉砖、陶俑、陶楼、陶罐、摇钱树座、陶灯等,重达22吨的文物,分装三艘大船,经岷江水路浩浩荡荡运送到李庄,并在抗战胜利后移交南京博物馆,"天下第一吻"则被北京故宫博物院收藏,2015年首次展出。

1991年,时隔半个世纪后,《四川彭山汉代崖墓》发掘报告才得以出版。[1]我发现,营造学社当年考察的两座崖墓也在其中,

---

[1] 南京博物馆编:《四川彭山汉代崖墓》,文物出版社,1991年。

并作为单侧室墓、三侧室墓的典型加以阐述，分别为王家坨M460与寨子山M530。当年发掘M460时，陈明达在江口镇上找了个小孩，让他站在墓门前留影，以为比例尺。小孩眉目清秀，头戴瓜皮帽，黑色长衫，白色短裤，左腿裤脚卷起，还不到墓门高。墓门前坍塌的泥土里长出一丛茂盛的狗尾巴草，迎风摇曳。

寻找寨子山M530

营造学社与"川康古迹调查团"调查的崖墓还在不在，带着这个疑问，2022年盛夏，我来到江口。五里长的老街关门闭户，门可罗雀，走上一里路都难碰上一个居民。

明代末年，八大王张献忠带着搜刮来的金银财宝，装了数千艘大船，打算顺府河而下，从江口转入岷江，再从宜宾沿长江出川，不料在江口镇遭到明将杨展截击，船只大多沉没，无数金银财宝沉入江中。2016年底，因为一次盗掘，江口沉银的传说得到证实，几次考古发掘，从岷江中挖出了数万件金锭、银锭、戒指、簪、钗、耳环等文物。因为沉银遗址，江口镇举世皆知；同样因为这次发掘，这里即将打造成景区，居民陆续搬离。这座小镇的烟火气，正在悄然丧失。

彭山区文管所也不知道崖墓的具体情况，介绍了高大爷做向导，他是江口人，早年跟着文管所做过几次文物普查，对江口的崖墓分布颇为熟悉。在"棒老二农家乐"，我找到正在打长牌的高大爷，对着八十多年前营造学社的照片，他说，王家坨如今在一个农场背后，山上还有些崖墓，但这座墓民国年间采石时就毁了。我不死心，又指着在M460墓门前留影的儿童，问他认识不，当年的儿童不过10岁上下，倘若还在世，如今该年逾九十了。高大爷想了半天，摇摇头。

调查就这样戛然而止，难免有些失望。不过，高大爷看到寨子山M530照片时，话锋一转，说他早年去过，应该还能找到。

江口镇崖墓，以寨子山、豆芽坊沟两处最为集中，寨子山在王家坨以北约两公里。车开到一处坟园就无路可走了，我们下车步行，山中荒废已久，荆棘丛生，断了的竹子数次挡住去路。这条路是20世纪80年代修的机耕道，早已不是当年刘敦桢走过的山路了，但他的体验，我感同身受："至老鹰沟，地在王家坨北约三里，自旧官道登侧土山，随处皆有崖墓"。

在山中转悠了半个多小时，终于在靠近山顶的地方找到了M530。从山顶垂直下到墓门太过危险，高大爷记起以前是从墓室进入的，我们又到处寻找崩塌的洞口。我蓦地想起，当年刘敦桢发现M530时，墓门尚未打开，他也是寻到了崩塌的东北角进入墓中，"约二里至寨子山顶，见一汉墓，门西南向，门外封以土，墓室东北隅之顶已崩毁一部。余等乃自崩口入墓。"[1]

终于进入墓室中，M530规模宏大，由墓道、前室、主侧室、北侧室、南侧室构成。前室长13.85米；主侧室平面呈梯形，缺口就在它的顶部。前几天刚刚下了场雨，墓中淤泥堆积，几乎找不到下脚的地方，崩塌的石块散落一地，墓壁已经被青苔染成了绿色。

---

[1] 刘敦桢：《川、康古建筑调查日记》，载《刘敦桢全集》第三卷，中国建筑工业出版社，2007年。

彭山寨子山崖墓，编号M530，由墓道、前室、主侧室、北侧室、南侧室构成。主侧室开口雕两根石柱，一八角形，一方形。

主侧室开口雕有两根石柱，一八角形，一方形，造型古朴，浑厚大气。八角柱高1.2米，下大上小，柱顶上方设有皿板，上接栌斗，正面阴刻"胜"图案——两端是梯形板状物，中间有轴相连。"胜"常见于汉代画像石、画像砖上，通常认为是西王母的标志，《山海经》里，"西王母，梯几而戴胜杖，其南有三青鸟，为西王母取食，在昆仑墟北。""胜"是她头上发冠两侧经常佩戴的装饰物，左右对称各戴一支，如一只张开双翼的飞鸟，抽象后转变成两个梯形（象征鸟的双翅）在一个圆形（象征鸟的身体）两侧展开的图形。出于对西王母的崇拜，她佩戴的"胜"自然也作为祥瑞符号，受到汉人追捧了。

方形柱长1.02米，柱上设栌斗、皿板，上接斗栱。柱身本雕刻着青龙、白虎、人物图案，但青龙、人物早已风化，看不到一点

方形柱侧面阴刻白虎,如今业已斑驳。

方形柱上设皿板、栌斗,栱臂与墓顶相接,一侧栱臂已毁。

漫长的调查

痕迹了，白虎虎身斑驳，尾巴还依稀可见。照片中的白虎口生利齿，颌下有须，肩部生短翼，神采矫健，极富动感。八十多年前后的变化，令人触目惊心。

方形柱上布满粗糙的凿痕，虽历经千年，犹历历在目。汉代崇尚厚葬，社会上出现了专业的"墓葬装修队"。汉代装修队接到任务，谈好工钱后，就动手在崖壁安装碓架横梁，尔后在横梁吊上带钻头的撞桩，来回推动撞桩凿击岩壁，当撞桩够不到的时候，再换位置安装碓架，M530岩壁的凿痕，便是汉代撞桩撞击的痕迹。汉代锋利的铁器已广为流行，这大大提高了开凿墓室的效率。

照片中的其他崖墓，高大爷无法判断其位置。他说，寨子山崖墓很多都洞开了，小时候喜欢跟小伙伴一起钻进去玩，夏天在凉爽的墓中不愿意出来，等到家里大人上山喊，小伙伴们才依依不舍地回到湿热的镇上。十多年前封山育林，树木、竹林、荆棘渐渐遮挡住了洞口，那些汉代的崖墓，又慢慢回到了原来的模样。

在营造学社之前，曾经有位日本建筑学家来到彭山县，他便是伊东忠太。1902年，伊东忠太从西安府入蜀，沿着金牛道到成都府，随后南下新津、彭山、眉山、乐山等地。从路线上来说，伊东忠太与学社的考察有重合之处，但他的调查以木构建筑为主，忽视了近在咫尺的崖墓，在撰写《支那建筑史》，尤其是汉代章节时，伊东忠太明显材料不足。

如果说营造学社在华北考察时发现的唐代、宋代、元代、明代建筑勾勒出了唐代之后中国建筑脉络，那么南下乐山、彭山的考察，则让他们接触到了汉代文物的珍贵资料，找到撰写、研究唐之前建筑史的方法。在整理彭山崖墓资料时，梁思成就发现了

一种叫皿板的构件,在《中国建筑史》中,他写道:

> 彭山崖墓墓室内八角柱上,多有斗栱。柱头上施栌斗(即大斗),其上安栱,两头各施散斗一;栱心之上,出一小方块,如枋头。斗下或有皿板,为唐以后所不见,而在云冈石窟及日本飞鸟时代实物中则尚见之。[1]

梁思成说的皿板,是柱头与栌头,散斗、齐心斗与栱交接处的垫板,早期木建筑没有阑额与平板枋,为了解决柱头水平不一的问题,皿板应运而生。汉代皿板已颇为常见,延续至南北朝,云冈石窟第9窟前室交脚弥勒龛,柱头之上便有皿板。彭山崖墓M460、M530中的皿板,也为了解它的起源提供了更多证据。

两千多年前,彭山的工匠们在深山中开凿了数以千计的崖墓。他们似乎又深谙建筑之道,将汉代建筑信息隐藏其中。刘敦桢、莫宗江孤军深入,吴金鼎、曾昭燏、陈明达全面揭露,营造学社与"川康古迹考察团"前后接力,完成了对彭山崖墓的发掘与调查,不仅收集到第一手汉代建筑材料,也是中国近代考古学萌芽的标志。在战火纷飞的抗战岁月,中国学人依旧坚持古迹调查与田野考古,试图了解这个遍体鳞伤的国度的过往。

---

[1] 梁思成:《中国建筑史》,百花文艺出版社,2003年。

方形柱上的凿痕是当年施工的痕迹。

寻找明代平盖观

彭山县平盖观因山形得名,但宋代之后,这里却与道教"二十四治"的平盖治纠缠不清。民国年间平盖观存前殿、三清殿等,其中三清殿可能是明代建筑,殿中塑像亦塑于明代,遗憾的是殿宇和塑像都消失在了城市化进程中。

1939年11月，刘敦桢、莫宗江先生在江口镇考察了王家坨、寨子山崖墓，但彭山县照片，尚包括文庙、城楼、城隍庙、莲池寺、平盖观、民居等，营造学社似乎对彭山做过一个相对系统的考察。1941年，陈明达先生参加"川康古迹调查团"，在江口镇停留了几个月之久，彭山县的其他照片，可能是发掘之余拍摄的。

彭山城池方圆约四里，清嘉庆十八年（1813年），知县史钦义率领百姓采石修葺，建四城门，北门承恩，南门丽明，东门新波，西门玉丰，对应四条主街。民国年间的彭山城还延续着清代的布局，龙神祠、城隍庙在城北，文庙在城西南，三官堂、奎星阁在城东南。城隍庙重建于嘉庆二年（1797年），供奉城隍爷，门口商肆林立，熙来攘往。文庙留存着万仞宫墙、礼门、义路、戟门、大成殿等，1939年，成都女子师范学校与附属小学迁到文庙办学。

城市周边也散落着诸多古建筑，出彭山县北门一里许，有座平盖观，传说唐开元年间即已建观。唐代诗人薛能曾写过一首《平盖观》："巨柏与山高，玄门静有猿。春风开野杏，落日照江涛。白璧心难说，青云世未遭。天涯望不极，谁识咏离骚。"唐咸通六年（865年），西川节度使李福因接待礼仪发生争执，纵容士兵殴打南诏清平官董成，此事上奏到天子那里，李福获罪，节度副使薛能也被贬到嘉州任刺史，这首诗便作于上任途中。当时平盖山古柏参天，杏花开放，道观坐落其间。

平盖观的位置，《民国重修彭山县志》载："傍城一阜曰蔡家山，其东临大江处小作一峰，形圆如盖曰平盖山，山有庙曰平盖观。山下有系龙潭，潭上为蹇公祠。平盖观右为清爱祠。"[1]彭山城外有座蔡家山，东边有一山峰，形状如同圆盖，山下一汪清泉，便是系龙潭。从这段记载来看，平盖观的得名，可能与蔡家山的山形有关。

平盖观的"平盖"二字，一来二去，就与道教"平盖治"有了联系。东汉末年，张道陵在蜀中创立五斗米道，是为道教前身，设二十四治，即二十四个传教点，后与二十八星宿相配，增至二十八治，"治"中设"祭酒"，总理辖区大小事务，第十六治即为平盖治。道书《云笈七签》载，平盖治在新津九莲山中，吴郡人崔孝通在此得道成仙，山中有高达一丈三尺的玉人。

宋代之后，平盖观逐渐与平盖治纠缠不清。南宋祝穆《方舆胜览》载："平盖山，在彭山县北，二十四治之一也。《李文简平盖观诗》：平盖神仙院，武阳山水乡。"明人曹学佺的《蜀中名胜记》也载，"平盖山，在彭山县北，二十四化之一也。"[2]

造成这种状况的原因，一来平盖观与平盖治都带有"平盖"二字，容易发生混淆。更深层的原因，大约南宋淳熙年间，九莲山上创建了观音寺，原来的道教古治成为佛教名刹，多少会令道教徒觉得不安，他们迫切需要寻找一个新的道观，作为平盖治的替代，同名的平盖观阴差阳错，承载了道教古治的荣光。

营造学社考察前后，平盖观山门、前殿、正殿、偏房的格

---

[1] 刘锡纯：《民国重修彭山县志》，《中国地方志集成·四川府县志辑》，巴蜀书社，1992年。

[2] （明）曹学佺：《蜀中名胜记》，重庆出版社，1984年。

平盖观在彭山县北一里平盖山上,图为山门。

局尚算完整。砖砌的山门,券拱形大门三间,中门略高,翘角飞檐,鸱吻衔脊,上有二龙戏珠宝顶,两侧白墙上书"即训即练,寓教于育"八个墨书大字。门前立二座黑黢黢的石狮,一座白色的惜字宫耸立在观前,这是焚烧字纸的建筑。

步入观中,前殿是清代修的,于建筑上并无特别之处,细节却饶有情趣。前檐撑弓做成麒麟形,麒麟后足踏在挑檐枋上,前足踩祥云支撑檐柱,弓着身子,大嘴张开。迈过前殿,一条碎石路通往三清殿。天井宽阔,一株巨大的榕树枝繁叶茂,给陈旧

平盖观大殿前有抱厦，抱厦中有木屏风、香炉，古碑数块。

的院落带来一丝生气。三清殿单檐歇山顶，面阔三间，殿前加盖了带前廊的献殿。廊中，一只香炉，一方屏风，五块古碑散落其间。陈明达先生坐在板凳上，正仔细抄录碑文。

平盖观中曾有两块明碑，分别为明弘治十五年《重修平盖观山门石梯落成碑》与明正德十三年《重修平盖观落成碑》。可能到了清代，碑已漫漶，嘉庆十七年（1812年）、十八年（1813年），平盖观道士刘元福找来工匠重刻。清代重刻的石碑今天亦不存，好在《四川通志》收入碑文，明代几任彭山县令营建道观的历史清晰可见：

……古有正殿三间，规模卑狭，正统辛酉，适大尹孝感黎公灏以儒术来任,爱民敬神,劝谕县耆各捐财帛,贸易柱梁,重修正殿三间,制度恢宏,巍然焕然,视古殿大不侔。于内装三清上帝,朝夕焚祝,天开景运,雨旸时若,民物熙皞。虽然,正殿有功,两廊未举。景泰癸酉,大尹湘阴甘公荣,由科目来继其治,视其从前东西旷然。政暇,相诵于缙绅士大夫曰:"古者天子巡狩,必设明堂以朝诸侯,矧斯观每岁习仪。俨然有明堂之气象,不营造续成可乎?"乃设法构集木瓦。首盖两廊十间,以尽天神之出入;再造五间,以安门神之位像。成化乙未,大尹南昌樊公瑾,由科第以才堪治剧,由纳溪更任,每惜后殿历年既久,椽瓦脱落,遂命工时葺翻盖,除旧以更新,周围易以石壁之坚壮观。植以松柏之后,可谓废者兴矣。然入观当建山门土阶,宜变石梯,前主持饶子章志欲为,未遂。今道士沈大林以诚感动乡耆,量地出钱,倩工买石,修砌升降等级,登者坦然,坚厚久远,光前启后。弘治壬戌春,大尹凤翔侯公骥以儒术授任,下车之初,首以山门事询,构材营造,柱头斗拱,不华不侈,足垂万古。计所谓克成厥终者,此也。[1]

正统辛酉(1441年),孝感人黎灏到彭山任职,见平盖观正殿卑狭,遂倡议县中官吏耆老,捐出银两重修正殿三间,并重塑了三清塑像;景泰癸酉(1453年),湘阴甘荣继任县官,其时平盖观两庑尚空空荡荡,遂设法筹集资金,兴建两廊十间,此后又

---

[1] (明)杨孟时:《重建平盖观山门石梯落成记》,见龙显昭、黄海德主编:《巴蜀道教碑文集成》,四川大学出版社,1997年。

大殿前檐斗栱外出三跳，七踩重昂，下昂蜷曲，上昂平削。

建五间，安放门神；成化乙未（1475年），南昌人樊瑾从纳溪来到彭山任职，见后殿椽瓦脱落，又找工匠翻修，并在山中种植松柏，加固围墙。平盖观前是条土路，一到雨天泥泞不堪，道士沈大林四处化缘，倩工买石，最终将山前石梯休整一新；弘治壬戌（1502），凤翔县人侯骥甫一上任，见山门尚未落成，又营造了山门。明正统、景泰、成化、弘治年间，彭山县四任地方官对重修平盖观给予了极大热情，历时六十余载，最终使得在宋末战火中被毁的平盖观恢复生机。

破旧的献殿遮不住三清殿的明代气息。陈明达发现，三清殿前檐斗栱七踩重昂，下昂做象鼻形，上昂瘦削。有意思的是，山面檐柱升高，斗栱相应减为两跳，这样古老的做法，他在梓潼七曲山大庙、遂宁广德寺曾经看到过，留存着古老的地方传统。

大殿正中有一神龛，供奉三清，即元始天尊、灵宝天尊、道德天尊。

三清殿顶部设天花，其下设神龛，龛中供奉三清——元始天尊、灵宝天尊、道德天尊。元始天尊面容清秀，头戴道冠，端坐于凭几中，左手虚拈于胸前，右手抚凭几；灵宝天尊眉毛修长，眼睛半睁，八字胡须，左手持如意，右手托如意尾部；道德天尊为老者形象，眼睛圆瞪，颌下胡须浓密，左手抚凭几，右手似持蒲扇。三清神态逼真、造像流畅，是四川少见的道教造像佳作。《重修平盖观山门石梯落成碑》记载，当年县令黎灏倡议重修三清殿后，即在殿中彩塑了三清像，可能便是照片中的造像。

道德天尊老者形象，眼睛圆瞪，颌下胡须浓密，左手抚凭几，右手似持蒲扇。

三清身后的背屏彩绘云气纹,神龛左右彩塑诸多童子,他们眉清目秀,憨态可掬,乘五彩祥云,如在仙界遨游。《重修平盖观落成碑》载,明弘治癸亥(1503年)到正德戊寅(1518年),平盖观又进行了一系列改造工程,包括绘制壁画、修建月台等。背屏的云气纹,可能也绘于此时。[1]

明末清初,平盖观再次毁于战火,除了三清殿,明代建筑几乎荡然无存,清初在地方官主持下再次重建。嘉庆《彭山县志》记载:"清康熙十八年知州金一凤重修,并建望江楼,今圮。俯瞰清江,风帆、沙鸟,目不暇接。"[2]1679年,眉山知州金一凤重修了平盖观,并在江边建望江楼。

民国年间,平盖观被征用为军队驻扎的场所,不少房间的门口张贴着"区队长室""指导员室"的白纸条,观中的道士则搬到了别院居住。一位骨瘦如柴的道士,领着陈明达观看道观:槛窗格心做成"囍"字,如此民俗的寓意却出现在道观中;石柱础下方做成三个递减的六边形,最上方为扁圆形,上面的檐柱已然开裂。

清代的彭山城池,1949年后被陆续拆毁,伴随着城市规模的日渐扩大,城隍庙、文庙相继消失。平盖观虽勉力维持了一段时间,也悄然消失在城市化进程中。如今这里称为观音街道,车水马龙,那座形如平盖的蔡家山上,也建了林立的楼盘。

---

[1] (明)李万仁:《重修平盖观记》,见龙显昭、黄海德主编:《巴蜀道教碑文集成》,四川大学出版社,1997年。

[2] (清)史钦义纂修:嘉庆《彭山县志》卷之三,1814年。

北上蜀道

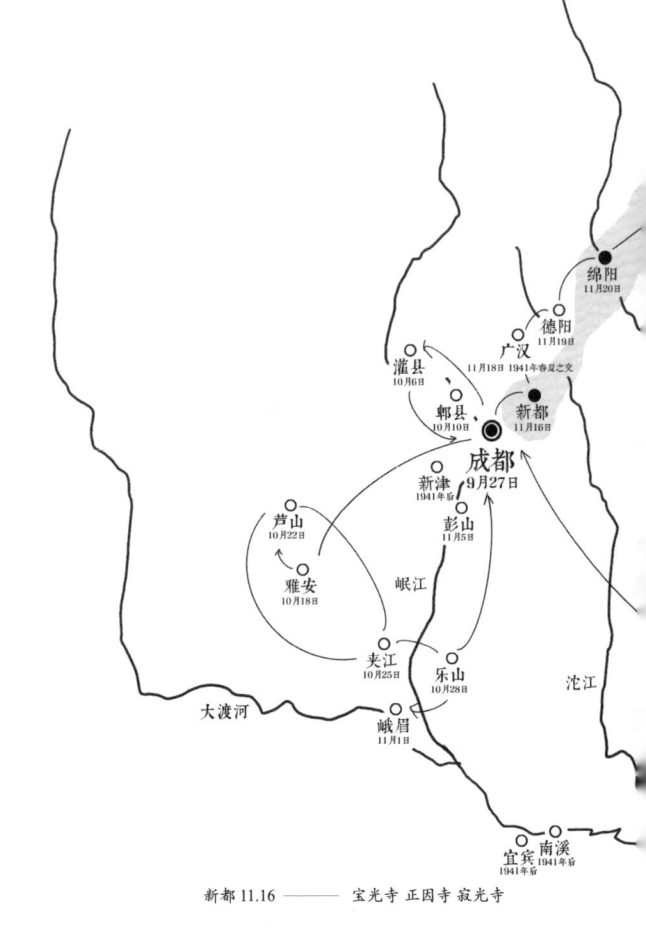

地图标注：
- 绵阳 11月20日
- 德阳 11月19日
- 广汉 11月18日 1941年春夏之交
- 灌县 10月6日
- 郫县 10月10日
- 新都 11月16日
- 成都 9月27日
- 新津 1941年后
- 芦山 10月22日
- 彭山 11月5日
- 雅安 10月18日
- 岷江
- 夹江 10月25日
- 乐山 10月28日
- 沱江
- 大渡河
- 峨眉 11月1日
- 宜宾 1941年后
- 南溪

新都 11.16 —— 宝光寺 正因寺 寂光寺

绵阳 11.20 —— 平杨府君阙 西山观 子云亭 仙人桥

梓潼 11.25 —— 贾公阙 杨氏阙 李业阙 玛瑙寺 天封寺 西崖寺 七曲山大庙

广元 12.4 —— 皇泽寺 千佛崖 观音崖

蓬安
12月22日

渠县
12月24日

岳池
12月31日

长江

重庆
9月4日

　　从彭山县返回成都后，学社进行了一周多的休整，11月16日开始，他们沿着川陕公路北上。从路线上说，川陕公路与古老的金牛道重合，这条先秦时期即已开通的古道，联系着中原与蜀地，长达数千年的岁月中，也在沿途留下了汉代石阙、三国墓葬、唐代石窟、明代祠庙等诸多遗迹。新都宝光寺布局完整，寺中收藏的南朝造像碑则来自另一座消失的寺院——正因寺；绵阳西山观现存隋唐道教石窟31龛，而学社来时，这里尚有80余龛；梓潼玛瑙寺1970年才毁于大火，这座明代寺院中的壁画也被付之一炬；广元皇泽寺、千佛崖是四川早期石窟的代表作，在学社的镜头下，许多造像尚完整无缺。

新都古寺三绝

唐塔、梁碑与明构

1939年11月,梁思成、刘敦桢一行造访了新都宝光寺、正因寺。宝光寺佛塔位于寺院的中心位置,留存着中国早期流行的塔院式寺院布局遗风。正因寺唐代称静乐院,梁大同五年千佛碑是镇寺之宝,却历经劫难。1941年,刘致平慕名来到寂光寺,在这里发现了"有来历的大师"营造的大佛殿。

宝光寺 塔院式寺院活化石

11月16日下午两点,营造学社一行从成都北门外汽车站出发,乘坐人力车前往新都,踏上了北上的路程。碎石子路尘土飞扬,汽车、人力车、马车、鸡公车往来不绝。这是著名的川陕公路,1936年建成通车,从成都直通西安,也是战时连接西北与西南的大通道。

下午四点,梁思成等从北门进入新都。秦代即已置新都县,汉时隶属广汉郡管辖,隋代更名为兴乐县,唐代恢复新都县名。源远流长的历史,在新都境内留下了诸多文物、遗迹——汉代王稚子阙、南朝造像碑、清代文庙以及数不胜数的寺院。

王稚子阙自古便是金石学家的宠儿,宋人赵明诚《金石录》、洪适《隶续》、清人王昶《金石萃编》、刘喜海《金石苑》都曾收入其拓片,右阙题"汉故先灵侍御史河内县令王君稚子阙",左阙题"汉故兖州刺史雒阳令王君稚子阙"。梁思成向乡人打听了半天,才在路边一家店铺的砖墙中找到了它,上面"汉故兖州刺史……"字迹还隐约可见,应是左阙残石。1909年,日本人山川早水曾雇人拓印王稚子阙,当时右阙已被沟水淹没,左阙还建了座亭子予以保护。[1]没想到三十年过去了,居然被乡人拿来修了房子。

走在新都城中,远远能看到一座秀丽灵动的白塔,在低矮

---

[1] [日]山川早水著:《巴蜀旧影——一百年前一个日本人眼中的巴蜀风情》,四川人民出版社,2005年。

破旧的民居中拔地而起。这便是宝光塔,又名"无垢净光舍利宝塔""无垢净光宝塔",高23米,十三层密檐式方形砖塔,塔身渐次收分,呈现出优美的抛物线形态。微风拂过,风铃发出清脆的声响,飘荡在新都城上空。

宝光寺在新都北门外半里,由一塔(舍利塔)、二坊(天台胜境坊、庐山遗迹坊)、三楼(钟楼、鼓楼、藏经楼)、四殿(山门殿、天王殿、七佛殿、大雄殿)、十二堂(客堂、斋堂、戒堂、禅堂、法堂、祖堂、云水堂、伽蓝堂、念佛堂、罗汉堂、东方丈、西方丈)以及十六院构成,也是新都规模最大、历史最悠久的寺院之一,[1]与成都文殊院、镇江金山寺、扬州高旻寺并称中国长江流域四大丛林。

山门外照壁一面,"南无阿弥陀佛"几个大字下,绘上了大幅抗战宣传画,张贴着"欢迎校阅主任、校阅委员莅团指导"海报。山门三间,居中为空门,东为无相门,西为无作门,两侧岗亭中有士兵守卫。民国二十五年(1936年),黄埔预校借用宝光寺培养军事人才,三年一期,每期十个中队,每日的操练声回荡在寺院中。

寺中殿宇大部分建于清代,在学社看来并无可观之处,结构却颇为完整,中轴线上依次分布着天王殿、宝光塔、七佛殿与藏经楼。两庑从钟楼、鼓楼起步,长达九十余米的房舍一直延伸到藏经楼前,客堂、斋堂、云水堂、禅堂等错落其中。钟楼、鼓楼是两庑的起点,下层与两庑融为一体,上层作卷棚

---

[1] 《宝光之宝》编委会:《宝光之宝》,中华书局,2013年。

宝光寺照壁，民国年间绘有宣传画。

宝光寺天王殿，建于清同治二年（1863年），主供弥勒佛，两侧塑四大天王。

宝光寺大雄宝殿，悬山顶，面阔五间，全殿用三十六根石柱支撑，规模恢宏。

顶，翼角飞檐。

天王殿与七佛殿之间，宝光塔以挺拔的姿态拔地而起。宝光塔的营造，传说与唐僖宗不无关联。宝光寺隋代名"大石寺"，寺中塔名"福感塔"。中和元年（881年），黄巢起义的战火席卷唐境，从长安入蜀避难的唐僖宗驻跸于宝光寺遗址附近的行宫。会昌法难中，这座寺院遭受重创，佛塔颓败，殿宇残破，几成废墟。一夜，唐僖宗在寺中漫步，忽见福感塔下霞光四射，令人挖掘，得一石函，内有舍利13颗。唐僖宗喜出望外，遂延请隐居在丹景山的悟达国师重修宝塔，重振宝光寺，并更塔名为"无垢净光舍利宝塔"，又称"宝光塔"。

宝光塔高23米,方形密檐式砖塔,塔身十三层,也称"佛祖真身舍利塔"

中国寺院中的古塔，大多位于寺院两侧，为何宝光塔在寺院中心？这还需从寺院的历史演变说起。中国寺院经历了塔院式、楼阁式与丛林式三次转变，塔院式年代最早，盛行于魏晋南北朝时期，以佛塔为中心，四周绕以廊庑、堂舍，僧侣对塔礼拜；隋唐时期，供奉佛像的楼阁逐渐取代佛塔，成为寺院的中心；宋代以后，丛林式格局逐渐兴起，寺院以中轴线为中心，山门、天王殿、大雄殿、藏经楼层层递进，也是我们今天看到的大多数寺院布局。

宝光寺中轴线上依次分布着山门、天王殿、宝光塔、七佛殿、大雄殿、藏经楼，明显是一座清代丛林式寺院，但佛塔位于中心，如同活化石，保留了魏晋南北朝时期塔院式寺院的印记，除广东韶关市南华寺外，这在中国并不常见。对此，梁思成独具慧眼地指出："中为无垢塔，巍然为全寺中心，而佛殿位于其后，犹存唐以前旧法也。"[1]

民国年间尚城外的宝光寺，如今静静位于新都一隅。一个秋日，成都平原少见的暖阳洒在宝光塔上，上午十点，塔下已经云集了众多虔诚的居士，他们很早便从乡村赶来，在塔前焚香叩首，尔后绕塔三周。年轻人则三五成群跑到罗汉堂中，按照当地的习俗，选择任意一个罗汉作为开始，尔后心里默念自己的年龄，数到哪尊罗汉，它就是自己的守护神。

与八十多年前相比，宝光寺格局变化不大。倘若拿着营造学社拍下的照片仔细核对，照壁上抗战时期绘上的宣传画与标语，

---

[1] 梁思成：《宝光寺无垢塔及经幢》，载《西南建筑图说》，人民文学出版社，2014年。

已被和平年代洗净；天王殿前檐悬着的"美大圣神"匾额换成了"一代禅宗"，是时任川康绥靖公署主任的邓锡侯所书；宝光塔东西矗立的两座牌坊，则是20世纪80年代重建。

正因寺 南朝碑刻稀如星凤

今天的宝光寺中有个博物馆，展示着寺院收藏的碑刻、字画，比如唐开元施衣社碑、清真武大帝铜像、张大千的《水月观音图轴》、徐悲鸿的《立马图轴》等，其中的珍品当属《唐开元施衣社华严三圣造像石刻碑》。古碑高206厘米、宽76厘米，华盖垂下华美的璎珞，飞天在天空撒下花瓣，释迦牟尼佛面容方正，大耳垂肩，身披袈裟，结跏趺坐于方形座上，文殊、普贤两位菩萨分列左右。佛祖的肃穆，文殊、普贤的慈悲，飞天的灵动，供养菩萨的虔诚，方寸之间，刻画得淋漓尽致。

石碑下方镌刻男性供养人像，题榜写下他们的姓名：社人李志、社人陶敬、社人陶明、社人张旭、张敬亲、曾信……背面为女性供养人像，诸如景大娘、赵五娘、曾七娘、张六娘、任四娘、马大娘等名字历历可见。一方楷书题记讲述了造像碑的由来：唐代宝光寺中，七十余户人家成立施衣社，在僧人带领下崇信三宝，为穷人救济衣物等活动，并在开元廿九年（741年）凿制此碑。题记中明确出现了"宝光寺"寺名，说明宝光寺最晚在唐开元年间即已建寺。

宝光寺博物馆中还藏有一件稀世珍品，这便是被梁思成誉为"稀如星凤"的南朝千佛造像碑。碑高150厘米、宽87厘米，双龙交尾碑额，碑身正面整齐排列坐佛二十一行，每行二十九尊，共六百余尊，有的业已磨平，有的模糊不清，有的尚可见眉眼。下部开一拱形龛，龛中一佛二菩萨，佛祖结跏趺坐于莲台上，菩萨上身裸露，身体呈S状扭曲。碑身背面亦镌刻坐佛，上部有一方形

梁碑其时在正因寺廊下，墙上白纸墨书"灵坛护佑"等，可能与民间信仰相关。

龛，内有三佛与二菩萨。

造像碑的故事，隐藏在边缘的题记中——"梁大同六年造立千佛碑"。大同是梁武帝萧衍的年号，大同六年是公元540年。南北朝时期兵荒马乱，金戈铁马，佛教却在此过程中迅速成长，中国北方先后出现了麦积山石窟、敦煌莫高窟、云冈石窟；"南朝四百八十寺，多少楼台烟雨中"，南朝佛教也一点不落于下风，佛寺林立，亭台楼阁鳞次栉比。在漫长的岁月中，佛寺坍塌损毁，造像、碑刻随之湮没，留存下来的也就寥若晨星了。梁思成感叹道："惟南朝造像碑，稀如星凤，获此足弥其阙，且知当时此风，远被巴蜀，不仅限于中原诸地也。"[1]

碑身边缘同样能看到"咸通二年十一月十八日""咸通四年岁次癸未""大元至元太岁己卯"题记，显示出唐咸通二年（861）、四年（863年），元至元己卯（1339年），古人又曾在碑身补刻造像，正面圆拱形龛中的二位菩萨体态丰腴，身体扭曲，带有明显的唐风。

营造学社初见此碑，是在正因寺。这也是座古老的寺院，道光《新都县志》载：

> 正因寺，在县南七里，唐咸通时建，名静乐院，明永乐时改为正因寺。万历时，僧果庆改建，规模式廓，为新邑一大丛林，详载

---

[1] 梁思成：《正因寺梁千佛碑》，载《西南建筑图说》，人民文学出版社，2014年。

汤仰碑记。明末毁败，乾隆十四年，主持贞洁独力捐金重修。[1]

正因寺建于唐咸通年间，唐代叫静乐院，明永乐年间才更名正因寺，明末毁于战火，清乾隆十四年（1749年）住持贞洁以一己之力重修。民国年间正因寺已改为小学，大殿成了教室，寺里的佛像、菩萨用红布蒙了起来，这块造像碑也搬到了山墙下。碑前稀疏地插了几根香火，被香火熏得发黑的木板上，张贴着"灵坛护佑"四个字，其下排列着神仙的名字：雷公闪电、十圣公王、三清大道、右殿真武等，可能与民间信仰有关。

正因寺今天已不复存在，新都区有个"正因社区"，可能就因寺院得名。"文革"期间，正因寺中的塑像或毁或失，梁碑也流落在民间，1973年才辗转来到宝光寺存放。这块珍贵的古碑，不仅是正因寺悠久历史的见证，也填补了中国南朝造像碑的空白，由此可见早在南北朝时期佛教艺术已经在巴蜀大地流行。

寂光寺 明代建筑古风犹存

调查了宝光寺、正因寺后，18日上午，学社诸人动身前往广汉县。1941年，刘致平在四川补充调查明代建筑，听说新都县境内尚有座明代寂光寺，遂前往考察。中国许多城市中都有寂光寺，"寂光"是毗卢遮那佛居住的净土，也名常寂光土，日本京

---

[1] （清）张奉书修、张怀洵等纂：道光《新都县志》卷六"祠祀志"，1844年。

寂光寺大佛殿建于明宣德八年（1433年），平面正方形，面阔三间，明间尤宽。

都常寂光寺便因此得名。

寂光寺在新都东十余里，民国年间由八字砖墙、山门、大佛殿、观音殿构成。山门三间，竹篾条编的山墙破败不堪，小小的房屋四面透风，里面供奉着文昌帝君，这位道教尊神因掌管功名，清代成为百姓最崇信的神灵之一。大佛殿面阔三间，清代又在左右加了两间，形成五开间的格局，两坡水人字顶，看上去也

大佛殿前檐平身科后尾内出二跳，每跳具斜栱，与如意头相交。再上挑斡，交于上金槫下。

不古老。不过，刘致平很快发现这座建筑的异乎寻常之处。

大佛殿方方正正，明间尤其宽阔，次间狭窄，这样的布局，刘致平在新津观音寺、广汉龙居寺都曾见过。前檐斗栱四攒，五踩重昂，左右各出斜栱，头昂象鼻形，二昂平削，长长的昂尾挑斡，交于金檩之下。这些细节，都暗示着大佛殿是座明代建筑。

前檩下的墨书题记证实了它的身份："维大明宣德八年岁次癸丑十二月庚戌朔越十一日庚申□□黄道吉日修造沙门觉怀□□……等建"。[1]明宣德八年（1433年），沙门觉怀主持营造了此殿。宣德是明宣宗朱瞻基年号，此时明朝国力强盛，经济繁荣，与明仁宗时期一同史称"仁宣之治"。

大佛殿明间设天花，以蜀柱、斗栱承托，天花内用平闇，以方木条组成的细密方格，素面不施彩画。平闇在唐代、辽代建筑中常见，比如辽代蓟县独乐寺观音阁，营造大佛殿的工匠似乎对于古建筑颇有了解，或许来自北方、中原地区。刘致平感慨："造这殿的木匠应是一位有来历的大师了。"[2]

在他面前，大佛殿正壁绘着俗艳的彩绘背光，殿中塑像已非旧物，地上生出了野草，从破旧的格子门障水板伸到了殿外。但遗留下的斗栱、蜀柱与斑驳的题记，却显示着这座建筑的真正身份。可惜这座出自"有来历的大师"之手的明代建筑，最终也随着寂光寺消逝得无影无踪，只在新都留下了一个叫寂光村的地名，以及一条叫寂光街的街道。

---

[1] 刘致平：《西川的明代庙宇》，载《文物参考资料》，1953年，第3期。
[2] 同上。

拼接西山观

中国最大的道教石窟群

11月20日，学社一行从罗江县启程，经永兴镇抵达绵阳县。绵阳古称绵州，既是蜀道要塞，也是军事重镇，境内留存着平杨府君阙、白云洞崖墓、蒋琬墓、西山观、仙人桥等历代遗迹。城北凤凰山有个颓败的道观，便是西山观，后山石包开凿有八十多龛造像，学社拍下31张照片。在这些照片中，我发现3个今已消失的石包，并尝试复原这处石窟的本来面目——这曾是中国最大的道教石窟群，诸如"大业六年""大业十年"等题记，将时间准确定格在隋代。

元始天尊的奥秘

11月21日清晨,天还没亮,梁思成、刘敦桢从绵阳县川北旅馆起身。初冬的四川盆地天气阴郁,冷风刺骨,从广汉、德阳走到这里,连续几日不见阳光。上午十点,学社一行提上相机、测绘本,走向绵阳北门,他们的目标是西山观。

西山观在绵阳城北两公里的凤凰山上,当时寺观倾颓,骨瘦如柴的道士领着他们到后山,几十龛石窟或隐于荒草,或没于土中,"碑侧有止云亭,亭之东、西,就石崖开凿道教石龛,除一部分埋

玉女泉造像,位置不明,主尊、真人、女真身体半没于泥土中。

入土中外，露出者尚有八十余龛，大小不一。"[1]下午两点，学社离开西山观，前往盐市街观看陈济生先生收藏的汉代文物。

营造学社拍摄的绵阳西山观照片虽只有31张，照片中隐藏的信息却或许能帮我们更深地了解这处道教石窟，为此，几年中我多次踏访西山观。当年的凤凰山，如今已改为西山公园，西山观石窟在园中玉女泉旁的石包上，山泉终日不停，汩汩流入池中。泉水清冽可口，尤适合冲泡茉莉花茶，许多老年人一大早就来公园，叫上一杯沁香的花茶，坐在回廊里摆龙门阵。他们一扭头，便能看到石包上的元始天尊。

玉女泉旁的石包上镌刻30个龛窟，其中1—8号的8个小龛开凿于隋末唐初。第1龛残高52厘米、宽35.5厘米，元始天尊头挽高髻，身披道袍，结跏趺坐于莲台上，莲台下的须弥座两侧伸出茂盛的莲茎、卷草，密布整龛。天尊两侧各站立一身材修长的真人，身披对襟长袍，系着腰带，双手于胸前持笏板。

其他几龛大小、布局相差无几，龛中造像同为元始天尊与二真人，这类题材也称"天尊说法图"。历经千年的时光，加之临近玉女泉，造像被青苔染成翠绿色，天尊或头颅漫漶不清，或身躯残损不堪，只有那些莲茎、卷草，似乎从石头里生长出来一般，从隋代盛开至今。

天尊，是道教神阶最高的神仙，道教有元始天尊、灵宝天尊、道德天尊、太乙救苦天尊等天尊，以元始天尊的地位最为尊贵。中

---

[1] 刘敦桢：《川、康古建筑调查日记》，载《刘敦桢全集》第三卷，中国建筑工业出版社，2007年。

国人对元始天尊的了解，大多来自于小说《封神演义》，第七十七回《老子一炁化三清》中，截教通天教主摆下诛仙阵，杀气腾腾，阴云惨惨，就在众仙家一筹莫展之际，元始天尊从天而降：

话说元始在九龙沉香辇上，扶住飞来椅，徐徐行至正东震地，乃诛仙门。门上挂一口宝剑，名曰诛仙剑。元始把辇一拍，命四揭谛神撮起辇来，四脚生有四枝金莲花；花瓣上生光；光上又生花。一时有万朵金莲照在空中。元始坐在当中，径进诛仙阵门来。[1]

在《封神演义》中，元始天尊的道行被渲染到极致，也就成了国人熟悉的道教第一尊神。

奇怪的是，元始天尊虽位列众仙之首，在中国古代神话与道教早期典籍中却无踪可寻。《古今怪异集成》引道人葛洪《枕中记》载："昔二仪未分，溟涬鸿蒙，未有成形，天地日月未具，状如鸡子，混沌元黄，已有盘古真人，天地之精，自号元始天王，游乎其中。"[2]盘古是中国古代开天辟地的神话人物，元始天王或许是在盘古信仰影响之下出现的。葛洪的《抱朴子》中，又出现了一个能调和阴阳、役使鬼神的元君。元始天王、元君，可能是元始天尊前身。

南朝高道陶弘景第一次对庞杂的道教神系进行梳理，将近700位天神、地祇、人鬼、仙真众圣划分为七个等级，每个等级有一

---

[1] （明）许仲琳著：《封神演义》，上海古籍出版社，1984年。
[2] 民国中华书局编：《古今怪异集成》，江苏广陵古籍刻印社，1991年。

位主神，统领左右仙众。《真灵位业图》中，元始天尊正式定名"上合虚皇道君应号元始天尊"，位列第一等，居住在天界最高的仙境"玉清"。

道教此前一直以老子为尊，以《道德经》五千文为经典，为何南北朝时虚构出元始天尊呢？究其原因，老子历史上实有其人，且当过周朝守藏史，史书也明确记载了他的生平，无论道教徒如何苦口婆心地宣扬，老子都更像人而非神。就这样，老子交出了第一把交椅，这个局面，待到他的李姓子孙建国后才又有变化。

寻找大业六年龛

西山公园现存两个石包，一块在玉女泉旁；另一块在杨雄读书台下，编号第31龛。小小的石包被香火熏得发黑，天尊、老君并排而坐，旁有三道士，龛窟不大，供养人倒是有九十位之多，他们大多头戴幞头，身穿圆领长袍，双手合十，身旁有长方形题榜，有些供养人的名字依稀可见：李公高、尹富荣、杨进、张元成、田公……[1]看来这是一次集社造像，年代在唐咸通十二年（871年）。

西山观现存31龛，营造学社调查时有80余龛，也就是说，八十多年时间中，超过50龛造像业已消失。法国汉学家色伽兰的调查也证实了这一点。1914年，色伽兰率领一支考察队从京师出

---

[1] 四川省文物考古研究院、绵阳市文物局：《绵阳龛窟》，文物出版社，2010年。

玉女泉丁石包,其上镌刻大业六年、大业十年、武德二年等题记,或许是玉女泉最早开凿的石包。

发,经洛阳、西安,沿金牛道进入四川,初夏抵达绵阳。1923年,色伽兰的《中国西部考古记》在欧洲出版,书中,他虽将西山观误认为佛教造像,却明确记载此地有甲乙丙丁四块石包:甲石包是一块从山顶崩落的石块,上有造像七尊;乙石包有咸通年号;丙石包镌刻诸多善男信女像,精美程度堪比古画;丁石包上有大业六年(610年)、大业十年(614年)两龛。

色伽兰笔下的甲乙丙丁四个石包,在营造学社的照片中皆能看到,此外还有一块在玉女泉旁,也就是今西山观1—30号龛所在石包。如此说来,西山观或许有三个石包业已不存。学社的照片,揭示了西山观石包之间的空间关系,我们可以复原出每个石包上的主要造像,进而拼接出西山观原本的模样。

诸多消失的石包中,丁石包规模最大、年代最早。我拿着照片,在西山公园中寻找它的影子。在玉女泉旁喝茶的李炳中说,

梁思成、刘敦桢先生认为此龛即为"大业六年龛"。

这块石包早就不在了，听父亲说是修铁路时被打掉的，他父亲是铁路局的员工。听罢，我跟着李炳中去山下接他父亲——今年84岁的李显军退休多年，在西山观脚下生活了一辈子。

一路上，李显军回忆起他初次到西山观的见闻。大约在1945年，7岁的他跟着父亲第一次上山，找道士为去世的外婆超度，那时西山观里住着两位衣衫褴褛的道士。1945年距离营造学社调查仅仅过了六年，接待他们的道士是否正是梁思成遇见的那位？李显军在玉女泉前停下了脚步，他说，你要找的石包原本挨着玉女泉，1953年修建宝成铁路，工人就地取材，将石包凿成条石，运到山下填路基了。如今玉女泉旁建起了长廊，旁边的空地砌上堡坎，下面草丛中散落着几个清代柱础，丁石包的痕迹是一点没有剩下。

当年，它兀立在草丛中，藤蔓植物从四面八方生长着，石包上长出斑驳的石花，一条裂缝将它分为左右两个部分，40多个大大小小的龛窟镌刻其上。梁思成这样描述他见到的大龛：

> 大业六年一龛，为国内现存道教造像之最古者。龛内刻天尊坐像一躯，俯首微笑，神情雍穆，冲然深远；头后具圆光，手作施无畏势；下裳披于座下。座之两侧，各刻一狮，与当时佛教造象，几无区别。惟左右侍像，拱手持圭，冠式亦稍异常，乃其特征。[1]

这是西山观最大的一龛，主尊头戴高冠，冠前饰博山形珰，眉形长而弯，眼睛微睁，左手下垂，右手上举，身披对襟长袍，

---

[1] 梁思成：《西山观摩崖造象》，载《西南建筑图说》，人民文学出版社，2014年。

内系带，衣褶垂于座前。左侧站立二真人，脸型方正，双手于胸前持笏板（梁思成认作圭），宽阔的袖袍及膝，脚踏云履。龛窟左侧有则楷书题记：大业六年太岁庚午/十二月廿八日三洞/道士黄法暾奉为存/亡二世敬造天尊像一龛供养。

20世纪80年代，西山公园开挖路基，工人在地下挖出诸多残石，其中就有这则题记，与之一起出土的，还有个小龛，当年开采条石时，可能工匠觉得它不够平整，就随手丢在了一旁。残石现收藏于绵阳博物馆，学术界通常认为小龛即为大业六年龛。

不过，有不少证据指向大龛才是大业六年龛——按照石窟开凿的惯例，年代越早的龛窟往往占据岩壁偏好的位置，大龛恰好位于石包中央，占据了最佳位置。天尊冠前有博山形珰，这是两晋南北朝的时尚。这里的"珰"不是女性的耳饰，而是一种冠帽装饰。传为东晋顾恺之绘的《女史箴图》中，汉元帝头戴通天冠，冠梁下方就有珰；北齐东安王娄睿甬道壁画中，文吏戴的冠中也绘有金珰。

另一个证据是，北朝年间，一种"悬裳座"在龙门石窟、巩县石窟、麦积山石窟颇为流行，比如龙门古阳洞、莲花洞、宾阳中洞、来思九洞，巩县第3窟、第4窟，麦积山第142窟等，主尊面容消瘦，身着"褒衣博带"式袈裟，华丽繁复的衣裾垂于座前。西山观大龛天尊衣裾同样垂于座前，带有南北朝悬裳座的特点。我们有理由相信，它或许才是大业六年龛——梁思成的判断是可信的。

迄今已发现的道教石窟，大多体量较小，比如阆中石室观、潼南大佛寺的隋龛，高、宽不过1米上下。西山观丁石包大龛高逾2米，天尊面容清秀，眼睛微睁，隐有秀骨清像之风，雕工精美，

大业十年龛,此造像《金石苑》曾收录题记。

丁石包消失的石窟,龛楣外侧有题记:奉 道女生郭氏妙……家男郭可……天尊一龛……上元……"

衣纹流畅——隋代的中国道教石窟虽然尚在萌芽期,却依然出现了高水平的作品。

另一龛今已消失了的隋代石窟也在照片里显露出来。此龛是大业十年正月八日文托生之母所造,文母希望爱子寿命延长。清人刘喜海的《金石苑》曾收录这通题记,读来情意绵绵:

> 大业十年正月八日,女弟子文托生母为儿托生造天尊像一龛。愿生长寿子,福沾存亡,恩被五道供养。[1]

---

[1] (清)刘喜海:《金石苑》,巴蜀书社,2018年。

大业十年龛在大龛右下方，当年尚保存完整。主尊头戴芙蓉冠，身披道袍，结跏趺坐于三层仰莲莲台上，左右生出卷草、莲茎，其上托莲台，二真人站立其上，双手于胸前持笏板，题记在石窟下方。《金石苑》仅收入题记，大业十年龛是什么模样，历来堪称谜团，营造学社留下了它的影像。

大业十年龛相邻的几个龛窟，龛中主尊均为一天尊二真人，布局相似，风格相近，年代恐怕不会相差太久。隋朝国祚虽短，石窟艺术却颇为兴盛，在洛阳龙门石窟、敦煌莫高窟，王室贵族、豪强富民依旧在捐资开凿石窟。现在看来，在帝国西南，道教石窟也是方兴未艾，绵阳盐亭县龙门垭曾发现了隋大业年间的天尊、老君龛，供养人或许来自东都洛阳；潼南大佛寺也有两个隋代道教龛窟，其中8号龛开凿于大业六年三月二十日。

大业是隋炀帝杨广年号，这位亡国皇帝颇好道教，幻想长生不死，《资治通鉴》记载过这样一个荒唐故事：嵩山有个叫潘诞的道士自称三百岁，隋炀帝封其为三品官，修建嵩阳观，配以童男童女各一百二十人，令他炼制金丹。潘诞说炼丹需要石胆、石髓，遂役使民工在嵩山开凿了数十处深达百尺的大洞。历时六年金丹依旧未炼成，隋炀帝怒问何故，潘诞居然丧心病狂地求童男女胆髓各三斛六斗，代替石胆、石髓。隋炀帝才知受了蒙骗，将他斩首了事。这件荒唐事，只是隋炀帝诸多崇道之举的其中一件而已。

骑都尉陈仁智

倘若说隋朝与道教还只是情投意合，唐朝与道教则进入了蜜

西山观另一块消失的石包,即梁思成先生所记"初唐大龛",色伽兰先生记载的丙石包。龛中造像甚众,主尊太上老君,前排可见真人、女真,龛口二仙童。

月期。唐朝是李氏天下,李渊登基后急于将政权神化,同样姓李的太上老君被选中,成为李氏政权的守护神。历代唐朝君主不断加封尊号,唐高宗李治封老君为"太上玄元皇帝",唐玄宗李隆基先是加封为"圣祖大道玄元皇帝",此后又追封为"大圣祖高上大道金阙玄元天皇大帝"。名号越来越长,也越来越亲热,最后都直呼"大圣祖"了。西山观丙石包,或许就是在这样的氛围下产生的,梁思成将其誉为"初唐大龛":

　　初唐造象中,有一龛约阔二公尺半,深一公尺余。中镌天尊坐像,须髯甚伟,双手置于挟轼上。其旁侍像多尊,拥立两侧,座下琢力神二尊。左右二壁,浮雕施舍士女三层,简洁婉妙,犹存六朝规范。龛之壁面,旧曾涂朱,像身则髹青绿二色,今尚隐

初唐大龛右侧供养人多为女子,题榜可见"上座杨大娘""录事张大娘""平座张释迦""文妙法""雍法相"等。

约可辨。[1]

　　石包上仅有一龛造像,宽2.5米,进深1.8米,太上老君如同一位慈祥的老者,颔下胡须浓密,左手已残,右手握扇柄,身着"V"领道袍,端坐在三脚凭几后。龛中人物甚众,真人、女真、仙童等簇拥在老君身旁。

---

[1] 梁思成:《西山观摩崖造象》,载《西南建筑图说》,人民文学出版社,2014年。

"初唐大龛"历来以精妙的供养人雕像闻名,色伽兰有"其所保存之美丽庄严,惟旧时之毛笔绘画可以拟之"的赞誉。供养人信息此前未经披露,比对色伽兰与梁思成的照片,我发现供养人左侧实为四层,为道士与男子,而右侧三层则为道士与女子,并尝试辨认出他们的身份。

左侧造像,第一层第一位头戴道冠,身着对襟长袍,手持长柄香炉,脚穿云头鞋,题榜"校检本观主三洞道士陈……"第二位也是道士,题榜"紫极宫三洞道士蒲中虚";第三位头戴幞头,身着圆领长袍,双手笼袖,题榜为"上座骑都尉陈仁智"。二三四层均为男子,同样身着长袍,题榜隐约可以辨认出"云骑尉王仁行""骑都尉严智□""邓行举""兵部品子王承家"等字迹。

右侧造像第一位也是道士,题榜"□□高玄道士王太极"。其他均为女子,她们头梳高髻,脸庞丰腴,身着长裙,脚踏云头鞋,体态婀娜,身姿绰约,题榜可见"上座杨大娘""录事张大娘""平正张释迦""文妙法""雍法相""倪细紧""王四禄"等。文妙法扭过头去,似乎正与雍法相窃窃私语,充满了人间情趣。而上座、录事、平正等称呼显示女子们曾集社造像。唐代社邑流行,在僧人带领下从事营窟、造像、刻经、斋会等佛事活动,现在看来,道教或许也借鉴了这一形式。

题记隐然可推此龛造像来历。西山观曾有座道观名为紫极宫,初唐年间,三洞道士陈某、道士蒲中虚、王太极等主持开凿了这龛造像,参与者不乏官宦,可见这次开龛乃是州中盛事。唐朝勋官制度,设上柱国、柱国、上大将军(后改为上护军)、大将军(后改

梁思成先生记为"东端一龛",法国汉学家色伽兰命名为甲石包。

为护军)、上轻车都尉、轻车都尉、上骑都尉、骑都尉、骁骑尉、飞骑尉、云骑尉、武骑尉,凡十二转,以转数高者为贵。题记中陈仁智、严智□等人官职骑都尉,为勋官十二转之第五转,比从五品;王仁行官职云骑尉,则为第二转,比正七品。

　　唐代,另外一块石包亦开始开龛,这便是甲石包。梁思成记

漫长的调查

为"东端一龛":

> 主像结跏坐,左右二菩萨,二尊者,龛外浮雕璎珞、莲花,其下刻二金刚及施主多人,姿态服饰,一见知为唐刻,第此龛位于道教造象中,若鸡群鹤立,斯足为异。[1]

梁思成虽错将其认为佛教造像,却对其艺术成就再三赞叹。天尊面容饱满,笑意盈盈;真人眉清目秀,体态修长;飞天凌空起舞,长长的飘带飞舞,覆在莲花之上。可惜这龛精美的造像,也被凿成条石,那些天尊、真人身首异处,在黑暗的地下不见天日。

中国道教石窟的数目大约是佛教石窟的百分之一,现存道教石窟体量也不大。隋唐年间开凿的阆中石室观现存13龛;宋代大足南山,现存三清古洞、后土三圣母、龙洞3龛,舒成岩现存12龛,其中清晰可见的道教龛窟5龛;元代山西龙山现存9龛。

绵阳西山观曾有五块石包、八十多个龛窟。除现存两块石包外,丁石包可能是西山观最早开凿的石包,部分龛窟开凿于大业六年至十年间;甲石包、丙石包营建于初唐年间。借助营造学社的照片,我们最终拼接出这处石窟的原貌——它是中国已知道教石窟群最大的一处,始于隋代,延续至唐,绵延近三百年。可惜这处极具文化和艺术价值的石窟,最终烟消云散,只留在了镜头之中。

11月24日清晨,学社诸人乘坐滑竿,出绵阳北门,沿着川陕公路北上,前往梓潼县。

---

[1] 梁思成:《西山观摩崖造象》,载《西南建筑图说》,人民文学出版社,2014年。

重返金牛古道重镇梓潼

在绵阳县到梓潼县的公路旁,学社在麦田中偶遇贾公阙;梓潼县境内遗存有贾公阙、杨公阙、李业阙、无名阙四座汉阙,但大多残损;玛瑙寺重建于明正统年间,两壁善财童子五十三参壁画绘制于明成化元年,这座建筑1970年毁于大火;梓潼七曲山是文昌帝君祖庭,百尺楼、文昌正殿、桂香殿、家庆堂、天尊殿依山分布,梁思成、刘敦桢或许不会想到,公路对面还有座元代盘陀殿,他们再一次与一直找寻的元代建筑失之交臂。

麦田中的汉阙

11月25日清晨,寒风呼号,天气严寒,学社一行从绵阳县魏城镇文里店的小旅馆动身,雇了几乘滑竿,沿川陕公路前往梓潼县。下午三时许路过石马坝,大片的麦田一直延伸到起伏的群山前,几根歪歪扭扭的电线杆架着电线通向县城,梁思成、刘敦桢看到麦田中有两座汉阙,急忙喊滑竿停下,奔下田坝。

汉阙看起来如同一堆残石,楼部、阙顶荡然无存,阙身侧面"……蜀中……公元……"几个字隐约可见。事后,学社才知道,这座汉阙叫贾公阙,当地人称"书箱石",传说三国时马谡领兵守街亭,走时匆忙忘带兵书,诸葛亮急派张飞之子张苞送去,张苞在梓潼迷了路,心急如焚,气得蹬脚,两箱兵书坠地化为"书箱石"。《金石苑》作者刘喜海曾得到拓片,上书"蜀中书贾公"字样,不过民国年间的"贾"字已模糊不清了。

梁思成、刘敦桢先生考察贾公阙。

营造学社在梓潼县考察了四座汉阙,分别为贾公阙、李业阙、杨公阙、无名阙。北门外,一棵榕树遮天蔽日,杨公阙就在树下,阙身由条石垒砌而成,柱枋痕迹清晰可见,顶盖凋落,榕树周围散落着诸多残石,被树根包裹在一起。汉阙前有个香炉,里面稀疏地插着几根没烧完的香,附近的乡民将残阙当成神仙居所来祭拜了。

杨氏阙在北门外一株枝繁叶茂的大榕树下。

杨公阙阙主历来众说纷纭，《四川通志》认为是汉末杨修，《梓潼县志》认为是杨休，《金石索》认为是蜀汉杨戏。鲁迅先生曾在琉璃厂得到拓片，提出阙主是南北朝割据蜀地的成汉政权侍中杨发。阙身字体并非汉隶风格，或许是后人附会刻上去的，阙主的真实身份已难以考证了。

梓潼县是四川汉阙最集中的县城之一，四座汉阙分布在县城附近，比起雅安高颐阙、绵阳平杨府君阙，它们大多残损，似乎早就被岁月遗忘了。民国年间，贾公阙在川陕公路边的麦田里，当年的麦田如今变成了社区，川陕公路也改为了108国道，它却几乎没挪位置。国道上车水马龙，恐怕谁也不会想到绿化带中的乱石居然是汉代的石阙。

杨公阙就更难找了，第一次去梓潼县，我找到了贾公阙、李业阙，以及街心的无名阙，唯独没找到杨公阙，事后我才知道，它在梓潼文昌街文昌花园小区里。文昌花园是梓潼县的一个普通小区，却恐怕是中国最独特的小区了。小区配电站旁边有几块石头，面前有块残破的文保碑，上书"杨公阙"三个字。伴随着城市规模的扩大，原本在城外的杨公阙先是在路边，兴修住宅小区时，文管所好说歹说，才在文昌花园给它找了个角落栖身。八十多年后，它的柱枋痕迹已模糊不清，体量也缩小了一圈，如同一位风烛残年的老人蜷缩在小区一角。

消失在火灾中的玛瑙寺

营造学社下榻在北大街中央饭店，第二天上午到县政府接洽调

玛瑙寺大殿面阔三间，单檐歇山顶，鸱吻衔脊，脊兽林立，大殿外墙绘云气纹。

查手续，谢闰田秘书给他们介绍了县里的古迹。卧龙山中有唐贞观八年（634年）开凿的千佛崖石窟，玛瑙寺有明正统年间题记。梁思成、刘敦桢大喜过望，为了节约时间，决定兵分两路，梁思成、莫宗江到卧龙山，刘敦桢、陈明达在县城周边调查古建筑。

27日，天还没亮，刘敦桢、陈明达摸黑起床，乘滑竿出梓潼东门，二十公里到新隆场，再两公里半到玛瑙寺。跨过山门，一座古朴的建筑出现在眼前，单檐歇山顶，脊兽林立，面阔三间，明间尤宽，次间外墙彩绘大片的云气纹。高高的台基上，竹席、太师椅、木材随意散落着，甚至还夯筑了一个土台，其上供奉神像，民间传说它掌管着孤魂野鬼。

走近一看，一股明代气息扑面而来，前檐额枋上设宽而薄的平板枋，上承斗栱，七踩三昂，头昂拳曲，二昂、三昂瘦削锋利。檐下悬着"宝筏度川""三类化身""圆满报身"匾额，"三类化身""圆满报身"是指法身、报身、应身三身佛，这也暗示着玛瑙寺是座密宗寺院。

步入殿中，刘敦桢发现了墨书题记，"据明间中金枋下题字，此寺开山于明正统四年（公元1439年），至景泰六年（公元1455年）始建大殿。"[1]玛瑙寺重建于明正统四年，景泰六年开始建造大殿。大殿左右两侧加盖了两间偏房，后部又加上了抱厅，抱厅屋檐与大殿后檐斗栱挨在一起，金檩上"……昌健本寺住持""……金月初一日 监立风调……"的墨书题记尚清晰可见。

2023年初春，我来到玛瑙寺时，这座古老的寺院正在重修。寺院门口摆放着或细或粗的柏木，工匠正在撕扯树皮，这些木料将在坝子里晾晒一个月，再量材而用，做成梁、檩、椽等。此次重修将用去一百多根木头，多是在玛瑙镇采购的，附近的善男信女也慷慨地捐出了房前屋后的树木。78岁的会首邓明享告诉我，整个重修大概需要一百多万元，但经过几年化缘，寺里才积攒了几万元，他期望在修建过程中能得到捐助。

如今的玛瑙寺早就不是八十多年前的模样了，山门、正殿、后殿皆是20世纪90年代修建的，古建筑早已毁于一场大火。1970

---

[1] 刘敦桢：《川、康古建筑调查日记》，载《刘敦桢文集》第三卷，中国建筑工业出版社，2007年。

年5月，当时的玛瑙寺住了11户人家，大殿用作保管室。一户人家"窝"猪圈时不慎引发火灾，熊熊大火很快席卷了整个寺院，不仅明代大殿被毁，天王殿、藏经楼等清代建筑也付之一炬。大火烧掉了11户人家，也烧毁了这处有着五百多年历史的明代建筑。这以后，乡民在原址重建了一座木结构的房子，年份久了摇摇欲坠，这才准备重建大殿。

好在刘敦桢留下了它八十多年前的模样，玛瑙寺大殿两壁彩绘壁画，描绘了善财童子参访菩萨、比丘、比丘尼、优婆塞、优婆夷、童子、童女、婆罗门等五十三位善知识的场景，故称善财童子五十三参。画面中，稚气未脱的善财童子，前往堕罗钵底城参拜大天神，大天神头戴五梁冠，八字胡须，颔下一缕长须，坐于海边的岩石上，背后两手各举一花，身前双手伸入海水中取水，身后祥云朵朵，脚下海水翻涌。

壁画旁的题榜写下了供养人的故事："童子三十参堕罗钵底恭大天神子孙昌盛家道兴隆者""……乡信士罗济同缘……男……郭氏舍财……"[1]明代一名叫罗济的信士，与夫人、儿子、儿媳一同出资绘制了壁画。四川寺院大殿的营造往往费工耗时，玛瑙寺大殿完工十年后的成化元年（1465年）才陆续绘制壁画，附近人家各自认领了一参或数参。《华严经》中，善财童子参拜大天神通常出现在二十九参，不知何故壁画里绘在了三十参。

刘敦桢还拍了几幅壁画，比如善财童子至补怛洛迦山参观自在菩萨、至宝庄严城参拜婆须蜜多女等场景。他对壁画评价并不

---

[1] 题记系作者根据营造学社的照片辨认。

玛瑙寺壁画第二十八参，善财童子至补怛洛迦山参观自在菩萨场景。

玛瑙寺壁画第三十参，善财童子至憻罗钵底城参大天神场景。

高，甚至认为"……比例欠佳，为明壁画中之下乘者"。婆须蜜女细眉小眼，面容婉约，看起来如同一位明代大户人家的女子，充满人间情趣。五十三参以云气纹、植物分割画面，五十三幅场景散布其中，初看杂乱无章，但画面流畅、连贯，人物多富有民间色彩，如同一幅幅世俗的明代风情画。

1970年的大火几乎彻底烧毁了玛瑙寺，待到火被扑灭，倒塌的房梁已经砸毁了寺里的佛像、碑刻。玛瑙寺厨房角落里至今只留下几块残碑，"西廊住持僧寂澄徒照崇照正 东廊住持僧圆文徒明泰明宏明……本山住持僧会司照明徒普澈普……""玛瑙堂主圆寂恩师僧会……"字迹犹隐约可辨。明代玛瑙寺建成以来，一直是梓潼当地著名寺院，清代的住持还担任过僧会司的职务，掌管一县僧侣。可惜它的建筑与历史均在大火中被焚毁，仅在碑上残存只言片语，纵然可以拼接，始终语焉不详。

下午一时二十分，刘敦桢离开玛瑙寺，返回梓潼县城。回到旅馆时，梁思成、莫宗江已回来了，他们下午恰好去了城外的天封寺，说寺院还保留了一些明代的痕迹。刘敦桢注视了一个细节，玛瑙寺进门的随檩上，就写有"天封寺首僧悟……"墨书题记，当年玛瑙寺重修，天封寺僧人还曾进行了资助，显示出两座寺院明代已有联系。

文昌祖庭七曲山

28日，营造学社前往梓潼最后一处点位——七曲山大庙。七曲山在梓潼城外九公里处，传说是文昌帝君祖庭。早年在河北、河南调查时,梁思成就发现,中国几乎每个县城中都有文庙与文昌宫,文庙祭拜孔子,文昌宫供奉文昌。中国读书人历来相信能否取得功名,寒窗苦读固不可少,冥冥之中还有神灵主宰着这一切,而功名利禄的赐予者便是文昌帝君。晚清中国文昌宫的数目一度超过了文庙,官吏士子趋之若鹜,这也是道教拿捏中国人心的一大杰作。

文昌帝君本是七曲山上的地方小神梓潼帝君,《明史》载:"神姓张,名亚子,居蜀七曲山,仕晋战没,人为立庙。唐、宋屡封至英显王。道家谓帝命梓潼掌文昌府事及人间禄籍,故元加号为帝君,而天下学校亦有祠祀者。"[1]《明史》所载并不够清晰,连这个张亚子都是虚构人物——晋宁康二年(374年),蜀人张育起兵反抗前秦苻坚,自称蜀王,兵败被杀,后人在七曲山为他建祠;当时七曲山上还有座供奉梓潼神的亚子祠,这两座祠离得很近,久而久之便合称为"张亚子"。[2]

宋代之后,梓潼神逐渐与科举联系了起来。诗人陆游在《老学庵笔记》中记载,有个叫李知几的学子祈梦于梓潼神,当天晚上做了个梦,梦见来到成都天宁观,有道士指着观前的支机石对他说:"以此为名,则可及第。"李知几遂改名为李石,而以知几为字,果然如愿取得功名。蜀地士子经金牛道赴京赶考,路过七曲山往往焚香祭拜,他们来到长安后,取得功名者自然不乏其人,梓潼神的神异故事也慢慢在长安流传,甚至有"士大夫路过

---

[1] (清)张廷玉:《明史》,中华书局,1974年。

[2] 萧易:《知·道——石窟里的中国道教》,广西师范大学出版社,2018年。

遇刮大风必至宰相，进士路过碰到风雨必定夺魁"的说法。

宋代梓潼神还只在巴蜀境内流传，它最终成为道教尊神，则是在元代。元延祐三年（1316年），元仁宗敕封张亚子为"辅元开化文昌司禄宏仁帝君"，简称"文昌帝君"，钦定为"忠国孝家益民正直祀典之神"，赐七曲山灵应祠为"佑文成化庙"，由于封号中带着"文昌"二字，遂与中国传统的文昌星宿重合。文昌星即文曲星，是北斗第四星，也是中国人眼中掌管文运的星宿，历史上的包拯、范仲淹都被认为是文曲星下凡，《白蛇传》中白素贞的儿子许仕林也是文曲星转世。如此一来，原本只在巴蜀流行的梓潼神，逐渐接过文昌的教鞭，成为中国科举之神。

学社诸人登上七曲山，此地乔木垂荫，古柏参天，百尺楼、文昌正殿、桂香殿、天尊殿依山分布。百尺楼是清嘉庆十年（1805年）重修的，供奉魁星，左右各有两座朵楼，通往文昌正殿前的平台。朵楼是主楼两侧的辅楼，宋代汴京城中便有朵楼，《东京梦华录》载："两朵楼各挂灯毯一枚，约方圆丈余，内燃椽烛。"文昌正殿亦建于清代，前有献殿，四周绕以走廊，栏杆粗巨，梁思成有"比例粗健，得未曾有"的评价。[1]

从文昌正殿转右上山，七曲山大庙慢慢展现出了它在建筑上的魅力。家庆堂如同一只展翅的飞鸟雄踞在高台上，翼角舒展，宋朝曾对文昌帝君家族加封圣号，家庆堂即为供奉家族成员的场所。拾级而上，家庆堂面阔三间，额枋上有平板枋，上承斗栱。

---

[1] 梁思成：《七曲山文昌宫》，载《西南建筑图说》，人民文学出版社，2012年。

家庆堂坐落于6米高的台基上,面阔三间,单檐歇山顶,建于明代。

有意思的是,家庆堂山面四间,前两间斗栱与前檐相似,后两间檐柱升高,斗栱也随之减跳。川康古建筑调查一路走来,营造学社在许多地方都看到了这种古老的做法。

  天尊殿是七曲山的最后一重,与两侧廊庑构成独立的院落。正午,阳光洒在天尊殿落满灰尘的前檐上,额枋上彩绘的云纹慢

天尊殿位于七曲山主峰鳌山之巅，也是大庙位置最高的建筑，始建年代不详，梁思成先生在《中国建筑史》中认为明初或明中叶所建。

天尊殿前檐额枋上施平板枋，其上设柱头科和平身科，斗栱昂嘴瘦而长。

天尊殿右侧戗脊，彩塑武将栩栩如生。

漫长的调查

慢清晰起来，两条描金的游龙似乎正在腾云驾雾；前檐斗栱七踩三昂，头昂卷曲，二昂、三昂的昂嘴瘦削。学社并未发现题记，但这座建筑却呈现出浓郁的明代特征，梁思成将其作为明代建筑的实物写入《中国建筑史》中："其中天尊殿在院内最高处，结构较为宏丽。殿广三间，深四小间，单檐九脊顶。"[1]

科举时代的文昌帝君，如今似乎有着更广泛的信仰，前来七曲山祭拜文昌的人络绎不绝。人们祭拜了文昌帝君后，很少再有爬到山顶的，家庆堂、天尊殿倒是落得清净。

天尊殿在七曲山最高处，合乎天尊在道教至高无上的地位。殿里供奉着崭新的元始天尊、灵宝天尊、道德天尊塑像，左右辅以广成真人、赤精真人、道行真人等。学社拍下了祂们的样子：神龛中的天尊像头戴芙蓉冠、柳眉杏眼，长须三缕，脸部贴金，身披云纹道袍，结跏趺坐于方座上，左手抚膝，右手持经书。天尊右侧有一高大的侍从，左右坛上彩塑十二金仙像，它们都似真人大小，神情肃穆，胡须浓密，看起来颇为威严。殿中金柱彩塑童子，可惜这些精美的塑像如今一尊也看不到了。

梁思成、刘敦桢或许不会想到，七曲山上有处偏僻的盘陀石殿，正是他们苦苦寻觅的元代建筑。为何营造学社与它擦肩而过？原来，川陕公路横穿七曲山，将大庙分为两个部分，盘陀石殿恰好游离在主体建筑外，加之清人在殿前加盖拜殿，掩盖了它的真实面貌。

盘陀石殿面阔8.4米，进深8.3米，方方正正，单檐歇山顶，

---

[1] 梁思成：《中国建筑史》，百花文艺出版社，2003年。

天尊殿明间正中设坛，旧有天尊一尊，它头戴道冠，柳眉杏眼，胡须三缕，身披道袍。

石砌台基正面有垂砌踏道。20世纪80年代,四川古建专家李显文曾对盘陀石殿进行测绘,[1]发现殿四周立有十根檐柱,殿内两根金柱,金柱后的檐柱已减去,这种做法,习惯上称"减柱造",金代出现,元代极为流行;前檐两柱架阑额连接,中央弯曲做"月梁"状,也是宋元建筑的特点。盘陀石殿的年代,或许在元朝初年。

当天,学社一行兴奋地测绘"决为明物"的天尊殿,直到日暮方休。由于附近人烟稀少,无人管理,中午陈明达曾回县城寻求县政府的帮助,下午五点,陈明达返回,五点半,县里工作人员与宫中住持也都来了,给他们张罗了一顿晚饭,留他们夜宿庙中。暮鼓响起,山上稀稀落落的香客匆匆下山,古老的建筑群逐渐隐入夜幕中。

---

[1] 李显文:《梓潼盘陀石殿建筑年代初探》,载《四川文物》,1984年第1期。

广元

武后皇泽　千佛重影

广元县境内石窟众多，营造学社的调查也以三处石窟为主。皇泽寺传说与女皇武则天不无关联，后山保存着四川唯一的中心柱窟；千佛崖地处古金牛道旁，来来往往的商贾、官吏、诗人、脚夫、士兵在这里留下了诸多龛窟，民国年间修筑川陕公路，千佛崖下层龛窟受损，上山栈道亦被毁，学社也由此错失了诸多大龛；观音崖是广元晚期石窟的作品，一通天宝十年的题记揭开了一段唐代往事。

皇泽寺的女皇传说

几座狭小的殿堂，穿斗式木建筑，屋檐上的砖瓦七零八落，黑黢黢的格子门上不见了雕花。更有甚者，一条马路穿寺而过，将巴掌大的寺院分成了两部分，连院墙都没有。这便是皇泽寺，刘敦桢感慨"藩篱尽失，厥状凄凉"。[1]

12月2日上午8点，学社一行离开剑阁县城，顺古金牛道，经抄子铺、汉阳铺，再行十公里到剑门关镇。石壁如削，古老的剑门关扼守关隘，自古便是蜀道雄关。当天晚上，学社在镇上找了个旅馆歇脚。第二天晚宿宝轮院，4日午后才抵达广元县西门，下榻在北街中国旅行社招待所。刘敦桢看到旅馆里的报纸，才得知南宁已于11月24日沦陷的消息。山河破碎，民生多艰。

6日上午，梁思成、刘敦桢来到皇泽寺。皇泽寺后山，五十余个大大小小的龛窟错落分布，其中一龛规模恢宏，远远便能看到三尊站立的佛像、菩萨，连窟壁的天龙八部都清晰可见。不知何时崖壁垮塌，下层石窟齐刷刷断裂，力士身子残缺，只有头颅还孤零零地悬在崖壁上。

山坡杂草丛生，皇泽寺的香火本来就不兴盛，也就很少有香客愿意到后山去烧香拜佛了。顺着被荒草湮没的小路，学社一行走到后山，半山腰间有个方形洞窟，远远看上去显得阴暗幽深。梁思成走上前去，中心柱由底即顶，三壁雕凿大龛，这是南北

---

[1] 刘敦桢：《川、康古建筑调查日记》，载《刘敦桢全集》第三卷，中国建筑工业出版社，2007年。

皇泽寺造像开凿在乌尤山中,现存57龛,民国年间在广元城中可远眺皇泽寺。

朝时期流行的中心柱窟,也称支提窟。川康古建筑调查两个月有余,四川各地石窟虽多,却从未看到过中心柱窟,他写道:

> 其南五十公尺处有塔洞一。西南北三面各凿一龛,龛内主像,皆结跏坐,风骨凝重,而神光内敛,当为初唐作品。[1]

巴蜀的石窟造像,大多为唐及唐以后作品。相对而言,石窟艺术进入广元年代颇早,这或许得益于其独特的地理位置。广元

---

[1] 梁思成:《皇泽寺摩崖造象》,载《西南建筑图说》,人民文学出版社,2014年。

梁思成先生考察皇泽寺45号中心柱窟。

北依秦岭，南控剑阁，东北扼秦陇而西南控巴蜀，地处四川盆地通往汉中平原的金牛道之上，又位于自秦陇入蜀的必经之路，战争年代更是兵家必争之地。史载广元南北朝时初属南朝，后归北魏，北魏分裂成东魏、西魏后，广元又为南朝所得——皇泽寺中心柱窟的供养人，或许与北魏王朝渊源颇深，抑或就是北魏委任的官吏。

中心柱窟的开凿年代在南北朝时期，但三面大龛中的佛像神情肃穆，菩萨体态弯扭，又带有初唐风格。中心柱窟工程浩大，耗时日久，可能还未等到石窟完工，供养人便不知去向，直到唐人又续开造像，这场持续约两个世纪的接力才得以完工。

几年前，我拿着营造学社拍摄的照片来到广元，照片中寒酸的小寺院早就不在了，气派的仿古建筑一直延续到山腰，大佛也有了挡风遮雨的楼阁。皇泽寺也名武后寺，这个武后，便是武则天。传言武士彠曾任利州都督，夫人杨氏在利州产下了武则天，利州就是现在的广元，广元也由此跟女皇沾上了边，称为"女皇故里"。1954年，皇泽寺附近挖出一通石碑，多少验证了这则传说：

> ……唐天后武氏其人也，事具实录，此不备书。贞观时。父士彠为都督于是□□□后焉。寺内之庙，不知所创之因。古老莫传，图经罕记。[1]

大佛窟高7米、宽6米、深3.5米，主尊为站立的阿弥陀佛，身

---

[1] 张明善：《四川广元县皇泽寺调查记》，载《考古》，1960年第7期。

边是弟子迦叶、阿难,两边为观音与大势至菩萨,窟壁浮雕惟妙惟肖的天龙八部。对比照片,我发现大势至菩萨民国年间右手拿杨枝,如今已经断裂。龛窟底部有个供养人,他头戴幞头,身着

广元皇泽寺圆雕造像,如今称武则天真身像。

圆领长袍，单腿跪立在地，目光虔诚地看着大佛，如今面目已模糊不清。

当年，刘敦桢在皇泽寺中看到了一尊石雕，与道教的张天师像摆在一起，僧人说是武则天像。石雕雍容华贵，头戴化佛冠，璎珞遍体，看起来是尊观音，只是在后世流传中演变成了武则天。今天，这尊造像穿上金衣，被供奉在皇泽寺中，称"武则天真容石刻"。

皇泽寺脚下有两座寺院，一是洞二寺，一是五佛寺。洞二寺在修下穿隧道时被拆毁，五佛寺早就不在了，它留给广元市民的印象，只是一个叫五佛寺的公交站台。当年，营造学社曾来到这座寺院，在殿中看到明代五佛，许是被妆彩了的缘故，刘敦桢有"伧俗不堪"的评价，连照片也没拍。可惜如今连这"伧俗"的佛像也难寻着了，四川明代佛像可谓寥若晨星。

密如蜂巢的千佛崖

12月7日，学社出北门，前往千佛崖。川陕公路顺着嘉陵江蜿蜒，歪歪倒倒的木杆上牵着电线，几个幼童背着比自己还高的柴火坐在路边歇气，偶有卡车驶过，扬起漫天灰尘。公路旁的崖壁上，石窟鳞次栉比，大小错布，最密处上下十三层，梁思成如是描述他的第一印象：

> 千佛崖在县治北十里，嘉陵江东岸，大小四百龛，延绵里

千佛崖西临嘉陵江，古金牛道依崖而过，再后来，民国川陕公路又从崖下而过。

许，莲宫绀髻，辉耀岩扉，至为壮观。[1]

千佛崖西临嘉陵江，古金牛道依崖而过，再后来民国川陕公路又从崖下经过。往来不绝的官吏、商贾、诗人、士兵、脚夫路过这里，请来工匠，开凿了一龛龛造像，长达千年的信仰化成大小龛窟，慢慢布满了崖壁。清代石窟造像虽已停止，却又常有行人过客捐出银两，将龛窟妆彩一新，直到今天依旧流光溢彩。

梁思成、刘敦桢发现，千佛崖不仅龛窟数目众多，且年代久远，早在南北朝时期就已有开龛。公路旁有个大窟，平面呈马蹄形，高4米有余，窟口残损，窟中雕一佛二菩萨三尊，佛祖眼睛微闭，嘴角带着笑容，略显单薄的身体套着阔大的袈裟，手臂虽残，却依旧能看到纤细的样子——这是北魏流行的"秀骨清像"。左右壁有菩萨各一身，左壁菩萨面容方正，身材魁梧，头上梳着双髻，宝缯垂肩，粗壮的手上握着一朵袖珍的莲蕾；右壁菩萨腰部以下荡然无存，残留着刺眼的凿痕。事后，营造学社才得知，1935年兴修川陕公路，在古金牛道基础上拓宽路面，工匠炸山取石，千佛崖底层不少龛窟被毁。北魏大窟还算幸运儿，有的龛窟只剩下窟顶彩绘，有的连一点影子都没剩下。

大窟三面密密麻麻布满了小龛，历代供养人在窟中觅个方寸之地，镌刻佛龛，此情此景，与洛阳龙门石窟是何其相似。1936年5月，营造学社策划了一次河南古建筑调查，5月29日来到龙门

---

[1] 梁思成：《千佛崖摩崖造象》，载《西南建筑图说》，人民文学出版社，2012年。

千佛崖第726号窟,俗称"大佛窟",开凿于北魏年间,窟门下部修川陕公路时被毁。

千佛崖下层部分龛窟因修筑川陕公路被毁,弥足可惜。

千佛崖第211窟,俗称苏颋窟,开凿于唐开元八年(720年)。

石窟。古阳洞、宾阳洞中的佛龛密密麻麻,梁思成不禁感叹:

> 然龙门各洞,各时代之加造小龛者不可胜数,故四壁无一寸空墙,致将原形丧失。其中多数头已毁失,但小像全者较多。[1]

108国道未改道时,我时常在千佛崖调查石窟。108国道在川陕公路的基础上扩充而成,货车路过千佛崖需拐个急弯,司机往往急促按着喇叭,刺耳的汽笛声响彻山谷。几年前,108国道改从千佛崖上方经过,佛像们结束了终年灰头土脸的日子,面对碧水青山。对面铁路时有动车驶过,动车穿过黑黢黢的山洞,游客抬头一看,千佛崖就在眼前——四川到了。

---

[1] 梁思成:《佛像的历史》,中国青年出版社,2010年。

千佛崖全长380余米，西高东低，最高处84米，状若扁平的直角三角形，现存造像873龛，比梁思成当年估算的多了一倍。学社在这里拍下了116号龛、202号龛、211号龛、213号龛、214号龛、535号龛（俗称莲花洞）、726号龛（俗称大佛窟）、744号龛（俗称牟尼阁）、746号龛（俗称睡佛洞）等。

211号窟高约1.8米，宽1.64米，主尊弥勒佛面相方正，表情慈悲，磨光高头髻，身着双领下垂式袈裟，善跏趺坐于束腰方座上。这个龛窟也称苏颋窟，为苏颋所开造，龛外镌刻有题记："都督府长史持节剑南道节度按察使上柱国许国公武功苏颋敬造。"

苏颋是唐朝名臣，一生历高宗、圣神皇帝（武则天）、中宗、睿宗、玄宗五位皇帝，是四朝元老，开元四年（716年）与宋璟共居相位，为官清正，礼贤下士，在朝野享有极高威望，号称"诗书画三绝"的郑虔到长安不久，便受过他赏识并被推荐为著作郎。开元八年（720年）五月，苏颋除礼部尚书，出任益州大都督府长史，按察节度剑南诸州，第一次踏上西蜀大地。尚未离开蜀地的李白正是在此时拜见苏颋，苏颋称赞他"天才英丽，下笔不休"。此时的千佛崖热火朝天，工匠在岩壁上往来上下施工，苏颋也找来工匠，开凿了这龛弥勒佛。

梁思成发现，千佛崖最特别的龛窟，中央往往有着华丽的背屏，镂雕双菩提树，牟尼阁便是其代表。牟尼阁编号744号龛，高2.3米，前窄后宽，前部宽3.55米，后部5.92米，窟中正面凿长方形坛，坛上一佛二弟子二菩萨二力士，镂空的双菩提树直达窟顶，天龙八部中的龙与阿修罗在树丛中若隐若现。十大弟子近乎圆雕，分居左右两壁。

广元千佛崖第744窟，俗称"牟尼阁"，窟正中凿长方形坛，坛上设一佛二弟子二菩萨二力士，背后镂空雕双菩提树。

牟尼阁至今仍存，但放眼望去，佛、弟子、菩萨、十弟子的头部全部荡然无存。从照片来看，当年除右侧菩萨、力士的头部不存外，其他造像的头颅还算完好，主尊眉眼纤细，嘴唇肥厚，头有螺髻，脸部虽然有妆彩的痕迹，盛唐之风却呼之欲出。此外，迦叶老成，是位饱经风霜的僧人；阿难年轻，脸部尚带着几分稚气。左右壁的十大弟子，当年也还有两尊完好，如今却没有

漫长的调查

一尊头部还在。

临近的睡佛洞也是背屏式龛窟，编号746号龛，石窟中部设坛，其上雕释迦涅槃像，涅槃是梵语，意味着脱离生死轮回、成佛的最高境界。坛上雕十大弟子，他们听到佛祖涅槃的消息，无不沉浸在巨大的悲痛中。坛后两株菩提树直达窟顶，飞龙缠绕在树上，龙头高昂，树下各有菩萨一尊。营造学社的照片中菩萨头部仍完好，眉晴纤细，神情婉约，如今头部全部无存。

中国寺院的佛殿，往往正中设坛，坛上供奉佛像，身后的背屏绘制壁画。石窟中佛坛与背屏的出现，与佛殿布局如出一辙，或许来自对佛殿的模仿。但广元千佛崖以双菩提树直达窟顶的做法，在其他石窟并不多见，又使古老的龛窟多了几分灵动。

营造学社的无奈

在千佛崖下，我发现一个问题。营造学社拍摄的龛窟大多位于千佛崖下部，位于上部的许多代表性龛窟并未拍到，如菩提瑞像、大云古洞、韦抗窟、北大佛窟等。在刘敦桢的日记中，我找到了答案："自南亘北约半公里，皆凿佛龛，现因修公路，毁去一部，登崖石阶亦被凿去，致无法攀登崖上最大之龛，不胜遗憾。"[1]原来，民国年间修川陕公路，不仅下部石窟被毁，连登山的石梯也被凿毁。

---

[1] 刘敦桢：《川、康古建筑调查日记》，载《刘敦桢文集》第三卷，中国建筑工业出版社，2007年。

广元千佛崖局部，龛窟密如蜂巢，上方两个大窟为365弥勒窟与366菩提瑞像窟。

沿着学社考察的路线行走，似乎更能体会梁思成、刘敦桢的无奈，他们拿着相机在千佛崖下徘徊，望着上部龛窟叹息。他们不止一次站在365、366两个大龛底下，举起相机试图拍下这两龛造像。

千佛崖365、366为两个相邻的大窟。365窟俗称弥勒窟，同样为一座背屏式大窟，两棵茂盛的菩提树下，弥勒佛端坐在坛中央，身边站立二弟子二菩萨。这龛造像今日还在，只是主尊的头颅早些年被盗了。

366窟俗称菩提瑞像窟，窟中造像甚多，佛祖、弟子、菩萨、供养菩萨、雷神、雨神等济济一堂，甚至还雕刻出了五身伎乐。与后人熟悉的佛祖不同，此像中释迦牟尼戴花冠，佩耳环，手臂戴臂钏与手镯，这样的形象，称为菩提瑞像，也就是释迦牟尼降魔成道之像。菩提瑞像由唐朝使臣王玄策从印度带回中国后，一时间"道俗竞摹"，在两京广为流传，并顺着蜀道来到了蜀地。

菩提瑞像窟右壁有则题记，题为《大唐利州刺史毕公柏堂寺菩提瑞像颂并序》。可惜前蜀乾德六年（924年），越国夫人装修此窟，在石碑补刻装修记，将碑文拦腰斩断，毕重华的生平也因此成谜。据罗世平先生研究，他出任利州刺史当在唐睿宗景云至延和年间（710—712年）。[1]

与苏颋一样，毕重华也是一位来自长安的大员。唐代的金牛道是连接长安与蜀地的官道，京华冠盖，不绝于路，像苏颋、毕重华这样的大员，随行人员中不乏能工巧匠，也最容易将长安的

---

[1] 罗世平：《千佛崖利州毕公及造像年代考》，载《文物》，1990年第6期。

热门题材带到巴蜀大地。

下午二时,学社结束调查,返回城中午餐。晚上梁思成、刘敦桢不无惋惜地聊起千佛崖,决定第二天让莫宗江、陈明达两个小伙子再去试试。两人涉险而上,成功爬上断崖,并拍下了几个龛窟——150号、421号与496号窟。可惜栈道损毁过于严重,崖壁上的大部分龛窟依旧遥不可及,两天调查的龛窟也不足千佛崖的四分之一。

150号窟高1.99米,宽2.13米,龛中雕一佛二菩萨,左右壁各有供养人两身。右壁的女子头挽高髻,手持长柄香炉,胡跪在方形拜毯上,后面有一头梳双髻的侍女。左壁供养人业已斑驳,可以看到他身着圆领长袍,头戴幞头,同样手持香炉胡跪。新发现的一则题记,破解了他们的身份:"开元十年太岁壬戌二月癸酉朔/八日庚辰满弟子彭景宣奉为亡/妣郭氏敬造释迦牟尼佛/一龛……"[1]开元十年(722年),彭景宣为亡母造了这龛造像,不知道那位手持香炉的妇人,是否就是他的母亲?

421号尖拱形龛门,龛中造一佛二弟子二菩萨,莫宗江、陈明达并未拍下主尊,却对佛祖的束腰座颇感兴趣。束腰座上下叠涩三层,最上部边缘雕有串着宝珠的华绳。座底各有一供养菩萨,他们面容富贵,头梳高髻,身姿丰腴,相向胡跪。都说唐代"菩萨如宫娃",这两尊菩萨便是活脱脱的宫女形象。可惜两身供养菩萨的头部早年被盗,凿痕宛然。

---

[1] 四川省文物管理局等:《广元石窟内容总录》"千佛崖卷",巴蜀书社,2014年。

观音崖古称观音影,又名五佛崖,也是广元晚期造像的代表作。

离开广元前,梁思成、刘敦桢听说川陕公路还将拓宽6米,如此一来,崖壁上的龛窟可能岌岌可危,他们专程去县政府,请求保护千佛崖。这件事的结果,刘敦桢在日记中只字未提,可能又与之前的经历一样,碰了钉子吧。

想到千佛崖的命运,梁思成忧心忡忡,情急之下,他上书交通部总管理处处长赵祖康,请求制止炸崖拓路的行为:[1]

---

[1] 王方捷:《梁思成函请保护广元千佛崖》,载《建筑史学刊》,2023年4月。

最近晚在广元调查闻之，当地驻军谓，上月重测改善川陕路工程，拟再加炸毁，将路展宽六公尺，已由福中公司（中福公司）承包，如是则广元千佛崖将一无孑遗，祖先产业为子孙一旦丧尽，实时代、民族之奇耻大辱。

在信中，梁思成提及山西修建正太铁路时，曾将榆次县永寿寺宋代大殿拆毁；河南新修洛韶公路，竟将沿线的龙门北魏、唐代石窟打碎了做铺路石。近数十年来，不知有多少遗迹毁于公路、铁路修建。

1940年1月20日，赵祖康致函四川省公路局局长范九吾，嘱咐在川陕公路改善工程中勿再损毁千佛崖龛窟。两天后，交通部向各地铁路、公路局、下达《仰饬所属工程人员对于古代建筑、雕刻等物严加保护，不得率意毁坏，以重古迹》训令，对于古建筑、庙宇、桥梁、城关、雕刻等等，谨慎避让，万不得已，不得破坏丝毫。

在梁思先生成积极奔走下，广元千佛崖最终得到保护，余下的800多个龛窟得以传承至今，中国各地公路旁的古建筑、桥梁、雕刻也因之得到妥善保护。梁思成先生加入营造学社后，一直在中国各地调查古建筑，以保护古建筑为己任。很少有人知道，他曾为广元千佛崖奔走，并挽救了一批雕刻、桥梁的命运。

12月9日，一个阴天，学社乘舟赴苍溪，路过昭化观音崖，远远望见岩壁有几十龛石窟，唤住船家停船，上岸调查。观音崖造像多开凿于中晚唐，龛窟不大，题材也颇为单调，此时皇泽寺、千佛崖业已衰落，晚期广元石窟的特点，其实是通过观音崖体现的。

在一个小龛里，刘敦桢先生发现"天宝十载"题记。这个龛窟现编号观音崖第47号龛，完整的题记为"天宝十载十月一日，云南招慰北宣慰讨会兵马处置使、朝议郎行内侍省掖庭令、上柱国范元逸敬造。"[1]天宝年间，唐朝陷入与南诏的战争泥潭，单是天宝十载（751年）士卒丧命者就达六万余人。这位范元逸可能正是一位奔波在蜀道上的官员。同是天涯沦落人，在蜀道上奔波的行旅，从来都不缺乏故事。

下午四点半，营造学社离开观音崖，向下一站驶去。在船上，刘敦桢拿出一本《颜氏家训》读起来，朔风怒号，彻夜不止，一叶孤舟在风中驶向苍溪县。

---

[1] 姚崇新：《巴蜀佛教石窟造像初步研究——以川北地区为中心》，中华书局，2011年。

东行嘉渠

地图标注:
- 绵阳 11月20日
- 德阳 11月19日
- 广汉 11月18日 1941年春夏之交
- 灌县 10月6日
- 郫县 10月10日
- 新都 11月16日
- 成都 9月27日
- 新津 1941年后
- 芦山 10月22日
- 彭山 11月5日
- 雅安 10月18日
- 岷江
- 夹江 10月25日
- 乐山 10月28日
- 沱江
- 大渡河
- 峨眉 11月1日
- 宜宾 1941年后
- 南溪 1941年后

阆中 12.14 —— 洞溪口石窟 青崖山石窟 铁幢 铜钟 桓侯祠 观音寺 巴巴寺

南部 12.17 —— 禹迹山大佛

渠县 12.24 —— 沈府君阙 拦水桥无名阙 王家坪无名阙 冯焕阙 赵家坪南无名阙 赵家坪北无名阙

蓬溪 1.5 —— 鹫峰寺 定香寺 宝梵寺

蓬安
2月22日

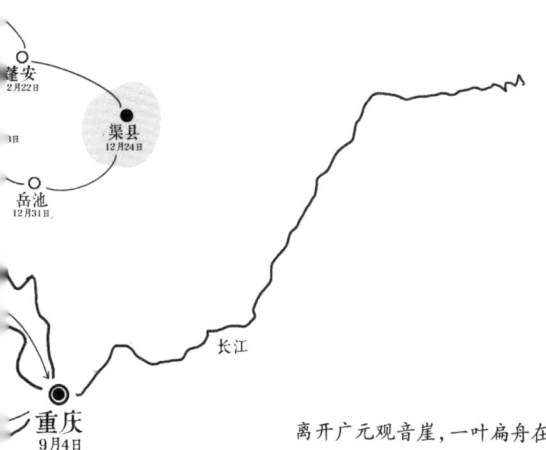

渠县
12月24日

岳池
12月31日

长江

重庆
9月4日

　　离开广元观音崖，一叶扁舟在嘉陵江中飘零，经苍溪县抵达阆中县，途中偶遇涧溪口隋唐造像；离开阆中，又碰到了青崖山石窟，城中铁塔寺还有一座唐代铁幢，一口唐代铜钟；渠江是嘉陵江分支，渠县境内的土溪场、崖峰场一带，密集地分布着拦水桥无名阙、沈府君阙、王家坪无名阙、冯焕阙、赵家坪南无名阙、赵家坪北无名阙六处七座汉阙，堪称"汉阙之乡"；蓬溪县盛产井盐，自古富庶，县城内外寺院林立，鹫峰寺是学社在四川调查的最完整的明代寺院，梁思成将其写入《中国建筑史》。

阆中

穿 行 在 唐 代 梵 音 中

从苍溪县到阆中县,营造学社途经涧溪口石窟,岩壁上"开皇十四年""仪凤三年"隋唐题记,如同标尺,记录下造像年代,离开阆中当日又探访了青崖山石窟。城中古建筑以桓侯祠、观音寺最为古老,铁塔寺还藏着两件唐代瑰宝——天宝铁幢与长安铜钟。阆中境内留存着诸多唐代遗迹、文物,穿行其中,如沐唐风。

偶遇涧溪口石窟

12月14日上午9点20分,营造学社乘船离开苍溪县临江寺,顺嘉陵江南下,前往阆中县,嘉陵江水澄静如练,迂回曲折,途经李家湾、何家湾、高家湾,下午一时抵达涧溪口。刘敦桢远远望见岩壁上有几龛造像,忙令船家靠岸,上岸调查。

涧溪口岩壁上,八龛石窟在山腰一字排开,附近没有寺院,

涧溪口摩崖造像全景,此地位于苍溪、阆中交界处,共有8龛。

也没有人家，这些石窟似乎从天而降一般，尔后又在岩壁上慢慢剥落。千佛龛是规模最大的一龛，龛中整齐地排列小佛约千尊，正中有一小龛，正壁浮雕两棵枝繁叶茂的菩提树，弥勒佛头部已损，身着通肩袈裟，双足踏莲台，两边站立二菩萨、二弟子。龛窟下方有一宝瓶，瓶口生出茂盛的莲茎、卷草，其上承托着弟子、菩萨的莲台。梁思成想起他在绵阳西山观看到的石窟，底部也有类似宝瓶，据此推断，这龛造像可能是隋末唐初作品。

接下来的考察证实了他的观点，北端一龛旁有"仪凤三年"题记。仪凤是唐高宗李治年号，仪凤三年为公元678年，是文学艺术层面的初唐时期，但去盛唐不远，菩萨身姿扭曲，婀娜多姿；力士肌肉粗壮，青筋暴起，盛唐风范已隐约可见。

从苍溪到阆中，如今已不通渡船，体会不了学社顺江而下的路线。2019年冬天，我从苍溪临江寺出发，沿着212国道，驱车约40分钟到涧溪口村。村里的年轻人大多在外打工，孩童听我在找石菩萨，叽叽喳喳问："石菩萨是谁？我们村没这个人。"拿着营造学社的照片问了半天，一位牛姓大爷凑过来看了看，说他早年见过，就在嘉陵江边，但早不在了。

说罢，牛大爷带着我去找当年的石包，一路上他聊起石窟的故事。20世纪70年代，有外地人到村里开石场，雇佣村民开山取石，卖给电厂修码头，当时村里也有人反对，但不少人家在石场做活路，每开采一根条石，石场也给村里上缴一毛钱的利润，村民也就睁一只眼闭一只眼了。"你看河边还有个石包，当年石窟就在上面。"涧溪口石窟就这样化为一根根条石，沉入黑暗的水中。

在整理涧溪口石窟资料时，我发现一些学社此前未曾注意

涧溪口仪凤龛,龛外侧有"仪凤三年"(678年)题记。

涧溪口北侧共三龛，照片中左侧龛窟主尊戴冠，坐于凭几之中，真人手持笏板，应为道教造像。

的信息。千佛龛北侧有三龛造像，营造学社拍下其中一龛：主尊头戴高冠，趺坐于三脚凭几中，真人双手于胸前持笏板，这是典型的道教石窟特征。梁思成记载，北侧造像旁有"开皇十四年"（594年）题记，虽未注明具体位置，但三龛布局、龛形相似，开凿时间相隔恐不会太久。

道教石窟在阆中有着久远的历史。阆中市北5公里保宁镇盘龙村颉家山山腰有处岩厦,当地人称"风谷洞",这便是石室观造像。2号龛同样完工于开皇十四年,为王鞁为亡父贵德捐造,题记至今仍存:

> 大隋开皇十四年太岁次甲寅十月十五日,弟子王鞁为亡父贵德(?)及兄智罗荡等造……[1]

开皇是隋文帝杨坚年号,很少有人知道这个年号本出自道教。"开皇"是元始天尊一劫之始,杨坚借为年号,昭示着自己开创的隋朝结束了南北朝的分裂与战争,进入历史新纪元,他也如道教的元始天尊,充当着众生拯救者的角色。《隋书》中留下了隋朝崇道的记载,隋代石窟却在中国存世极少,涧溪口的价值可见一斑。

古寺传梵音

结束半个小时的匆匆考察,梁思成、刘敦桢等一行回到船上,继续往阆中驶去。还没进城,就偶遇了隋唐石窟,这座城市不知还隐藏着多少遗迹?

阆中自古为阆州州治,南宋景炎元年(1276年)升阆州为保宁府,既是川北门户,也是当时经济、文化中心,明末清初还

---

[1] 西华师范大学历史学院、阆中市文物管理局:《四川阆中石室观摩崖题刻调查报告》,载《四川文物》,2016年第2期。

一度作为四川省会。三时许,学社抵达阆中南门,龟背形的古城中,东、西两条主街在中天楼交会,棋盘式的街道两旁商肆林立,多是四川常见的前店后院布局。

梁思成、刘敦桢等匆匆穿过古城,寓居在东门外惠来旅馆。刘敦桢进去一看,不由感慨:"其地湫陋,亦无可如何。"民国年间的四川旅馆简陋,1905年,一位叫山川早水的日本人曾下榻在阆中城里的文星官店,他写道:"寝前将为防臭虫而准备之除蚤粉撒满床上。以为如此,今夜可免遭灾害,便从容地躺下,可是没过多久,脸、脖子、手、脚同时遭到袭击,奇痒难言,双手搔痒无效。"[1]一路上,旅馆的简陋也令学社苦不堪言。

城中的古建筑,以桓侯祠与观音寺年代最久。第二天,在县长喻颖光陪同下,学社一行来到桓侯祠。桓侯祠在县政府东边,祠中供奉三国名将张飞。建安十九年(214年),刘备攻取西蜀,任命张飞为巴西太守,驻守阆中,进可从汉中出兵,退可为成都屏障。张飞因急于报二哥关羽之仇,惨遭下属范彊、张达毒手,死后追谥桓侯,阆中人为他筑冢建祠,以示祭奠。

民国年间的桓侯祠,由山门、敌万楼、牌坊、大殿、后殿、墓冢组成,其中敌万楼是明代建筑,坐北朝南,方方正正,面阔三间,进深亦三间,下檐斗栱七踩三昂,昂嘴刻作如意头。敌万楼今天仍在,只是前檐明间旧日悬的"永佑巴西"匾额,已换为"灵庥焉奕"了,额枋下鸱吻形雀替也不见了。

---

[1] [日] 山川早水著:《巴蜀旧影——一百年前一个日本人眼中的巴蜀风情》,四川人民出版社,2005年。

桓侯祠铁狮

　　桓侯祠大门外有铁狮一对，造型古朴，姿态雄健。刘敦桢记载，铁狮铸造于明万历四十七年（1619年），年代与民国《阆中县志》所载"铁狮在城内桓侯祠前，左右各一狮，下铁板刊有年号，系明万历四十年制，置诸祠外所以壮观瞻者"略有不同。[1]孰是孰非，却也无从考证了，"大炼钢铁"运动中，铁狮被铁锤、

---

[1] 岳永武修，郑钟灵等纂：民国《阆中县志》，载《中国地方志集成·四川府县志辑》，巴蜀书社，1992年。

铁凿敲成一块块铁板，而后扔进炉膛，化为了几堆废铁渣。

观音寺在城东北一公里，营造学社来时，寺院已是中山公园一部分，只有天王殿、罗汉殿、大雄殿留存下来。观音寺本在城中，明弘治四年（1491年），明宪宗第九子朱祐榰封藩阆中，为了给恢宏的王府腾地方，千余户居民举家搬迁，连县府、寺院、庙宇也不例外，观音寺迁到了城东北。

罗汉殿重檐歇山顶，面阔五间，进深四间，前檐斗栱五踩重昂，这座明代建筑似乎并无太多可以记取之处。梁思成在檐下架起相机，准备拍摄斗栱，他的到来引来了公园里的士兵，士兵们凑在一起，看着这些外来客拍摄古老的建筑。1939年9月，德国发动闪电战，二战全面爆发，中日第一次长沙会战打响。过不了不久，这些士兵也将走上战场，战争的漩涡席卷着每一个中国人。

天宝铁塔与长安铜钟

东门内的铁塔寺，自古即是阆中名刹，却几经浮沉，先后改为民众教育馆、铁塔小学与幼稚园，营造学社来时，又成了川康绥靖公署副主任潘文华的行署。殿宇是清代修的，于建筑上并无可观之处，寺里木亭中却有两件唐代珍宝——铁塔与铜钟。

铁塔高4.32米，八面形柱体，每面宽0.38米，通体遍铸《佛顶尊胜陀罗尼经》。梁思成走上前去，"婆罗门僧佛陀波利仪凤元年自西国来至此土，到五台山次遂五体投地向山顶礼……"隶书清晰可见。唐高宗时，北印度罽宾国沙门佛陀波利携带此经梵本来到中国，唐代《佛顶尊胜陀罗尼经》共有八个译本，密宗大师

营造学社考察时，铁塔与铜钟均安置在东门铁塔寺东侧亭中。

阆中铁塔，实为铁幢，高4.32米，八面形柱体，每面宽0.38米，通体遍铸八分体隶书阳文《佛顶尊胜陀罗尼经》。

不空、善无畏都曾译过此经，但以佛陀波利的译本最为流行，唐代经幢上所刻多为此本。

梁思成注意到一个问题，铁塔虽有"塔"之称，其实是经幢。对于经幢，他并不陌生，1937年7月，他与林徽因在山西五台山佛光寺发现了唐代大殿，寺中文殊殿前有座经幢，建造于唐乾符四年（877年），林徽因还爬到梯子上，仔细观察经幢细节。

经幢，也称宝幢，是一种刻着佛经的石柱，一般为八角形，也有少数制作成六角形或四方形，因多数刻有《佛顶尊胜陀罗尼经》，故又称"尊胜陀罗尼幢"或"尊胜幢"。佛教传说《佛顶尊胜陀罗尼经》的最大功能在于地狱拯救，为亡者造经幢，能免除地狱之苦，更有甚者，如果阳光照射经幢的影子映在人的身上，或者幢上尘土落在身上，一切罪垢与孽障便会自然消除，得到无上福报。唐代的中国，阴森、恐怖的地狱观念已经浸透唐人灵魂，高耸的经幢也就成为寺院的标配，比如佛光寺。1947年，四川邛崃龙兴寺遗址也出土了数十件残缺的幢顶、幢身，上有"大中三年尹花严造"等题记，可见当时的龙兴寺曾经幢林立。

石幢易得，铁幢却是少之又少，我国现存的一座铁幢——常德铁幢，铸造于宋建隆年间（960—963年），通高4.33米。阆中铁幢体态并不如常德铁幢修长，可能是考虑到将全本《佛顶尊胜陀罗尼经》都囊括进去的原因。

20世纪六七十年代，阆中铁幢被砸烂。好在清人刘喜海的《金石苑》曾收录拓片。他应该是亲见了阆中铁幢的，感慨铁器易销，而当时此铁幢岿然独存，连锈蚀都没有，堪称珍宝：

> 右南部县王袭纲及妻严十五与诸施主奉为 开元天宝圣文神武皇帝陛下及法界苍生敬造此塔万代供养 天宝四载二月八日建成 □唐安郡□□生[1]

《八琼室金石补正》也曾收录铭文，记为《王袭纲铁塔尊胜幢记》。[2]唐天宝元年（742年）改阆州为阆中郡，辖阆中、南

---

[1] （清）刘喜海：《金石苑》，巴蜀书社，2018年。

[2] （清）陆增祥：《八琼室金石补正》卷四十七，载《王袭纲铁塔尊胜幢记》，文物出版社，1985年。

部、苍溪、西水、新井、晋安、新政、奉国、歧坪9县。唐天宝四载（745年）二月八日，南部县王袭纲与妻子严十五等人，捐资铸造了铁幢，铭文中的"开元天宝圣文神武皇帝陛下"，即为唐玄宗李隆基尊号。当时的铁幢可能安放在某所寺院中，木石结构的寺院在漫漫长河中逐渐消亡，铁幢却幸运地留存下来。

中国有记录最早的经幢，是河北鹿泉本愿寺长安二年（702年）建造的石幢，仅仅四十年之后，阆中就出现了体量如此大的铁幢，这既是《佛顶尊胜陀罗尼经》在蜀地流行的见证，也是蜀地高超铸造技巧的体现。

木亭中尚悬有一铜钟，通体黑色，高79厘米，口径56厘米，虎钮，钟顶双钩莲瓣纹，四面双层方井纹，方井交角处有莲瓣状乳突。钟身铸铭文七十字：

> 维大周长安肆年，岁次甲辰，十月葵丑，朔贰日甲寅，合州庆林观观主蒲真应等奉为圣神皇帝陛下敬造洪钟一口，重肆百斤，普及法界苍生，并同斯福。朝议郎行合州司马高德表[1]

铭文中的"日""月""年""圣"均为武则天称帝后的新造字，带有浓郁的时代特征。合州今为重庆合川区，梁思成等人颇为疑惑，为何合州的铜钟流落在了阆州？答案可能是"神龙政变"。

长安四年（704年），合州庆林观观主蒲真应等人，为武则天

---

[1] 王积厚、张启明：《阆中铜钟》，载《四川文物》，1988年第3期。

阆中唐钟铸造于武周长安四年（704年），因故流落在阆中。

铸造了铜钟。铜钟经合州司马高德上表朝廷，得到许可后，经水路至阆州，可能打算转陆路运送到长安。不想神龙元年（705年）正月，武则天病重，张柬之、崔玄暐乘机杀死"二张"张易之、张昌宗，迫使武则天让位于太子李显，是为中宗，史称"神龙政变"。

武氏倒台，消息传到合州，昔日邀宠的铜钟，今时已显得不合时宜，蒲真应觉得没有再送到长安的必要，铜钟这才流落在了阆州。合州司马高德其人不见于史料记载，唐代不少官吏崇信佛教或道教，他与蒲真应往来密切，或者本身就是"铜钟进京"的策划者之一。

20世纪六七十年代，铜钟虎钮与挂耳被砸毁，所幸并未进一步受损。1989年铜钟被列为国家一级文物，2011年入藏阆中市博物馆。

青崖山大佛

在阆中的三天时间，营造学社还调查了香城寺、巴巴寺、清真寺、府文庙、城隍庙等。巴巴寺的"巴巴"是阿拉伯语音译，意为"祖先、先师"之意。巴巴寺久照亭三重檐，盔顶，垂脊交会于屋顶正中，如同武士的头盔一般，曲线流畅，陡而复翘，展示着古建筑的线条之美。

12月17日，营造学社离开阆中前往南部，渡嘉陵江，东南行十公里至双龙场，路过一个叫青崖山的地方，没想到又遇到了石窟。公路西侧岩壁上，几龛石窟稀稀落落，上方有柱洞痕迹，看

青崖山最大的一龛在半山腰间,远远望去颇为恢宏。

来过去曾有挡风遮雨的楼阁。石窟前的泥土地上插着几炷香烛,年迈的老婆婆挪着小脚从城中走来,虔诚地在石窟前作揖祭拜。

青崖山最大的一龛在半山腰间,远远望去颇为恢宏,身手敏捷的莫宗江、陈明达先爬了上去,梁思成把文明棍别在腰间,也跟着爬了上去。一尊慈眉善目的弥勒佛出现在眼前,它面容方正,大耳垂肩,身着双领下垂式袈裟,善跏趺坐,脚踏莲台,与乐山大佛姿态类似。大佛左右雕刻四菩萨、四弟子,窟壁浮雕天龙八部,威武的天王、矫健的力士守候在龛口,莫宗江站在他们

主尊面容方正,大耳垂肩,是一尊善跏趺坐的弥勒佛像。

面前还不到胸口高。台基刻壶门一列,内中各有伎乐一身,他们上身赤裸,下身着裙,飘带飞舞,美妙绝伦。

关于青崖山主龛的年代,梁思成与刘敦桢意见不同,刘敦桢认为开凿于唐代,只是并非出于名家之手,"依雕刻样式判断似唐代物。然佛像比例失当,非出名匠之手可断言也。"[1]梁思成则

---

[1] 刘敦桢:《川、康古建筑调查日记》,载《刘敦桢全集》第三卷,中国建筑工业出版社,2007年。

赞同县志淳熙年间的说法，"县志谓凿于宋淳熙间，似可信。"[1]淳熙之说，始见于明嘉靖《保宁府治》，府志说宋孝宗淳熙间，有僧人延请工匠在崖壁间开凿了这些石窟。

盛唐之后，倚坐弥勒大佛在蜀地颇为流行，乐山大佛、荣县大佛、资阳半月山大佛等相继出现。青崖山弥勒佛面向方正，带有盛唐之风，窟壁浮雕天龙八部的做法也是唐代风格。据此推断，青崖山石窟可能定为唐代更加妥当。

右侧岩壁零星分布着几个龛窟，从题材来看，为唐代流行的释迦说法图、弥勒说法图，造像浓妆艳抹，似乎不久之前才有过妆彩。岩壁下部垮塌，佛祖、菩萨几乎悬空，力士的头部早就不存，身体悬在龛外，看起来摇摇欲坠。

如今，212国道与嘉陵江并肩而行，开往彭城镇的6号公交车沿途经过一个叫"千佛岩"的公交站。站台的对面，就是昔日的青崖山石窟，民国年间修筑潼（川）保（宁）马路（212国道前身），青崖山石窟因在路边，被毁损大半，又因扩建马路被炸毁，没有留下一点痕迹。[2]一同消失的还有千佛寺，当时青崖山石窟便在寺院后山，故又称"千佛岩"。

1998年，千佛寺在原址恢复，气派的大雄宝殿一直延续到山顶。千佛寺拆了又建，建了又拆，只是崖壁上的石窟再也没法复原了。

---

[1] 梁思成：《青崖山摩崖造象》，载《西南建筑图说》，人民文学出版社，2014年。

[2] 李文福、李文明编著：《佛教阆中》，中国文化出版社，2014年。

南部禹迹山大佛

南部县禹迹山中有尊高约18米的佛像,是学社在四川考察的最大的一尊立佛,2013年被列为全国重点文物保护单位,通常认为此大佛是唐代作品,但梁思成、刘敦桢均将其定为明代,它究竟开凿于何时?

12月17日下午2时许,学社一行抵达南部县城,下榻在畅春旅馆。南部之名,一说在阆州以南得名,县城池创建于明,清代迭次培修,设承煦、延爽、迎熏、瞻极四道城门。民国年间因城市改造,城池拆毁大半,传统民居也所剩无几。

南部县盛产金、盐、丝、棉花、芝麻,在四川堪称富庶。县长何庆延先生嗜好金石,平日里喜欢访古,此番梁思成等人到来,不仅设宴款待,还积极介绍川中遗迹,说资中县有摩崖造像高三四丈,巴中县有明代石窟。李县长说的资中摩崖,当是重龙山上的宋代释迦牟尼佛造像,却将高度夸张了一倍以上。不过,南部县境内也有一尊规模更大的佛像——禹迹山大佛。

19日上午八点半,学社一行乘滑竿前往禹迹山,九点渡嘉陵江,天气严寒,江上雾气弥漫,不辨东西,渡江十五公里至碑院场,再六公里到禹迹山。禹迹山地处嘉陵江中游,传说大禹治水经过此山,因而得名。《南部县志》载:"禹迹山在县东北三十里,禹治水经此,山顶平衍,有小石泉清冽可爱,宋何汝贤有记。"

才登上禹迹山,远远望去,一座楼阁依绝壁而建。这是大佛阁,高五层,渐次收缩,直至山巅,第二、三、四层中央有用来透光的圆孔,底层外墙涂上了白灰,上书"阆南仙境"四个大字。滑竿停在大佛阁前,几个士兵凑了过来,与之前所见阆中观音寺一样,这座寺院也成了驻军之所。

步入大佛阁,一尊立佛岿然而立。阳光透过圆洞,洒在大佛身上,面部白皙,眼睛圆瞪,似乎不久之前,当地人才给他绘上眉眼。大佛身着双领下垂式袈裟,衣角浅浮雕花纹,内系僧祇

大佛寺远景，中为大佛阁，左右尚可见殿宇，殿前有一字库塔。

支，宽阔的袖口长及膝盖，左手平举于胸前，掌心向上托摩尼珠，右手上举。大佛仅背部与岩壁相连，脚后有通道，不时有老婆婆提着香烛来到阁中，她们燃起香火，尔后绕着佛腿走上三圈。

2019年4月，我第一次前往禹迹山，此山距离南部县城约40分钟车程，当年光秃秃的禹迹山如今植被茂盛，山路旁新建了财神殿、药师殿，营造学社从山下远眺大佛阁的场景却是再也见不到了。沿着山路走到半山腰，才看到一座五层楼阁，仔细一看却已非

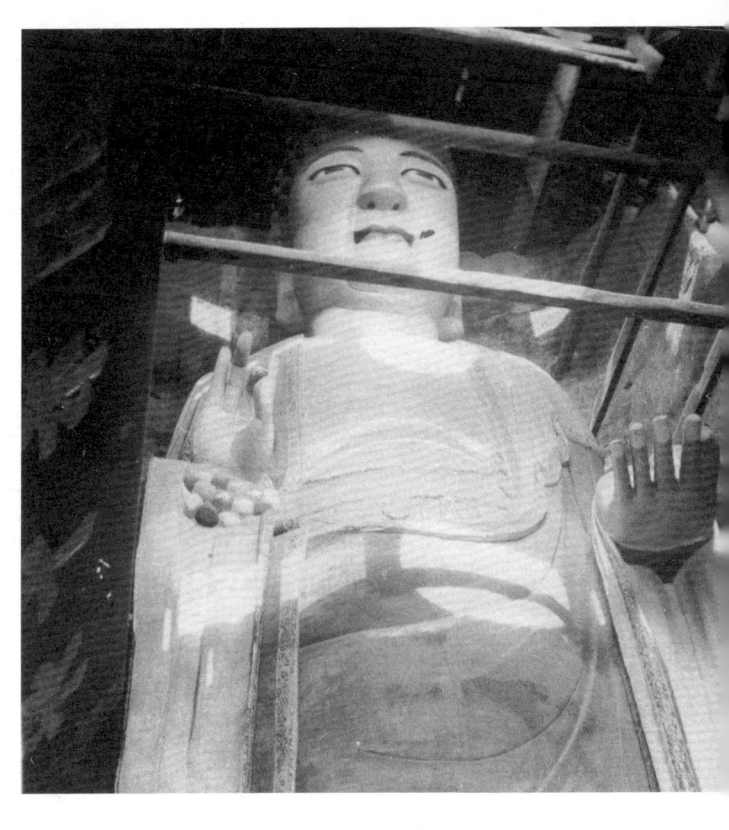

禹迹山大佛高16.6米，螺髻，面容方正，浓眉厚唇，双耳垂肩。

旧物,那座字库塔也不翼而飞了。

楼阁之中,大佛依旧矗立在岩壁上。民国年间的大佛双手纤细,指甲盖也清晰可见,如今大佛的手印虽然相似,手却大了一圈——20世纪60年代,大佛的双手被炸毁,现在的双手是80年代才补上去的。民国年间大佛衣领的花纹尚清晰可辨,现也已模糊不清,衣服上残留着历年来修补的痕迹,如同打上了补丁。

2013年,南部大佛被列为全国重点文物保护单位。大佛雕凿年代史料无载,南部县文管所《禹迹山摩崖——第七批全国重点文物保护单位申报文本》将其定为唐代:"就其造形、衣着、风格及雕刻手法,并与四川其他地区摩崖造像比较,应为唐末时期作品。其仪态、神韵之美,可谓巴蜀大佛造像中之上乘。"[1]

四川唐代大佛众多,比如乐山大佛、资阳半月山大佛、荣县大佛等。唐代大佛的出现,与武则天不无关联,武周证圣元年(695年),武则天自加尊号为"慈氏越古金轮圣神皇帝",自称弥勒下凡。在这股风潮影响下,武周证圣元年(695年)与唐开元九年(721年),敦煌莫高窟先后开凿35.5米和26米的弥勒佛,即著名的"北大像"和"南大像"。四川地区的弥勒大佛,也是受这股风潮影响出现的。

不过,四川唐代大佛以弥勒坐像为主,迄今未发现过立像。对于大佛的年代,梁思成推测开凿于明代,"其营建年代,仅明末曹学佺《蜀中广记》引县志'凿石为像,层楼覆之'二语,此

---

[1] 《禹迹山摩崖——第七批全国重点文物保护单位申报文本》,南部县文管所提供。

外另无文献可据。依姿貌衣纹观之,疑即明初物。"[1]刘敦桢也持相同看法:"依雕刻式样观之,像之头部过巨,脚短而足小,其他衣纹装饰皆欠细雅,疑为明人所构。"[2]从雕刻风格看,禹迹山大佛头部巨大,双脚短小,与身体不成比例,雕工略显粗糙。袈裟上可见花纹雕饰,这都是晚期造像的特征,梁、刘的判断,应该是可信的。

《南部县志》也提供了一些线索。县志中,明代之前关于禹迹山的古诗,并未提及大佛,明代中后期以后,大佛才渐渐成为吟咏对象。清代不仅大佛已成,连大佛阁也已修建完工了,清人杨继生到山中游玩,写下了这首《大佛殿》:

路转峰回妙相开,灵根斸破下云台。崖高斧凿尤留迹,地近烟霞不染埃。顶上圆光争日月,天边法鼓吼风雷。为怜苦海饶身济,橘井清泉一窍来。[3]

大佛殿屡建屡毁,大佛脚下有块《慨结福缘》碑,镌刻于光绪八年(1882年)6月,记录了维修佛阁的历史:

---

[1] 梁思成:《大佛寺造象》,载《西南建筑图说》,人民文学出版社,2004年。

[2] 刘敦桢:《川、康古建筑调查日记》,载《刘敦桢全集》第三卷,中国建筑工业出版社,2007年。

[3] (清)王瑞庆等修,徐畅达等纂:道光《南部县志》卷三十"诗",载《中国地方志集成·四川府县志辑》巴蜀书社,1992年。

……寺创修□□何代，庙前岩下有佛像楼身，系前朝有庙，不识残□何时，当斯时，□□混冥冥，似此芳茨石磊，来往无人入境，特待明时香□。国朝乾隆兵变，嘉庆初年，贼匪入境，菩萨显应，保全四方，阆南商议，协□募化，重修殿宇，装彩金身。几后泉池四季不竭，号曰□□。九丈佛左有石龙，右有石虎，至此数百余年，□瓦脱落，枋椽朽滥，风雨淋沥，神像冷落，香□□寞。去岁六年，邀集众等公□□众公，募化远近善士锱铢，共结善缘，日集月累，七年三月，兴工培振。迄今庙宇辉煌，金身□然，香烟永享，神水长流，万姓庆□，□吉共襄盛也！今已功果告峻，磨石刻铭，万古不朽云尔！南邑儒生刘鸿鋆沐手敬书石师胡九忠刻。[1]

从碑文来看，清人已不知大佛创建于何时。碑文中的嘉庆年间"贼匪入境"，指的是嘉庆元年（1796年）在四川爆发的王三槐、徐天德白莲教起义。白莲教一来，乡民上山躲避。禹迹山中至今还有座古堡，设有东、南、西、北、中五道城门，有作战室、储藏室、议事厅、厨灶房等三十多间，应该是民间躲避战乱开凿的。中寨门就在大佛旁边，圆拱形大门，其上刻仿木结构的三重檐牌楼。

可能是义军没有攻下南部，百姓自觉是佛祖显灵，给大佛穿上金衣，重修了大佛殿。光绪六年（1880年），嘉庆年间修的大

---

[1] 《慨结福缘》碑至今仍存，蒙南部文管所提供碑文，部分文字据拓片重新校订。

禹迹山古寨堡现存东、西、北、中寨门，是一处人工营造的军事防御工程。

佛殿业已破败，佛像经受风吹雨打，善男信女捐资新修了楼阁，营造学社拍下的大佛阁正是光绪年间重修的。可惜的是，这座楼阁也已坍塌，如今的大佛阁是再一次新修的。

　　黄昏，学社一行离开禹迹山，经罗面垭，到了一个叫楠木枋的地方。刘敦桢听说一公里路外仙女山中有明成化年间的建筑，但天色已晚，用望远镜远远一看，见檐下没有斗栱，看起来年代偏晚，也就没有前去调查。山中没有旅馆，学社寻了个小学，将就对付一夜。入夜朔风怒号，寒气逼人，又是一个不眠之夜。

蓬溪县

鹫峰寺　定香寺　宝梵寺

蓬溪县鹫峰寺是民国年间四川形制保存最完整的寺院之一，天王殿、大雄殿、兜率殿乃至两庑都营建于明代。寺院左侧，一座宋塔拔地而起；定香寺壁画被地方耆老誉为神仙手笔；宝梵寺更是赢得了梁思成"非明画所易睹"的美誉。1940年1月5日，营造学社一行来到蓬溪县，这座小城人多地狭，却盛产井盐，明代境内盐井3700余眼，富庶的百姓纷纷捐资营建寺院，绘制壁画。

省内稀有佳作

跋涉在四川乡野，营造学社考察了一些明代寺院，如芦山广福寺、梓潼玛瑙寺等，这些寺院孤零零地隐藏在清代、民国建筑中。明末清初张献忠屠蜀，焚毁州县，四川古建筑大多被毁，残留下来的也是形单影只，难得看到一座布局完整的，四川究竟还有没有相对完整的明代寺院？这个疑问，萦绕在梁思成、刘敦桢两人心头。

一番苦苦寻觅，在蓬溪县得到了回报。1940年1月5日，学社一行出南充西门，经西兴场、集凤场进入蓬溪县。蓬溪地处四川盆地中部，境内盐井众多，自古便是富庶之地，寺院林立，鹫峰寺、宝梵寺、定香寺、定静寺、观音寺、金山寺、佛子寺、常乐寺、华莲寺、慧严寺、南溪寺等分布在城乡之间。

诸多寺院中，鹫峰寺规模最大，保存也最完整。古寺在县城西门外鹫峰山中，山形拱秀，草木葱郁，蓬溪河环绕而过，宛如灵鹫仙境，因寺左有白塔，也称白塔寺或白塔禅院。在《中国建筑史》中，梁思成如是写道：

> 寺在四川蓬溪县西门外里许。其中轴线上自外而内为牌楼、天王门、大雄宝殿、兜率殿及后堂。兜率殿之前，左右建钟楼鼓楼，其后为廊庑杂屋，配列殿之两侧，规制颇为整然。大雄殿之左则白塔凌空，高十三层，甚峻拔。寺创造无考。元末毁于兵灾。明宣德间重兴。白塔为南宋时建，其余木构则明中叶遗物也。[1]

---

[1] 梁思成：《中国建筑史》，百花文艺出版社，2003年。

跨过清代重建的山门，天王殿出现在面前，面阔三间，进深三间，通体涂上白漆。斗栱外出三跳，每跳具左右斜栱，如同花朵一样盛开在屋檐之下。在正梁下方，梁思成发现了墨书题记："维大明景泰元年岁轮庚午"。景泰元年（1450年）是明代宗朱祁钰即位的第一年，也就是在这一年，在"土木之变"中被俘的明英宗朱祁镇被送回京师，明朝出现了两个皇帝并存的局面。

鹫峰寺地处蓬溪县西，鹫峰山中，蓬溪环绕而过，山形拱秀，草木葱郁，宛如灵鹫仙境，因得名鹫峰寺。图为天王殿后部。

大雄殿单檐歇山顶，面阔三间，进深四间，前有宽广的月台，月台三面各有三级踏道，左侧字库塔一座。大雄殿四面同样被涂上白漆，书写"崇尚武德与民作范""意志统一力量集中""思想行动协同一致"的黑色标语。四川的冬天难有晴天，士兵们坐在门槛上晒太阳，这也是他们难得的闲暇时光。

抗战标语遮挡不住大雄殿的气度，梁思成对此殿评价尤高："其全体行范，下迄各间宽狭高低，权当精美，为省内稀有佳作。"[1]大雄殿建于明正统八年（1443年），四四方方，造型古朴，展示着明代建筑沉稳的气度。歇山顶两坡屋檐下紧接着做出重檐，如此一来屋顶从脊部到檐部便不完整，形成阶梯形。在日本东京高等工业学校求学期间，刘敦桢曾在奈良法隆寺看到过这样的结构，这样古风犹存的做法在中国已很是少见。

大雄殿后起一高台，兜率殿坐落其上，面阔三间，同样被漆成白色，书写上"迅速确实步武精神"标语，明间檐下悬着匾额，上书：还我河山。兜率殿前檐斗栱七踩重昂，昂嘴瘦削、凌厉，与梓潼七曲山大庙天尊殿如出一辙。有意思的是，山面第一间还像模像样做出了斗栱，其余三间檐柱升高，柱上直接承接坐斗挑出屋檐。这种"顾头不顾腚"的做法，是明代四川建筑的地方特色，相对于官式建筑，保留了更古老的传统。

兜率殿正梁据说曾发现"宋林郎知蓬溪县事王……"题记，

---

[1] 梁思成：《鹫峰寺大雄殿兜率殿及白塔》，载《西南建筑图说》，人民文学出版社，2014年。

蓬溪鹫峰寺大雄殿后部，前为天王殿，后为兜率殿。大雄殿屋顶颇有古风，梁思成先生誉为"阶梯形"。

兜率殿,又称兜率宫,建于高台之上,明间匾额书"还我河山"四字。

李全民先生据此认为殿建于南宋庆元年间。[1]但这个说法颇有疑问,其一,"宋林郎"这个句式,语义不通,不能简单将"宋"解释为宋朝;其二,明代重建鹫峰寺时,寺院荒废,仅剩一塔,未有其他建筑的记载;其三,营造学社在四川一直苦苦寻找宋元之前的建筑,倘若兜率宫有宋代题记,不会不加以考证。明代知县为正七品,并授予文林郎散官阶,兜率殿的题记,可能是"文林郎、知蓬溪县"的误读,兜率殿的年代也应该定为明代为宜。

兜率殿左右庑以披檐与大殿相连,右庑檐枋下残留"维大

---

[1] 李全民:《蓬溪鹫峰寺》,载《蓬溪文史资料精选》,中国文史出版社,2011年。

明成化岁逢乙丑……"墨书题记。成化乙丑是成化五年（1469年），左庑虽未发现题记，年代应该相差不远。

寺院左侧，一座方形楼阁式塔拔地而起，塔身渐次收缩，直插天际。古塔全称"鹫峰禅院佛顶舍利宝塔"，高36米，底层塔门向东，塔身13层，每面仿木结构的四柱三开间，柱头隐起铺作，加补间铺作、转角铺作，每层24朵，补间铺作下承驼峰。白塔的年代，可以追溯到宋代，《白塔寺浮图记》载：

> 邑城西有山曰鹫峰，山之阿为禅林古刹，前竖一浮图，峥嵘突兀，矗立千霄。中有复道盘迂曲折，拾级而陟其颠。志载县彦李氏白琳创于嘉泰之时。粤稽往古，宋宁宗改元者四，其次曰嘉泰，迄今六百有余岁矣。[1]

如此一来，鹫峰寺的营造脉络便可勾勒出来：古寺早在宋代即已创建，宋宁宗嘉泰年间修建了白塔，宋末元初战乱不止，蜀中古建筑残损过半，鹫峰寺或许也毁于此时，明代开始了漫长的重建。兜率殿可能最早营建，梁思成记载的"明宣德间重修"，可能正是这处建筑；正统八年大雄殿完工；景泰元年天王殿完工；成化年间又在兜率殿左右建了两庑。历经宣德、正统、景泰、天顺、成化五朝，鹫峰寺主体建筑的重建才告一段落。

---

[1] 青文典：《白塔寺浮图记》，见（清）吴章祁、顾士英纂修：《蓬溪县志》，道光二十五年（1845年）。

一座不停搬迁的寺院

鹫峰寺是幸运的,民国年间尚保存完好;但它又是不幸的,自民国至今数十年中几经浮沉。2020年7月,我在蓬溪县街头打听鹫峰寺,当地人一脸茫然,我再问白塔,他们才恍然大悟,说你沿途问白塔公园就行了。当年的鹫峰寺已改了名字,气派的汉白玉栏杆一直延伸至山顶,顺着台阶上山,当年照片里的建筑,却只剩了一座白塔。

鹫峰寺民国年间为驻军占据,抗战结束后驻军离开。新中国成立后,鹫峰寺先是被用作学校,尔后又成为县医院所在地。20世纪80年代,县医院扩建,这些木结构房子也成了累赘,首先遭殃的是天王殿,1983年搬到赤城镇莲珠桥村赤城湖清幽岛。接着轮到命运多舛的大雄殿,先是搬到钟鼓山半山腰重建,2008年因钟鼓山修建住宅小区而再次搬家,这次没寻着地方重建,木构件被存放在了仓库里。

相比天王殿、大雄殿,兜率殿更为不幸,还未搬迁就与两庑一同消失。同样消失的还有观音殿,它在兜率殿后部,里面供奉麻痘娘娘与送子娘娘。送子娘娘下方石龛塑了360名活泼可爱的童男童女。过去求子的女子来到殿中,挑中一个系上红绳,意味着这是自己中意的孩子,尔后虔诚地磕头作揖,希望娘娘能赐给子嗣。

偌大的白塔公园,只有白塔还屹立着。当年,它曾是蓬溪县的标志,微风吹过,阵阵风铃声回荡在城市上空。逢年过节,乡

大雄殿金柱塑盘龙,龙身盘柱而下,龙首上昂,张牙舞爪。

大雄殿左右壁、栱眼绘壁画,梁枋上亦可见二十四诸天塑像。

人到鹫峰寺烧香祈福后,相约爬上白塔,牌坊、民居、会馆、庙宇,蓬溪城尽收眼底。如今,它被林立的高楼逐渐包围,消失在蓬溪人视野中。

2021年初春,我再次来到白塔公园,惊喜地发现大雄殿又重新拼接起来了,可惜的是,几经折腾,格子门换成了新的,鸱吻、脊兽已非旧物,建筑的比例也不复当年流畅的线条。

推门进入,殿中空无一物,雕塑一个也没有,两壁彩塑的壁画也是烟消云散。营造学社的照片留下了它的旧影——大殿正中设高坛,其上供奉一佛二菩萨,身后有华丽的背屏,坛前站立似真人大小的弟子迦叶、阿难塑像,迦叶颧骨高耸,额头满是皱纹,连口中的牙齿都已稀疏,将一位僧人饱经风霜的形象刻画得栩栩如生。梁枋上亦可见塑像，他们脚下踏着浮云，似在天空中翱翔，或手拄金刚杵，或手持笏板，或三头六臂，当为二十四诸天护法神。金柱塑有盘龙，龙身盘柱而下，龙首上昂，张牙舞爪，尾巴伸到了天花上，惟妙惟肖。

从照片看，大雄殿明间中部设天花，上面可见"疾首悔而追之，不可得矣，自今而后，受佛明教，归依礼敬，庶为补过之万一矣""言以亿数。自非一人力所堪能。盖繁而不要也……"墨书，分别出自《归元直指集》与《折疑论》，作者为宋代宗本禅师与元人子成。

定香寺中"神仙手笔"

1月7日上午8时，学社一行雇滑竿前往定香寺。一路上，他们在不少场镇都看到了盐井，工人正忙碌地制盐——汲卤管从地下提取卤水，井口正上方竖立高达百米的木质"天井"，通过滑轮将卤水提出，运送盐灶熬制成盐。就在营造学社考察当年，蓬溪县共有盐井23889眼，年产盐376473担。[1]历史上的蓬溪出产井盐，明代盐井即有3700余眼，盐给这个小城带来了财富，也催生了信仰，百姓纷纷捐资建造寺院、道观、祠庙，绘制壁画。

18公里到文井场，再行4公里到回龙山，定香寺就在山中。定香寺历来以精妙的壁画闻名，甚至被认为是神仙手笔。《蓬溪县

---

[1] 陈思元：《历时千载的蓬溪小井盐业兴衰梗概》，见胡传淮主编：《蓬溪文史资料精选》，中国文史出版社，2011年。

志·寺观》载:"(寺在)县北四十里,雍正年重修,寺壁有诸佛画像,传为仙迹。初造殿时,四壁求善绘者不得。一日有二童子至,笑令施主将五色研就,天明不见其人,画已就。留句云:神仙妙技涂于壁,万古丹青巧不来。画至今犹存。"[1]

沿着四十九级石梯,学社一行拾级而上,面前是片竹林,牌坊式山门掩映其中,楼下供奉道教护法神王灵官,楼上供奉魁星。从山门往上,左侧送子殿,右侧三仙殿,正中天王殿。再往内,经纯阳殿、三圣殿,就到了祖师殿。营造学社考察前后,定香寺已经佛道融合、难分彼此了,寺中的建筑大多是清代修建,明代大雄殿隐藏其中。[2]

大雄殿屡经改造,歇山顶改成了两坡水,檐下斗栱也在历次翻修中丢失,但明间金枋题记确切无疑记载了它的来历:"殿之明间前金枋题'大明成化十贰年(1476年)岁属丙申冬十一月初三日,回龙山定香寺修建主持……'等字,足证确为明代遗物。"[3]成化十二年冬天,大雄殿进行了古建筑最重要的上梁仪式。

殿中诸物也带有明代气息,金柱彩塑张牙舞爪的盘龙,梁枋上憨态可掬的童子驭云遨游。大殿西壁壁画业已损坏,东壁下方

---

[1] (清)吴章祁、顾士英纂修:《蓬溪县志·寺观》,清道光二十五年(1845年)。

[2] 岳立言:《我所见的唐代古刹定香寺》,见胡传淮主编:《蓬溪文史资料精选》,中国文史出版社,2011年。

[3] 刘敦桢:《川、康古建筑调查日记》,载《刘敦桢全集》第三卷,中国建筑工业出版社,2007年。

定香寺大殿两壁绘壁画,梁思成认为是"观音变相",但从题材来看,当为明代寺院常见的十二圆觉题材,并绘二十四诸天。

民国年间定香寺大殿墙体开裂,壁画前塑罗汉。

六位全身贴金的罗汉，可以分辨的有托塔罗汉、挖耳罗汉、长眉罗汉。罗汉背后，便是县志所载巧夺天工的壁画了。

壁画中，左侧菩萨头戴花冠，眉毛修长，面容圆润，璎珞蔽体，身着天衣。右侧菩萨面容清秀，眉弯似月，宝缯垂肩，身披浅色天衣，微微偏向右侧，手臂微抬，食指前指。菩萨脸庞、身上现出一条条或深或浅的裂缝，这座年久失修的建筑，也走到了它的晚年。

墙面彩绘大片的云气纹，二十四诸天在其中隐约可见。鬼子母头戴凤冠，肩披云肩，旁边有一孩童；菩提树神容貌秀美，双手合十，菩提树横置于手上。由此看来，定香寺东壁壁画为十二圆觉菩萨与二十四诸天，同样的题材在新津观音寺、平武报恩寺、广汉龙居寺皆能看到，也是明代四川常见的壁画题材。西壁被毁的部分，应该曾绘有其他菩萨，与东壁组成十二圆觉体系。

定香寺今天更名成了"定香宫"，正在后院栽萝卜的老道长在白色道袍上擦了擦手，领着我观看宫里建筑。他絮絮地说，这里以前叫定香寺，如今已是道观，我们找的大雄殿"文革"间毁掉了，县房管所带人来，把山门到祖师殿的古建筑全拆了，木材运回县城盖房子，那木材粗得一个成年人都抱不过来。小山门的院落被供销社改建成榨菜厂，这才留了下来。榨菜厂搬走后，道长搬了进去。院子上下两层，楼板嘎嘎作响，上面铺满了稻草、苞谷秆，门板上"打倒王力"的标语还清晰可见。

八十多年前，营造学社看到的定香寺，明代建筑湮没在清代建筑中；八十多年后，残破的清代、民国建筑，在气派的混凝土建筑中苟延残喘。

非明画所易睹

《蓬溪县志》将定香寺壁画视为神迹,而梁思成似乎不以为意,他评判"其东次间壁画,存观音变相三幅,构图设色,力求工整,但风格萎靡,而乏生气,似明中叶所制"[1]。但他却对蓬溪县另一座寺院的壁画赞誉有加,这便是宝梵寺。

8日上午八时半,学社一行乘滑竿离开蓬溪,在北门外渡蓬溪河,经瓦店子,前往宝梵寺。宝梵寺至迟宋代即已建寺,最早称罗汉院,南宋淳熙十一年(1184年)《宝梵院显公修造碑》载:"院之兴,先因罗汉名,以佛法重也,后得宝梵名,以君赐重也。"

民国年间的宝梵寺存山门、天王殿、大雄殿、三圣殿四重。山门依山而建,砖砌的柱子,山面梁架歪歪曲曲的,看起来摇摇欲坠。大雄殿面阔三间,四四方方,明间尤宽,八扇厚重的格子门,次间外墙彩绘大幅文官武将、粉宫楼图案。外檐斗栱七踩重昂,昂嘴瘦削,栱壁绘有母子狮、达摩渡江等壁画。

大雄殿明间前梁题记犹存,记录了寺院营造的历史:

维大明景泰元年岁次庚午正月丁丑朔初八日甲申,值危明星黄道鼎新建立。四川等处承宣布政使司直隶潼川州蓬溪县知县洪海、典史王永远、志仕李孚,儒学教谕张鹏、训导吴□、阴阳训

---

[1] 梁思成:《定香寺大殿》,载《西南建筑图说》,人民文学出版社,2014年。

宝梵寺大雄殿平面呈方形，单檐歇山顶，面阔三间，明间尤宽。

术何太明、医学训科王□，禅林寺僧会司官祖严等，各施赀财修造，祈官星朗照，禄位高迁。[1]

宝梵寺大雄殿与鹫峰寺天王殿同一年落成，大雄殿的修建得到了县中官吏的支持，蓬溪知县、典吏、儒学、训导、阴阳训

---

[1] 范丽娜：《蓬溪宝梵寺明代壁画罗汉图像考察》，载《故宫博物院院刊》，2011年第4期。

术、地方耆老都加入进来，他们的愿望也颇为一致，祈求官星高照，禄位亨通。附近乡民也纷纷捐出米粮，他们在位置稍偏的左梁、右梁上留下密密麻麻的名字，也记下了自己的希冀：牟斌、卢氏、牟永刚、杜氏、周志先、杜氏、杨永隆、牟氏、周添禄、何氏……

1956年，宝梵寺大雄殿被列为四川省首批文物保护单位，2006年又成为全国重点文物保护单位，也是蓬溪县中名气最大的明代建筑。如今，民国年间的山门早就不见了，气派的新山门前面的坝子是村里的公共空间，当地人在这里喝茶、摆龙门阵，宝梵寺的看门人也在其中，听到有人来参观，他才依依不舍地起身，拎着一串钥匙来开门。

殿中空无一物，里面的雕塑一个也没留下，"文革"中，泥塑佛像被打烂，扔到了附近的田垄里，石罗汉还有些价值，被石匠打成碎片，拉去填公路地基了。好在营造学社留下了八十多年前的模样：大雄殿明间中部设有宽阔的背屏，其下有基坛，供奉通体鎏金的一佛二菩萨，坛前站立迦叶、阿难两位弟子，童子绕立在周围。左右壁前放置木桌，其上供奉真人大小的罗汉像。

大雄殿原有壁画12铺，东西壁各4铺，南北壁各两铺，如今北壁、南壁各有一铺损毁，剩下10铺，题材包括十六罗汉、药师佛、达摩、布袋和尚、四大天王等。许是很久没开门了，阳光透过格子门洒满大殿，扬起的灰尘在阳光中飞舞，黑暗中的壁画渐渐露出娴熟、流畅的线条。

达摩浓眉大眼，络腮胡须，身披红色袈裟，衣领镶金，双手笼于袖中，坐在山岩之上。达摩旁有一僧人，山鹿衔来花枝，僧

宝梵寺西壁达摩壁画。　　　　　　宝梵寺壁画第十铺。

人正伸手接过。旁有题记一通：

奉佛喜舍功德信士青福恭、室人赵氏，大男青用春、青惠春、青迎春一家等喜舍金赀，绘彩达摩祖师一位，更祈见存者福乐百年，已生者承接九品者。谨题。[1]

青福恭与妻子赵氏，及三个儿子用春、惠春、迎春，出钱彩绘了这幅壁画。此外，杨氏一族也捐出银子，彩绘了十六罗汉中的戍博迦尊者：

---

[1] 范丽娜：《蓬溪宝梵寺明代壁画罗汉图像考察》，载《故宫博物院院刊》，2011年第4期。

奉佛喜施信士杨宗继、杨宗续、□□杨宗绎、杨修□、杨修□等各舍资……彩……戌博迦尊者一尊，祈福□□□茂，福慧双修，□严俱□者。[1]

戌博迦尊者光头沙门形象，柳眉杏眼，游戏坐于方座上，左手持念珠，右手举在身前，似乎正在与旁边的两位罗汉论法，座前案台上摆放着香炉、净瓶，瞪着大眼睛的昆仑奴端着香盒。罗汉背后彩绘云气纹，蛟龙在云中腾云驾雾，三面八臂的大辩才天威武赫赫。壁画线条流畅，色泽艳丽，难怪当年梁思成如此评价："构图豪放，似以宋画为蓝本，而描线粗劲，如铁索金绳，挟雷霆下击，非明画所易睹。"[2]

结束了宝梵寺的调查，学社一行经大石桥前往遂宁县。

数年后，梁思成在李庄月亮田撰写《中国建筑史》时，遍索四川的明代建筑，蓬溪鹫峰寺出现在脑海中，他将其作为明代中国寺院的代表，写入了这部煌煌巨著——那个遍布盐井的县城，那座布局完好的鹫峰寺，那些悠久历史的塑像与壁画，再次浮现在他眼前。

---

[1] 范丽娜：《蓬溪宝梵寺明代壁画罗汉图像考察》，载《故宫博物院院刊》，2011年第4期。

[2] 梁思成：《宝梵寺大殿》，载《西南建筑图说》，人民文学出版社，2014年。

穿行在汉阙之乡

1936年5月，刘敦桢在河南省登封县见到"中岳汉三阙"的太室阙、少室阙、启母阙，对这些接近2000岁的古老建筑产生了浓厚兴趣。川康古建筑调查中，学社一路遇见了高颐阙、樊敏阙、贾公阙、平杨府君阙等，而在渠县，他们居然在土溪场、崖峰场附近就看到了六处七座汉阙，其中沈府君阙双阙俱存，堪称汉阙之乡。为何如此多的汉阙在渠县偏僻的场镇出现？

双阙俱全沈府君阙

在渠县奔波了三天,朝思暮想的汉阙终于出现在眼前。12月24日上午,梁思成、刘敦桢一行从蓬安县出发,当天下午才抵达渠县县城,第二天上午去县政府办理接洽手续。早在8月1日,渠县县政府就收到了通知——渠县档案馆收藏了一份"四川省政府训令",其上写道:

沈府君阙其时地处燕家场,是渠县汉阙中唯一双阙俱存者。

中国营造学社拟于本年八月起调查重庆市及四川省中部古建筑遗迹与民居桥梁状况,为此开呈工作人员姓名、籍贯、年龄、职务与调查地点、调查期限、工作范围、工作方法、行事种类,并附工作人员相片,列入护照内,俾得随时随地指明工作之许可范围,以免临时发生误会。

渠县也对他们的到来也颇为热情,12月25日晚,县长李旭

梁思成、莫宗江先生在沈府君左阙下。

沈府君阙左阙主阙,由台基、阙身、楼部、顶盖四部分构成,阙身刻铭文:汉谒者北屯司马左都侯沈府君神道。

与秘书带着《渠县县志》前来拜访，学社才得知汉阙在县城北边四五十公里的崖峰场、土溪场附近，往返需三日时间。26日雇滑竿出北门，渡流口溪，经金家场抵达崖峰场，晚上就在场镇找了家简陋的小旅馆捱了一夜，终于在27日上午看到了汉阙。

如今的渠县，早已赢得了"汉阙之乡"的美誉，多年来，我多次来到渠县，考察汉阙，之前是考察阙身的铭文，这次则是从建筑的角度。当年营造学社考察的六处七座汉阙，就分布在岩峰镇到土溪镇的公路旁，渠县专门修建了一条公路，串联起了这些汉阙。从岩峰镇出发，蒲家湾无名阙是路过的第一座汉阙（学社称为拦水桥无名阙），它矗立在大片的双色茉莉中，疯长的青草爬到了台基上，狗尾巴草挨在阙身旁边。蒲家湾无名阙阙身由上下两块石块垒砌而成，这样的情况在渠县仅此一例，可能修建石阙时一时找不到合适的材料，才不得不退而求其次。

从蒲家湾无名阙沿着公路往前，来到汉亭村，大片的狗尾巴草中央立着一丛丛挺拔的桉树，四望是一块块水田，水田中有个仿古的院落，沈府君阙如今被圈在院中。营造学社考察时，两座汉阙中间曾有条小路，不远处的林盘中有几座农舍。如今小路早已改道，汉阙也结束了隔路对望的日子，附近的林盘依旧葱郁，里面的农舍早已换成了贴着白瓷砖的楼房。

渠县诸多汉阙中，沈府君阙双阙是个幸运儿。阙身铭文至今清晰可见：左阙为"汉谒者北屯司马左都侯沈府君神道"，右阙为"汉新丰令交阯都尉沈府君神道"。沈府君其人不见于史料记载，从题刻来看，他曾任北屯司马、左都侯、新丰令等职务，并在遥远的交阯郡出任都尉，掌管郡中的军事事务。

右阙阙身浮雕朱雀图,其下隶书一行:汉新丰令交趾都尉沈府君神道。

在梁思成的照片中,青石板路向远方延伸,两旁的田垄不久才犁过,一棵掉光了叶子的小树随风摇摆。两座体态修长的汉阙耸立在石板路两侧的田垄中隔路相望。阳光洒在高挺的阙身上,一条张牙舞爪的青龙口衔玉璧下的绶带,直冲云霄,朱雀翩翩起舞。

沈府君阙双阙俱全,由台基、阙身、楼部、顶盖四部分构

拦水桥无名阙阙身右侧面，阙身雕青龙衔璧绶图，璧悬于枋子上，青龙嘴衔绶带，龙身下半部没于泥土中。

成，与之前所见的雅安高颐阙、芦山樊敏阙不同，沈府君阙阙身修长，由一块独石雕成，楼部镌刻铺首、角神、仙人骑鹿、玉兔捣药、董永侍父、养由基射猿等神话传说、历史故事。仙鹿身姿矫健，似乎在奔跑中听到了仙人的召唤，鹿首回顾；玉兔辛勤地拿着玉杵，在石臼中捣制着不死药，这些长生不老的药丸由西王母掌管。

左阙与右阙距离约21米，按照汉朝葬俗，中央神道正对墓茔，但四野茫茫，高耸的封土早就在历代垦荒中被铲平，哪里还能寻得着半点痕迹。在当天的日记中，刘敦桢颇为感慨地写道：

"若能予以发掘,则旧日平面配置,必能了然,惜忙中未能及此,甚为遗憾。"[1]

梁思成架起相机,陈明达拿出测绘本,这些奇怪的探访者引来了附近的百姓,背着背篓的,扛着农具的,赶场回来的,坐在汉阙台基上看热闹,儿童在两座汉阙间追逐嬉戏。百姓说,村里汉阙多,有时还能挖出屋檐一样的石头,规整一点的就拿来铺路、砌田坎,种地的时候也时常能挖到汉砖,一锄头下去,地下的汉砖一窝窝的,有的人家搬回来砌猪槽、做围墙,堂屋是不能用的,那不吉利。一位身着长衫、套着马甲、包着白头帕的老者手里拿了根竹竿,蹲在地上,仔细看着他们围绕着古老的汉阙忙来忙去。

黄昏,阳光洒在沈府君阙上,古老的汉阙通体金黄,仿佛又见80年前的景象。楼部图案如一幅幅汉代风景画,生动地展示在我面前:老者坐在树下的独轮车上,青年男子手持农具侍立在一旁,这是"董永侍父"。"董永侍父"是中国古代"二十四孝"之一,故事中董永家贫,与父亲相依为命,平日下地劳作也用鹿车(汉代的一种独轮小车)推着老父亲随行,父亲去世后,董永鬻身为奴,换取钱财将老父安葬。有意思的是,汉代武梁祠壁画中董永仍是孤身一人,尚未碰到七仙女,魏晋时期曹植《灵芝篇》、干宝《搜神记》等开始提到"神女""织女"替其织布,后来经由戏剧家的加工,他才与七仙女演绎出一段家喻户晓的爱

---

[1] 刘敦桢:《川、康古建筑调查日记》,载《刘敦桢全集》第三卷,中国建筑工业出版社,2007年。

情故事。

西汉建国之初，天下甫定，薄葬之风盛行。到了第七位皇帝汉武帝刘彻，开始"罢黜百家，独尊儒术"，而儒家的一个重要思想就是尊孝道，朝廷实行"举孝廉"制度，廉洁与孝道成为选拔官吏的标准，不少名公巨卿是孝廉出身。在这样的风气影响下，为双亲倾尽财力建祠立阙，既是世人都能看到的孝道，还是获得美名、走上仕途的捷径，也将帝国标榜的孝义广为流传。

曼约寡俦冯焕阙

在燕家场停留了两小时，学社一行转东南到王家坪，距离官

王家坪无名阙，其时位于王家坪官道北二百米处。

漫长的调查

道约200米处，一座孤零零的汉阙矗立在田垄中。王家坪阙仅剩左阙主阙，楼部雕刻铺首、角神，以及仙人骑龙图、夷人谒见献礼图、荆轲刺秦图等，尤以荆轲刺秦图最为精彩。方寸之间，一场惊心动魄的刺杀被工匠如临其境地刻画在汉阙上。

从王家坪往东南再走8.5公里，就到了赵家坪，著名的冯焕阙就在此处。渠县诸多汉阙中，冯焕阙主信息明确，阙身带有铭文，早在民国年间便名声在外，成了金石学家的宠儿。其他汉阙还在田垄中时，渠县人就给它建起了八角围墙予以保护，莫宗江站在围墙上绘制测绘图，梁思成也一圈圈绕着冯焕阙仔细观察，他在《西南建筑图说》一书中对此阙不吝赞美之词：

> 冯焕阙位于赵家坪之西南隅，距土溪场仅三里。现存部分，系双阙中之东阙，全体形制简洁秀拔，曼约寡俦，为汉阙中唯一逸品；其局部雕饰，以几何文与斗栱、人物参差配列，亦属孤例。[1]

冯焕阙形体较小，却简洁挺拔，抱朴归真，梁思成说的"局部雕饰，以几何文与斗栱、人物参差配列，亦属孤例"，是指冯焕阙楼部以斜枋取代了常见的角神。斜枋上方石块雕出密集的方胜纹，其上再承接斗栱，不似其他汉阙繁复，饶有古风，独树一帜。

冯焕阙高4.6米，由顶盖、楼部、阙身、台基四部分构成，层层相叠，重檐庑殿顶，其上雕有椽子、连檐、瓦当、瓦陇；楼部

---

[1] 梁思成：《汉冯焕墓阙》，载《西南建筑图说》，人民文学出版社，2014年。

冯焕阙由台基、阙身、楼部、顶盖四部分构成，阙身铭文两行：故尚书侍郎河南京令/豫州幽州刺史冯使君神道。

冯焕阙楼部。

刻出栌斗、斗拱、方胜图案，正面两斗栱间线刻青龙，背面线刻玄武；阙身由整石雕成，正中刻有两排飘逸的汉隶："故尚书侍郎河南京令/豫州幽州刺史冯使君神道"。八分书笔道细瘦，自由灵动，呈现出开张纵横、不拘小节的特点，是四川隶书碑刻的代表作，康有为在《广艺舟双楫》中评价："布白疏，磔笔长，隶书之草也。"[1]

阙主冯焕的事迹，《后汉书·孝安帝纪》中略有记载："建光元年春正月，幽州刺史冯焕率二郡太守讨高句丽、秽貊，不克。"[2]冯焕曾任幽州刺史一职，东汉建光元年（121年）率领玄菟太守姚光、辽东太守蔡讽参加了对高句丽、秽貊的作战。东汉年间，活跃于中国东北部与朝鲜半岛北部的高句丽时常袭扰汉朝疆土，朝廷派兵征讨。战事起初进行得颇为顺利，但高句丽王遣嗣子遂成诈降，姚光中计败北，大军损失惨重，高句丽趁机派兵袭击玄菟、辽东，焚烧城郭。

冯焕之死即在征讨高句丽的当年。其子冯绲的传记（《后汉书·冯绲传》）记载了前因后果。冯焕在幽州任上秉公执法，疾恶如仇，得罪了不少地方豪强，当时姚光也与豪强闹得不可开交。一天，皇帝突然下旨历数冯焕、姚光罪过，派遣辽东都尉庞奋行刑。庞奋诛杀姚光，将冯焕收入监中，冯焕忧愤交加，意欲自尽，年幼的冯绲觉得事有蹊跷，他让父亲上书朝廷，果然是豪强假传圣旨欲置冯焕于死地。真相大白时冯焕已瘐死狱中。公元

---

[1] （清）康有为：《广艺舟双楫》，广西师范大学出版社，2016年。

[2] （南朝宋）范晔：《后汉书》，中华书局，1973年。

121年，冯焕归葬故里巴郡宕渠县，部属在墓前为他建立石阙，纪念这位屈死的忠臣。

冯焕冤死，冯绲却由此知名，先后出任辽东太守、车骑将军。汉桓帝延熹五年（162年），冯绲统帅大军平定了长沙、零陵、武陵诸蛮之乱，却被弹劾在出征时带婢女随行、班师回朝途中早早刻石记功，同时长沙贼人复叛，由此被朝廷免职。不久，冯绲东山再起，出任廷尉，位列九卿，掌管天下刑狱，因将山阳太守单迁拷打致死，被"输作左校"，这是汉代有罪官员的常见去处。永康元年（167年），这位年少知名却一生跌宕的官员溘然长逝。

赵家坪如今叫汉阙社区，从这个村名便不难看出村子的历史与汉阙的关系。初夏，大片的稻田铺满原野，一汪水塘中，几只鸭子在水中嬉戏，冯焕阙的院子就在水塘边上。院子常年铁门紧锁，联系了文管员，她才背着箩筐、扛着锄头从田里赶来开门。渠县汉阙的文管员大多是附近的农家，文管所每年给他们360元的看门费，这点微薄的工资显然不能养家糊口，平时也得拾掇庄稼。

一个村庄，三座汉阙

赵家坪大多是赵姓人家，村里有座赵氏宗祠，两座无名阙就在祠堂附近，一在南侧官道旁，一在西北土岗上。加上冯焕阙，一个村里有三座汉阙，中国独此一例。

赵家坪南无名阙只剩右阙主阙，台基宽大，暗示着昔日曾带有耳阙。楼部斗栱一斗二升，有意思的是，承接斗栱的蜀柱做成了束竹形与花蒂形。蜀柱宋代称侏儒柱，清代称瓜柱，本是古建

赵家坪南无名阙旧时位于赵家坪赵氏宗祠南侧。

梁思成、陈明达在赵家坪北无名阙下记录测绘数据。

赵家坪北无名阙右侧刻青龙衔璧绶图。

筑上的小短柱，工匠将之做成束竹形、花蒂形，充满人间情趣。

赵家坪北无名阙在小山岗上，阙顶开裂，摇摇欲坠；阙身也已倾斜，下半截埋在土中。阙身正面朱雀起舞，侧面雕苍龙衔璧图，一条苍龙奋力前扑，衔着玉璧上的绶带，姿态矫健，极富动感。渠县的蒲家湾无名阙、王家坪无名阙、沈府君阙侧面都浮雕青龙，这样极富装饰性的做法不见于雅安、梓潼等地汉阙，梁思成也注意到这个细节，他如是总结：

内侧刻苍龙及璧，秀丽遒劲，为川东诸阙特有之作风。

赵家坪南无名阙、北无名阙如今称为赵家村西、东无名阙。

东无名阙就在村民赵兵屋前，每天一推门，就能看到院子前面的汉阙。营造学社当年拍摄的照片中，东无名阙前有条小路，时有挑着箩筐的当地人经过。20世纪60年代，赵兵的父亲在道路旁建起了土坯房，几年前又重建成了楼房，那条小路因没人走，如今已成了院落的一部分。

渠县六处七座汉阙，除沈府君阙、冯焕阙阙主有确切记载外，其他阙主信息不详，故称无名阙，但身份无疑都颇为尊贵。已故学者孙机认为，汉代诸侯与官至两千石的官员，才有资格在墓前立阙。[1] 两千石是汉代的俸禄单位，即一百二十斛，因郡守俸禄两千石，因而两千石也作为郡守代称。汉代又有中二千石、真二千石、比二千石，其中九卿（太常、光禄勋、卫尉、太仆、廷尉、大鸿胪、宗正、大司农、少府）皆为中二千石，月俸一百八十斛；诸侯国国相为真两千石，月俸一百五十斛；而屯骑校尉、越骑校尉、步兵校尉等为比二千石，月俸一百斛。

四川的汉阙，沈府君阙主当过交趾（阙身铭文中作"交阯"）都尉，冯焕阙主当过豫州、幽州太守，高颐阙主当过益州太守，樊敏阙主当过巴郡太守，可见阙主大多官至二千石。虽有级别不达的官员用阙的情况，如德阳司马孟台阙主只是最多五百石的"汉故上庸长"却得以立阙，但汉阙是官吏的专利，这一点却没有太大问题。不过，汉代官吏仅能用双出阙，即一母阙一子阙，规格最高的三出阙只能为天子独享。

---

[1] 孙机：《汉代物质文化资料图说》，上海古籍出版社，2018年。

渠县汉阙附近业已暴露的汉砖。

消失的宕渠城

为何如此多的汉阙集中在渠县土溪场、崖峰场一带？返回渠县后，县长秘书前来拜访，论及这个问题，刘敦桢怀疑古老的宕渠郡就在附近，"……并论及崖峰场与土溪场间汉阙如此众多，疑古宾（应为賨）国及宕渠郡必在其附近。如有机缘，当再度来渠作详细考察也。"[1]

刘敦桢没有再回到渠县，但七十多年后的一次考古发掘，证实了他的预言。今天的土溪镇城坝村三面环水，与汉阙社区隔河相望，清澈的渠江绕村而过，到村里须乘坐渡船。自20世纪50年代开始，百姓种地时，一锄头下去便时常能刨出汉砖、汉陶、五铢钱，偶尔还挖出过青铜器，不少人家把汉砖搬回来砌猪圈、围墙，至今还有围墙夹杂着汉砖。渠县汉阙博物馆中堆积如山的汉砖大多就是从村里征集的，据估计，这片区域汉砖总数超过50万匹。

2014年起，四川省考古研究院联合相关单位对这里的城坝遗址进行了考古发掘，遗址面积共560万平方米，分为城址、墓葬、居住等区域。墓葬区有规律地分布在三个台地上，靠近河流的位置多是战国晚期的竖穴土坑墓，二级台地大多是西汉年间的木椁墓与土坑墓，山坡上多为东汉崖墓与砖石墓。两枚印着"宕渠"

---

[1] 刘敦桢：《川、康古建筑调查日记》，载《刘敦桢全集》第三卷，中国建筑工业出版社，2007年。

的东汉瓦当，显示了遗址的身份：这里便是古老的宕渠城旧址。[1]

宕渠县的设立，与古老的賨国不无关联。《水经注·潜水》载："（宕渠县）盖古賨国也，今有賨城。县有渝水，夹水上下，皆賨民所居。汉祖入关，从定三秦，其人勇健，好歌舞，高祖爱习之，今《巴渝舞》是也。"[2]秦灭巴蜀后设宕渠道，安置投降的賨人，賨人即巴人，素来以剽悍闻名，血腥的搏杀和死亡的荣耀贯穿了他们一生。刘邦在巴蜀称王，賨人追随出征，汉朝建立后，賨人思归旧土，刘邦免除了立下赫赫战功的罗、朴、昝、鄂、度、夕、龚七姓赋税，将宕渠道改为宕渠县。冯绲曾修葺宕渠县城，因冯绲曾任车骑将军，宕渠城也有"车骑城"之称。

汉代宕渠县地域广阔，包括今天的四川达州、巴中市全境，以及广元、南充部分地区，而土溪镇一带为县治。东汉年间，宕渠仕子纷纷走出巴蜀，前往长安或者郡县任职，并在去世后归葬故里，树立汉阙，与城坝遗址隔河相望的汉亭村、汉阙社区一带，或许正是当时的高级墓葬区。南北朝时宕渠县治搬迁，繁华的古城一朝废弃，被犁为农田，回归到田园生活。突然的人去城空，却给了汉阙存留的空间，使其躲过了战火侵袭、城市建设与王朝更迭，这些接近两千岁的建筑就这样"活"了下来。

---

[1] 陈卫东 周科华：《宕渠与賨城——渠县城坝遗址的考古发现与研究》，载《四川文物》，2021年第3期。

[2] （北魏）郦道元注：《水经注疏》，江苏古籍出版社，1999年。

石窟之乡

- 绵阳 11月20日
- 德阳 11月19日
- 灌县 10月6日
- 广汉 11月18日 1941年春夏之交
- 郫县 10月10日
- 新都 11月16日
- 成都 9月27日
- 新津 1941年后
- 芦山 10月22日
- 彭山 11月5日
- 雅安 10月18日
- 岷江
- 夹江 10月25日
- 乐山 10月28日
- 沱江
- 大渡河
- 峨眉 11月1日
- 宜宾 1941年后
- 南溪

潼南 1.12 —— 东岩 西岩 仙女洞

大足 1.17 —— 北山 报恩塔 宝顶山

合川 1.23 —— 濮岩寺

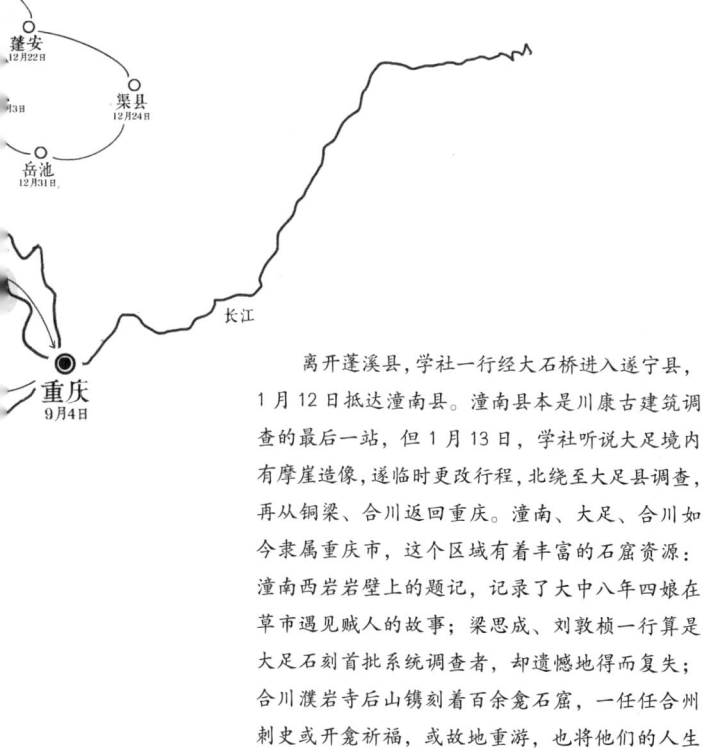

离开蓬溪县,学社一行经大石桥进入遂宁县,1月12日抵达潼南县。潼南县本是川康古建筑调查的最后一站,但1月13日,学社听说大足境内有摩崖造像,遂临时更改行程,北绕至大足县调查,再从铜梁、合川返回重庆。潼南、大足、合川如今隶属重庆市,这个区域有着丰富的石窟资源:潼南西岩岩壁上的题记,记录了大中八年四娘在草市遇见贼人的故事;梁思成、刘敦桢一行算是大足石刻首批系统调查者,却遗憾地得而复失;合川濮岩寺后山镌刻着百余龛石窟,一任任合州刺史或开龛祈福,或故地重游,也将他们的人生镌刻在了岩壁上。

潼南石窟

大中八年四娘遇贼记

潼南建县尤晚，民国元年（1912年）才由遂宁县、蓬溪县各划出一块地盘成立了东安县，两年后更名潼南县。因划出的并非行政中心，境内遗迹也不多，仅有大佛寺、千佛崖、仙女洞数处。千佛崖在县城西北六里，梁思成记载此处有大中八年、九年、十一年题记，林氏、鲁氏、郑氏三个唐代家庭的悲喜离合在题记中显现。2015年，尘封已久的千佛寺摩崖造像在潼南崇龛镇被发现，宋代令狐家族由此浮出水面。

年轻的县,唐宋的佛

天阴沉沉的,乌云压在半空,不时飘过几滴细雨,四川盆地的冬天阴冷潮湿,农田里的冬小麦还没发芽,田垄稀疏地排了几畦油菜,富裕人家门前的树枝上晾上了香肠、腊肉,乡民守在取暖的烘笼边摆龙门阵,偶尔出个门,也把烘笼拎着。农田的那头,几十龛石窟横亘在崖壁上,有的发黑,有的发白,黑色是岩壁的颜色,白色是妆彩的痕迹。这便是潼南千佛崖。

1940年1月12日,梁思成一行离开遂宁县,经砺溪场前往潼南县。潼南是四川最年轻的县,民国元年(1912年)才从蓬溪县划

潼南大佛寺西岩位于定明山中,俗称"千佛崖",现存78龛。图为西岩摩崖造像全景。

出下东乡11个场镇，遂宁县划出上安里、中安里、下安里17个场镇，成立东安县，两年后更名为潼南县。因划出的多是乡场，县里的古遗迹也不丰富，仅有大佛寺、千佛崖、仙女洞等几处。

大佛寺古称东岩，千佛崖称西岩。东岩大佛阁中有尊高18.43米的弥勒佛，唐穆宗长庆年间开凿，刚开出佛头，就因资金不足中断，北宋靖康元年（1126年），道士王了知看到孤零零的佛头，心生感慨，募来工匠继续开凿，至南宋绍兴二十一年（1151年）方才完工，历时三百余年，也是巴蜀开凿时间最长的大佛。可能因为大佛阁遮挡，学社并未拍下弥勒佛，只远远拍下大佛阁，楼阁七重，直插山巅。

西岩与东岩相隔半里，顺着崖下的古道，佛像、佛塔、碑刻在梁思成、刘敦桢面前次第出现，许多造像业已残损，残留光秃秃的凿痕，似乎很久之前，它们已经受损，乡民又就着石坯，泥塑了韦陀等像。梁思成写道：

> 千佛崖在县治西北六里，位于大佛寺与仙女洞之间。龛数约四五十，东西长半里许。龛之面积约在一公尺左右。造像式样，约在中晚唐间。惜大部风化，存者复经近人改凿涂饰，伧俗之状，不可向迩。[1]

照片中，观音菩萨头戴花冠，颈下三道蚕纹，身着天衣，左

---

[1] 梁思成：《千佛崖摩崖造象》，载《西南建筑图说》，人民文学出版社，2014年。

潼南大佛寺西岩第70号龛,讲述了大中八年(854年)四娘在草市遇贼的故事。

手握宝瓶,右手牵帛带,脸与花冠的彩妆日久已不复原色,黑白照片中脸呈灰白,花冠则由红变成了黑色,不知道是哪位乡土工匠的手笔。龛外楷书题记历历在目:

> 遂州遂宁县古为女四娘/在安居草市被贼惊恐,与女造/救苦观世音菩萨一身,愿林与女犁(婿)罗高父子百年保首,贼盗/不侵,灾障消除,富贵不改。今蒙成就,/敬养大庆,永为供养。大中八年五月三日。[1]

---

[1] 重庆市文物遗产研究院等:《潼南千佛寺》,科学出版社,2019年。

林家有个女子叫四娘,嫁给了罗高为妻。一日,四娘到安居草市游玩。唐代草市是乡村中的定期集市,类似于今天四川的赶场,蜀地草市众多,出名者有蜀州的青城山草市、阆州的茂贤草市等。四娘在安居草市突然遇到贼人,受了惊吓,回家后惊魂未定,郁郁寡欢,父亲在西岩为她开了这龛观音菩萨,希望爱女贼盗不侵,也与女婿罗高百年好合。此龛大中八年(854年)五月三日完工。

大中"回光"下的千佛崖

八十多年后,我站在营造学社诸同仁当年拍照的位置,远眺对面的千佛崖。我的脚下是一片断壁残垣,瓦砾遍地,石磨、木桌、瓷碗、箩筐散落一地。这西岩与东岩相隔不过半里,境遇却相差甚远。东岩早已是潼南远负盛名的景区;西岩与村庄为邻,几年前,这个城郊的村庄开始拆迁,乡人一户户搬离了老房子,门锁了,地荒了,留下的只有石窟与祖坟。

千佛崖前竹林密布,苍劲挺拔,将石窟遮蔽得严严实实。林氏家族的观音今天仍在,编号70号龛,八十多年后,她的面容玉减香消,曼妙的身体布满凿痕,只有华丽的背光仍然清晰。岩石上部的水珠渐渐沥沥滴下,沁湿岩壁,观音终日湿漉漉的。龛窟右壁有块小碑,题记还清晰可见,林氏家族的故事,就这样写在岩壁上,一位父亲的爱女之心,读来令人动容。

相邻的71号龛也是观音,身体被青苔染成绿色,衣饰、璎珞模糊不清。当年,营造学社也拍下了这一龛,观音面容慈祥,身披天衣，小腹微微凸起，左手持一只硕大的净瓶。这龛造像，据说是大中九年（855年）二月八日，有个叫郑林的供养人捐资修建的。如今，龛口还剩下"敬造救苦观世音菩萨……"几个楷书，郑林的名字已是风化难辨了。

大中是西岩开龛的鼎盛时期，现存几则题记皆可见"大中"字样。大中是唐宣宗李忱年号，此时的唐朝迎来了一段回光返照式的繁盛，甚至令人依稀想起贞观盛世，宣宗也赢得了"小太宗"的美誉。安定的社会中，许多在安史之乱、武宗灭佛时被毁的寺院得到重建，著名的佛光寺即重建于大中十一年（857年）。四川邛崃唐代龙兴寺遗址出土的经幢上也可见"大中十二年"题记，这一年，潘怀谦为他的父母在龙兴寺建造了一座石经幢。

大中七年（853年）十二月十三日，一位叫唐辅的供养人，也在西岩捐资凿建了一龛三世佛。此龛现编号30号龛，镌造了过去迦叶佛、现在释迦牟尼佛、未来弥勒佛三世佛。三世佛华丽的宝珠形头光中间空空荡荡，新鲜的凿痕清晰可见，似乎不久之前它们的头颅才被敲掉。

当年，营造学社还在千佛崖拍下一龛华丽的西方三圣像。阿弥陀佛慈眉善目，身着通肩袈裟，结跏趺坐于仰莲莲台上，双手持禅定印；迦叶老成，脸上筋骨毕现；阿难年轻，似乎还稚气未脱；观音、大势至菩萨细眉嫩眼，身披璎珞，分列左右壁。龛中造像面部白皙，看起来是装塑了膏灰，再彩绘眉眼，窟壁也彩绘了大面积火焰形背光。龛楣浮雕卷草纹，飞天翩翩起舞，帛带与卷草纹交织在一起。龛外一行歪歪扭扭的小字："邓陈氏 宗装塑"，这是清代女子常见的姓名格式，或许正是她出资妆彩了石窟。

潼南大佛寺西岩，主尊阿弥陀佛、两侧二弟子，左右雕观音、大势至菩萨，现编号第65龛。

茂密的竹林中，我找到了这龛造像，现编号65号龛。龛中阿弥陀佛、迦叶、阿难、观音、大势至的头颅全部荡然无存，造像表面风化起壳，清人彩绘的背光也已黯淡不清。龛口的楷书题记虽然斑驳，却隐约可以辨读：

遂州遂宁县归义乡，百姓鲁殷并妻……佑平安，于当县南龛敬造阿弥陀佛一身，观音、世至二身，……（金）罡一对二身，弟子一对二身，右弟子……年正月廿……斋表庆毕，永为供养。[1]

[1] 重庆市文物遗产研究院等：《潼南千佛寺》，科学出版社，2019年。

漫长的调查

遂州遂宁县归义乡的鲁殷，与妻子捐资了这龛造像。题记能说明两个问题：一是题材，造像中的世至，即大势至菩萨，金罡便是金刚力士，这也是唐代流行的西方三圣与二弟子二力士组合；二是地域，唐代西岩在遂宁县范围，称为南龛，西岩可能是划到潼南后的称呼。

营造学社拍摄的石窟如今大多仍在，造像却是沧海桑田。清人曾就着唐代坯子塑了韦陀护法，他是个青年武将形象，全身披挂铠甲，手压金刚杵，如今这龛韦陀消失不见，成了布满凿痕的空窟。地藏菩萨眉目纤细，身着袈裟，双手于膝上托钵，左右各

韦陀像在唐代龛窟补塑而成，如今又不见踪迹。

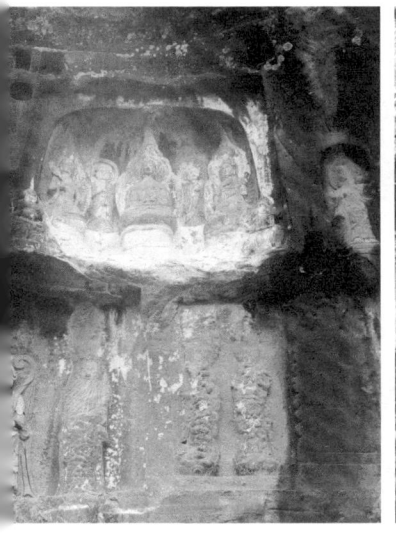

潼南大佛寺西岩地藏菩萨龛，地藏头部今已无存。

有一侍者，一老成，一年轻，可能是护法闵公父子，他们的头颅如今也皆被敲掉，身上爬满了青苔。

矍乱的令狐家族

大中年间已是晚唐，二十多年后的"黄巢起义"中，连唐僖宗也逃到了成都，大唐王朝变得老态龙钟，最终在907年咽下了最后一口气。不知道那龛观音菩萨，是否抚平了四娘心中的创伤，也不知道林氏、郑氏、鲁氏家族在这数十年的光景中，经历了怎样的命运。

2015年，潼南县崇龛镇薛家村建筑工地，一处石窟重见天日，这便是千佛寺摩崖造像（以下简称"千佛寺"）。千佛寺地处寨子坡，20世纪50年代因修崇龛水库，施工队开山取石，直把山头削去数米，高处的石窟被破坏殆尽，碎石、松土滚下山坡，又将下方石窟掩埋，这些摩崖造像才得以幸存。经过清点，千佛寺残存唐宋造像43龛、311身，宋代遂宁县令狐家族也由此浮出水面。

960年，赵匡胤在陈桥驿黄袍加身，建立宋朝，五年后派遣王全斌领兵剿灭后蜀，遂宁县从此纳入宋朝疆域。宋开宝四年（971年）五月二十，令狐庆一家找来寺僧，出钱妆彩了一龛唐代观音像，并留下题记：

敬再妆救苦菩萨一龛/身弟子令狐庆先为遭/矍乱将领眷属在院停泊慈/悲菩萨以开宝四年岁次/辛未五月廿日表赞讫/永为

供养。[1]

这龛造像,现编号第17号龛,龛中并排站立两尊观音菩萨,她们头戴三叶宝冠,宝缯垂肩,身披天衣,全身装饰华丽的璎珞,跣足站立在圆形台座上。在题记中,令狐庆写下了缘由,他昔日遭受罹乱,家眷在寺院暂避,这才躲过一劫,此番特带着儿子令狐彦、媳妇蒲氏来此还愿。

同样在开宝四年,他的兄弟令狐璋也在这里捐建了一龛庞大的龛窟,这便是第3号龛佛祖与十六罗汉。佛祖与二弟子居中,十六罗汉四位一组,分居上下两层平台,但头部今多已不存,只有左右两身尚完好。左侧罗汉脸型瘦长,眼窝深陷,颈部青筋暴露,大耳下垂。

世人皆知十八罗汉,其实,罗汉信仰传入中国之初只有十六位,即十六罗汉,传说是释迦牟尼的十六弟子。十六罗汉也是中国画家热衷的题材,唐宋画家贯休、李公麟等都画过十六罗汉图。中国人喜欢"十八"这个数字,比如十八般武艺、十八学士,宋代之后,世人加入迦叶尊者、君徒钵叹尊者两位罗汉,凑成了十八罗汉。到了清代,乾隆皇帝钦定另外两罗汉为降龙罗汉与伏虎罗汉,即迦叶尊者和弥勒尊者,十八罗汉才算正式定型。

罗汉座下的方框题记隐约可见:"第一尊者/令狐璋夫/妇发心造""第二尊/令狐璋造",其他罗汉座下,也有令狐璋夫妇、令狐璋的名字。佛祖下方的大面积台座镌刻题记,业已斑驳:

---

[1] 重庆市文物遗产研究院等:《潼南千佛寺》,科学出版社,2019年。

遂宁县清泉……狐罹难……开宝四年……令狐璋妻……兄令狐……弟令狐……管内巡检并……沙门清觉……

从题记推测，令狐家族共有令狐庆、令狐璋、令狐□三兄弟，令狐璋夫妇育有两子一女，其中长男娶了李氏，小女令狐小娘子；兄长令狐庆、弟弟令狐□情况不详。题记内容大多湮没，但也提到了"罹难"，并有"管内巡检"官衔。宋朝在路、州、县设立巡检一职，负责地方的巡逻、治安以及捕盗、剿匪事务。除此之外，宋朝河道、沿海、边境也设有巡检。据此推断，宋代遂宁县可能并不太平，联系到上一条题记的"将领眷属"，令狐庆、令狐璋兄弟可能与地方巡检不无关联，抑或就在巡检军中任职。

可能受到了父母影响，令狐小娘子也捐了一个小龛，现编号10号龛，当时岩面捉襟见肘，小龛还打破了其他唐代龛窟。观音菩萨高36厘米，头绾高髻，宝缯垂肩，面部漫漶，上身风化，下身隐约可见帔帛痕迹，左侧阴刻题记：令狐小娘子。造这龛时，令狐小娘子尚待字闺中，不知道这位姑娘，向观音许下了什么愿望，是祈望父亲走出梦魇，还是期许自己找个如意郎君？

民国年间营造学社考察的千佛崖，2015年发现的千佛寺摩崖造像，它们不仅是唐宋年间这片土地梵音缭绕的见证，岩壁上的题记，也记录了唐宋家庭的喜怒哀乐、阴晴圆缺。

"得而复失"的大足石刻

1月13日,梁思成、刘敦桢在潼南县听说大足有千手观音等石刻,遂临时更改行程,前往调查。营造学社之前,1935年出版的《东方杂志》曾发表过八张大足石刻照片,但只是浮光掠影介绍,学社的造访,堪称对大足石刻的第一次系统调查。但遗憾的是,大足石刻直到1945年才由杨家骆、马衡等率领的"大足石刻考察团"对外披露,被誉为"可与敦煌、云冈鼎足而三",为何营造学社调查在前,却与这份殊荣擦肩而过?

计划外的调查

1940年1月18日上午，大足县北山佛湾。许是走累了，一袭黑夹克、戴着礼帽的梁思成坐在石头上，双手杵着文明棍，凝视着对面的石窟。他的对面是51号三世佛龛、58号观音地藏菩萨合龛，三世佛龛中，过去迦叶佛、现在释迦牟尼佛、未来弥勒佛一字排开，窟壁生出朵朵祥云，笙、腰鼓、琵琶、横笛、排箫等乐器在空中飞舞，这便是"不鼓自鸣"。

北山在大足县北三里，也名龙岗山，长500余米的崖壁上，290余龛造像鳞次栉比、首尾相连。大足县本不在学社调查计划中，1月13日，他们在潼南听赵县长说大足宝鼎寺有千手观音等石刻，虽然信息模糊，但还是决定绕道大足一探究竟，这才有了这次意外的考察。

民国年间，大足石刻尚是寂寂无闻。日本学者大村西崖在1928年出版的《中国美术史》中曾提及北山佛湾。1935年《东方杂志》第三十二卷第5号第一次刊登了八张大足石刻照片，标题为"四川大足之古代石刻"，拍摄者刘蕴华，但只是浮光掠影地介绍。有意思的是，伴随着外国传教士、汉学家的进入，四川各地石刻陆续得到披露，比如广元千佛崖、绵阳西山观、夹江千佛岩等，但刘蕴华之后，却未有外国人拍下大足，梁思成、刘敦桢等算是大足石刻的第一次系统调查者，这份宝藏一直静静等待着他们的到来。

佛湾形如弯月，晚唐、五代龛窟在两头，宋代龛窟在中央，数量上又以宋代石刻居多。梁思成写道：

沿山之西侧，凿龛窟百余，约长里许，俗呼为佛湾。制作年代以唐乾宁三年（公元八九六年）、四年为最早；五代前蜀永平五年（公元九一五年）次之；宋乾德、大观、建炎、绍兴、淳熙又次之。其分布状况，南北两端，大都成于唐末、五代，中部则悉属宋制，而宋刻数量，约占全数三分之二。[1]

最早在佛湾开凿石窟的，是一个叫韦君靖的军阀。韦君靖本是唐朝一个地方小官，公元880年，黄巢起义军攻占长安，唐僖宗逃往成都，一时间中原兵戈四起。韦君靖乘乱而起，招兵买马，攻占大足，在北山创建永昌寨，招安流民，据寨自保，并由此受唐朝廷嘉奖，官拜昌州刺史、昌普渝合四州都指挥、静南军使。

韦君靖一生南征北战，杀人如麻，担心死后下地狱，于是在892年的一天，从逃亡的难民中招募了几个石匠，在佛湾开凿千手观音与毗沙门天王造像，并凿碑题记。在韦君靖的影响下，军中将领纷纷找来工匠开凿佛像，戒备森严的北山竟然也有了几分香火气。《十国春秋》记载，晚唐五代的蜀地，士兵多崇信佛教，右手握兵器，左手持佛经，军营中诵经之声不绝于耳，或许这也是北山的真实写照。

千手观音龛高2.91米，宽2.45米，观音头戴化佛冠，眼睛圆瞪，全身贴有金箔，具宝篮手、宝瓶手、宝轮手、宝塔手等四十二手，手中法器清晰可见，圆形背光中显露出一圈手掌，寓

---

[1] 梁思成：《北崖摩崖造象》，载《西南建筑图说》，人民文学出版社，2014年。

北山佛湾千手观音,现编号第9号龛。从照片来看,民国年间的千手观音曾经贴金、妆彩,手臂保存完好。

意千手。四大天王、雷公电母、风伯雨师等正腾云驾雾;观音座下,左侧有一双手捧碗、作乞讨状的饿鬼,右侧有一手捧口袋、瘦骨嶙峋的老者,寓意着阴阳两界都能得到雨露。

观音、天王没能给韦君靖带来好运,几年后,韦君靖就在与王建的交战中一败涂地,下落不明。他的命运,或许隐藏在北山58号龛中。58号龛口有则题记:

敬造救苦观世音菩萨、地藏菩萨一龛。右为故何七娘镌造,

北山佛湾观音地藏，现编号第58号龛，为王宗靖为何七娘镌造，这个王宗靖，很可能是不可一世的军阀韦君靖。

当愿承此功德，早生西方，受诸快乐。乾宁三年九月廿三日设斋表赞毕。检校司空、守昌州史王宗靖造"。[1]

观音、地藏中间冉冉升起祥云，云中跪着一位梳着高髻的女子，她就是何七娘。

唐末蜀地诸枭雄中，以王建势力最大，于907年创立前蜀，定都成都。王建喜好收义子，前后收了120个干儿子，不少义子将原名保留一字，改为王姓，比如李绾为王宗绾，杨儒为王宗儒，以此看来，王宗靖极可能是韦君靖的更名。再者，王宗靖所任的"检校司空、守昌州刺史"也与韦君靖原职相同，只是昌普渝合

---

[1] （五代）王宗靖：《造观音地藏镌记》，重庆大足石刻艺术博物馆编：《大足石刻铭文录》，重庆出版社，1999年。

四州都指挥、静南军使等军权被剥夺。

如果这个推断不假，在王建强大的兵锋面前，韦君靖也不得不走上投诚之路，成为王建120名义子中的一员，并屈辱地更名换姓。几年后，妻子何七娘去世，无疑令委身事敌的韦君靖更加孤独。北山千手观音龛与观音地藏龛相隔不过百步，造像气度却相差甚远，这短短的百步，或许就是韦君靖的人生浮沉。

最繁复华丽的观无量寿经变

因为石窟，今天的大足早已是重庆最负盛名的区县之一，才下高速，远远就能看到中心广场上矗立的巨型石柱，其上镌刻着大足石刻的图案，城中也随处可见北山、宝顶山的旅游指示牌。1999年，大足北山、南山、宝顶山、石门山、石篆山入选世界文化遗产名录，被誉为中国晚期石窟的代表作，而进一步的调查则显示，大足境内有石窟保护单位75处，石窟造像700余处，堪称佛国，数不胜数的石窟隐藏在乡野田间。

2022年正月十五，平时门可罗雀的北山熙来攘往，回乡过年的大足人有到北山祈福的传统，在那些陪伴了他们长大的观音、药师佛、西方三圣前许愿。当年营造学社考察的照片被制成展板，放在了石窟前。梁思成自然是最受欢迎的，不少大足人看到照片很是意外：原来这位建筑学家也来过大足？

佛湾的另一头，一龛观无量寿经变曾向学社展示了晚唐建筑的细节，现编号245号龛。世人皆说西方极乐世界好，观无量寿经变正是将它的妙处雕刻在了石窟中：楼阁亭台林立，仙人怡然自

北山佛湾观无量寿经变，现编号245号龛，题材丰富、人物众多，楼阁、亭台、经幢、宝塔、平台无不具备，是同类题材造像的精品。

得，粮食不种而收，乐器不鼓自鸣。

　　川康古建筑调查中，学社在乐山龙泓寺、夹江千佛岩都见到了观无量寿经变，但北山245号龛，无疑是最恢宏繁复的。在这高4.7米、宽2.8米、进深1.18米的晚唐龛窟中，菩提盛开，飞天起舞，西方极乐世界的主宰阿弥陀佛、观音菩萨、大势至菩萨端坐于中央。上部楼阁三座，正中的这座歇山顶，鸱吻衔脊，前部有山花向前的歇山式抱厦一座。

对于抱厦，梁思成自然不陌生，这是依附于殿宇厅堂出入口正中的侧室，也称"龟头屋"，中国最早的抱厦实例为河北省正定县隆兴寺摩尼殿，始建于北宋皇祐四年（1052年）。1933年4月，初出茅庐的梁思成前往正定隆兴寺，就被这处"只在宋画里见过"的建筑迷住了，四出山花向前的歇山式抱厦是进入摩尼殿

观无量寿经变龛正中雕阿弥陀佛，两侧为观音、大势至菩萨。上部楼阁七重，联以廊道。

245窟右壁，莲池中飘着莲花、莲蕾，内有小船，化生童子乘船在莲叶间嬉戏，莲池后部与右部高耸两座歇山顶建筑。

的四条通道，从空中看如同优美的十字。北山245号龛中的抱厦，让人们见证这种建筑在中国久远的历史。

北山245号龛所凿刻抱厦楼阁左右各有楼阁式塔一座，两侧伸出廊道，通往左右配殿，复有廊道通往侧壁的斜殿，如此一来，七座殿宇，连以阁道，蔚为壮观。斜殿前有一汪莲池，莲池上方横架一廊道，与斜殿下层勾栏相连。龛窟下部雕平台两层，底层正中有一方形基台，两旁对置楼台式蹬道，可登临二层平台，两侧各有马面角台一座。在冷兵器时代，城墙每隔一定距离设有马面，也称墩台，比如西安城墙，每隔60米即有马面，上建敌楼用于防御。

殿、堂、楼、阁、廊、桥、亭、台、马面，虽只是石窟中的模拟建筑，却依旧让营造学社触摸到大唐王朝的雄浑气魄，刘敦桢有"最为可贵"的评价。据统计，观无量寿经变中共有佛、菩萨、仙人、化生童子560多尊，如此多的人物被安插在10余平方米的龛窟中却毫不凌乱，令人感慨工匠精湛的技艺。

入魔道的观音造像，最名贵的鬼子母龛

宋代是北山的黄金期，造像题材为之一变，不空羂索观音、数珠手观音、宝印观音、如意轮观音、鬼子母、孔雀明王、五百罗汉等相继出现，尤以观音数目最多。

北山第180号观音变相，便是宋代观音的集大成者。观音菩萨瘦削的瓜子脸，鼻梁高挺，削肩细腰，右肩袒露，左腿盘于须弥座上，右腿半翘。左右壁有十二身观音，根据手上物品不同，通常命名为宝篮手观音、宝钵手观音、宝印观音手、如意手观音、念珠手

北山佛湾180号十三观音变左壁,观音手持宝篮、宝印与拂尘。

观音等,她们头戴花冠,身披璎珞,娇艳的面容,纤细的眉毛,瘦削的身材,如同一位位美丽的少妇,了无庄严肃穆的神性,极尽人世繁华与世俗情趣。梁思成感慨这般造像已入"魔道":

> 再南一龛,中镌观音半伽坐像,丰神丽都,宛若少妇。其左右侍像各五尊,皆靓装冶容,如暮春花发,夏柳枝低,极逸宕之美,佛像至此,可谓已入魔道矣。[1]

两则题记镌刻了开龛的经过:

> 县门前仕人弟邓惟明/造画普见一身供养乞/愿一家安乐政和六年/壹月内弟子邓惟明。当州在城(奉佛弟子)/等为同(漶)/发心就画(漶)菩萨一尊(漶)/表庆(讫宣和四年)。[2]

北宋政和六年(1116年),在大足衙门任职的邓惟明捐资造了一身菩萨,祈愿全家老小安乐。宣和四年(1122年),另一位奉佛弟子也捐出银两,可见此时这龛石窟仍在开凿中。

北宋宣和年间,佛湾开龛很是活跃,一龛五百罗汉龛也破石动工,大足城里的不少人家参与进来:宣和三年(1121年)七月初五,昌州城中的李世明夫妇捐资罗汉五身,祈求寿命延长;宣

---

[1] 梁思成:《北崖摩崖造象》,载《西南建筑图说》,人民文学出版社,2014年。梁思成记为左右五身,实为六身,最两侧两身已毁。

[2] (宋)邓惟明:《造画镌记》,重庆大足石刻艺术博物馆编:《大足石刻铭文录》,重庆出版社,1999年。

和四年六月，大足县东郊何仪兴与儿子何觉发，以及大娘子、二娘子、三娘子、四娘子四个女儿造了十九身罗汉。百姓们朴素的愿望，渐渐凑齐了五百罗汉。宣和是宋徽宗最后一个年号，也就是在宣和四年十二月，著名的皇家园林艮岳建成，此时的宋朝极具创造力与活力，然而一场巨大的灾难却在酝酿中。

除了观音，梁思成还重点关注了北山鬼子母龛，且评价颇高，认为"为国内稀见之例""最为名贵"。鬼子母一派贵妇装扮，头戴凤冠，身着圆领袍服，足踏云头鞋，端坐于龙头椅上，腿上坐着一个稚气未脱的儿童。鬼子母左右各有一位眉清目秀的侍女，左手握右手大拇指，于身前行礼以示恭敬，这是宋代流行的"叉手礼"。龛口有一头梳高髻、面目慈祥的乳母，身材丰满，胸前衣襟敞开，露出丰满的乳房，正在给襁褓中的婴儿喂奶。龛窟下部还雕出了七个儿童，生动可爱，活灵活现，充满人间情趣。

鬼子母也名诃利帝母、欢喜母、九子母，她有五百个儿子，却常常偷食王舍城中的幼儿，百姓怨声载道，佛祖藏起她最年幼的儿子，找不到幼子的鬼子母焦急万分，哀号不已。佛祖说，你有五百儿子，失去一个尚如此焦急，那些丢失子嗣的家庭又当如何？鬼子母受到感化，改过自新，成为佛教二十护法神的一员。鬼子母信仰传入中国后，因其子嗣众多，与中国传统的九子母重合，形象逐渐变成慈祥的夫人。九子母即女岐，是中国民间生育之神，最早出现在《楚辞》中："女岐无合，夫焉取九子？"

中国人历来崇尚多子多福，民国年间，北山不少龛窟落满尘土，鬼子母却是贴金妆彩，大足人还就着石窟搭建小庙。《募建送子殿宇碑》载，戴元兴、沈显文、姜有凤等募修天王殿后尚有

北山佛湾诃利帝母,又名鬼子母,面目慈祥,凤冠霞帔,身着华服,脚踏云头鞋,左手抱一小儿,端坐于椅上,椅后有屏风。

余料,众人商议,为鬼子母建了一座小庙挡风遮雨,题上对联:祥麟不祚无缘嗣,威风偏临积善家。[1]

鬼子母龛至今仍存,编号122号龛,遗憾的是,侍女头上的发髻丢了,龛口几个活灵活现的孩童,如今只剩下了两个,鬼子母腿上孩童的头颅也不翼而飞。不知是谁在鬼子母龛前放了两个鲜红的橘子,传宗接代的愿望,一直流淌在中国人的血液中。

宋代不管是观音,还是鬼子母,菩萨、诸天身上的神性逐渐消

[1] 胡鑫甫:《募建送子殿宇镌记》,见重庆大足石刻艺术博物馆编:《大足石刻铭文录》,重庆出版社,1999年。

散,越来越似凡间人物。在《佛像的历史》一书中,梁思成写道:

> 然就偶像学论,则宋代最受信仰者观音,其姿态益活动秀丽,竟由象征之偶像,变为和蔼可亲之人类。其性别亦变为女,女性美遂成观音特征之一矣。[1]

如闻"抑扬顿挫"的转轮经藏石刻

南宋绍兴年间,北山诞生了一龛精美绝伦的作品,被誉为"中国石窟艺术皇冠上的明珠",这便是转轮经藏窟,现编号136号窟,高4.05米、宽4.1、进深6.79米。正中转轮经藏由底及顶,由藏座、藏身、天宫楼阁三部分构成,藏座镌刻须弥神山,蟠龙缠绕;藏身莲花形台基,其上镌刻栏杆一圈,十几个头梳双髻、天真烂漫的童子正在其间攀爬,再上八根精美的石雕龙柱;顶部雕出楼阁、宝塔,恍若天国。

转轮经藏也称大藏或经藏,中国寺院历来有保存经书的传统,藏经之器就是经藏。宋人李诫在《营造法式》中记载,经藏有"壁藏"与"转轮藏"两种形式,转轮藏传说由南朝萧梁傅翕所创,推动一圈,有如诵经说法,也可加速通风,达到防潮、防蛀之目。北山136号窟中的转轮经藏,显然不具备藏经的功能,它立在龛口,类似于早期石窟的中心柱,起到支撑窟顶的作用,这也使得石窟如同寺院一般肃穆。

---

[1] 梁思成:《佛像的历史》,中国青年出版社,2010年。

北山佛湾转轮经藏窟，现编号第136号龛，开凿于南宋绍兴十二年至十六年间（1142—1146年），图为正中的转轮经藏。

普贤菩萨。

136窟宝印观音，面容安详，花冠繁复，身披璎珞，飘带舒展散于台座，左手于腿上持飘带，右手持宝印，结跏趺坐于金刚座上。

看着眼前的转轮经藏，梁思成或许会再次想起隆兴寺。隆兴寺转轮藏阁中有座宋代经藏，也是中国最古老的一座经藏，外形如同一座重檐亭阁，推动经藏，犹可转动，梁思成曾以乐曲来比喻它的妙处："各梁柱间交接处所用的角替、襻间、驼峰等等，条理不紊，穿插紧凑，抑扬顿挫，适得其当，唯有听大乐队奏鸣曲，能得到同样的悦感。"[1]

---

[1] 梁思成：《正定古建筑调查纪略》，载《营造学社汇刊》第四卷，第二期。

题记显示，南宋绍兴十二年至十六年间（1142—1146年），时任权发遣昌州军州事的张莘民，昌州录事参军、司户司法赵彭年，以及王升、陈文明等人，相继捐资造了136号窟中的佛祖、弟子与诸菩萨。

今天，倘若走进大足北山，会发现一个铁门紧锁的洞窟，这便是136号窟，也是北山唯一锁起来的洞窟。除了转轮经藏，窟中还雕出了文殊菩萨、普贤菩萨、白衣观音、宝印观音等。观音面颊简约、细腻柔美，肌肤看起来似乎富有弹性，花冠玲珑剔透，错综复杂点缀着数百颗花簇珠串，难怪有"中国石窟艺术皇冠上的明珠"美誉。

多宝塔中的芸芸众生

北山之巅，一座恢宏的白塔悬岩凌空，高约31米，建于南宋绍兴十七年至二十五年间（1147—1155年）。营造学社一路所见蓬溪鹫峰塔、宜宾旧州塔形制上还带着唐代余风，眼前的北山白塔则是一座八角形楼阁式塔，外观厚重、稳固，与定州料敌塔相似，带有典型的宋塔特征。塔身12层，每层叠涩出檐，第一、三、五、七、九层檐下雕出斗栱，第三层斗栱三层，最为壮观。

白塔下的山岩雕刻高约10米的并坐佛像，一是多宝佛，一是释迦牟尼佛，远远望去如同双佛背着佛塔，大足人唤作"双佛背塔"。其实，双佛全称"释迦多宝对坐说法图"，典故出自《法华经·见宝塔品》。释迦牟尼在法华会说法之时，忽有多宝塔由地涌出，释迦以手指塔，塔门顿开，只见塔中多宝佛端坐于狮子

宝塔十二级，塔身呈梭形，平面八角形。

座上，多宝佛让半座给释迦，二佛遂并坐说法。如此说来，宋人在多宝塔下开凿双佛，其含义便不言而喻了——高耸的北塔与巍峨的大佛，再现了《法华经·见宝塔品》的场景。

民国年间的白塔尚可登临。学社一行步入塔中，塔身内部八层，从第二层开始构筑塔心砖柱，周以走廊，设蹬道于塔心内，以供游客上下。走廊两侧开龛，镶嵌石板，其上镌刻造像，不少题记历历可辨，一位叫冯楣的官员，慷慨地捐出了第六层塔所需用砖。

大足城里的铁匠刘杰，捐了一身龙树菩萨。龙树菩萨是一比丘形象，身后有棵大树，一条龙蜷伏在树丛中。头戴幞头、身着圆领长袍的刘杰站在树下，双手合十，虔诚地看着菩萨。刘杰与妻子在大足县玉溪井开了个铁匠铺，此次修塔用的铁具，全是他来施舍，外加一条三十斤的铁索，并募化了云水镇一户人家的三条铁索。刘杰母亲患有眼疾，他在塔中捐资龙树菩萨，希望母亲能重见光明。唐宋年间的中国，一部名为《龙树眼论》的药书将龙树菩萨塑造成能治眼疾的神医，唐代著名诗人白居易、李白皆好读此书，宋仁宗得知姑母齐国献穆大长公主眼睛失明，曾亲自画龙树菩萨为她祈福。

拾级而上，一龛龛造像、一则则题记，讲述着一个个宋代家庭的故事。正北街的刘升、袁氏万一娘与弟弟刘陟、于氏庆二娘等为亡父捐了如意轮观音；大北街的何正言、杨氏捐了观音菩萨，何正言在南山、北山佛湾皆有开龛，是大足著名的大善人。

诸多供养人中，邢信道最为积极，为他的母亲王氏二娘镌刻了五十三龛，祈望母亲往生净土。五十三龛造像为"善财童子五十三参"，《华严经·入法界品》末会中，善财童子曾参访53

位善知识,如德云比丘、善见比丘、明智居士、普眼长者、大天神、摩耶夫人、弥勒菩萨等,终得善果。邢信道本名不详,"信道"可能是法号,他自称"砌塔道人",看来是白塔修建的关键人物。他是道人,却又对佛教经典颇有心得,这也是南宋佛、道融合的见证。

大足人也把白塔称为报恩塔,相传是时任潼川府路兵马都铃辖、泸南沿边安抚使等职的冯楫为报母恩修建。但主持修建的,应该是"修塔化首任亮",大足城中的官吏、商贾、匠人、市民纷纷捐出银两,刘杰捐出了铁索,李咸兄弟则捐出了50斤桐油,集腋成裘,众志成城,一座恢宏的白塔从此矗立在大足城北。

雨中的扼腕错失与惊世发现

1月20日,大足下起了小雨,天气阴冷,学社一行冒雨前往宝顶山。出发前,刘敦桢对这趟考察并不抱以希望。刚到大足时,他在北街一家照相馆里看到了宝顶山千手观音照片,大失所望。一向温和的他,在当天日记中牢骚满腹:

> 下午四时于北街某照相馆,见宝鼎寺千手观音照片,手之配列琐碎庸劣,绝非唐、宋作品。又摩崖一幅酷似明代造像,观后颇令人失望。世俗称许之事物,往往名实不符……[1]

---

[1] 刘敦桢:《川、康古建筑调查日记》,载《刘敦桢全集》第三卷,中国建筑工业出版社,2007年。

宝顶山地处大足县城东北三十五里处,以大佛湾为中心,大佛湾为一马蹄形山湾,造像长约五百米。

宝顶山释迦涅槃图,俗称卧佛,右胁而卧,头北足南,膝部以下没入岩石中。

漫长的调查

二公里半到东关镇，五公里到倒转庙，再十公里到位于宝顶山最高点的宝鼎寺。宝鼎寺殿堂五重，与大多数寺院不同，它的最后一重并非藏经楼，而是维摩殿，殿中有座石块垒起的平台，二三层四面镌刻佛像，第四层以双钩楷书刻写偈语："假使热铁轮，于我顶上旋，终不以此苦，退失菩提心。""假使千百劫，所作业不亡，因缘会遇时，果报还自受。"从地理位置上看，维摩殿的西南是大佛湾，东北是小佛湾。

大佛湾长约500米、高8—25米的崖面上，护法神将、释迦涅槃图、孔雀明王、大方便佛报恩经变、观无量寿经变、地狱经变首尾相连，如同一幅长卷画，在岩壁上徐徐铺陈开来。释迦涅槃图也称"卧佛"，塑造的是佛祖释迦牟尼80岁那年，在拘尸那迦城婆罗双树间涅槃成佛，弟子与眷属们前来送别的场景。卧佛全长31米，却并不完整，右肩没于地表之下，双脚隐于岩体之中，给人意犹未尽之感。这也是中国最大的半身卧佛。

大方便佛报恩经变长15米，用祈求子息、怀胎守护、临产受苦、生子忘忧、哺乳养育、咽苦吐甘、回干就湿、洗濯不净、为造恶业、远行忆念、究竟怜悯11个场景，塑造了一对夫妻将儿子拉扯成人的全过程。所谓"经变"，是将佛经中的故事以通俗的口语或绘画、雕刻的形式表现出来，宋代的许多寺院出现了唱经变的人，用富有韵味的唱词唱出佛经故事，有时还在旁边挂上经变画，以招徕信徒。

可惜的是，刘敦桢将宝顶山石刻误判作明代石刻，"此外有卧佛、孔雀明王、千手观音及牛群等，其数量规模为明代石刻中所少见"。梁思成虽认为其中部分是宋刻，但还是将大部分造像定为明代:"沿谷之三面,镌佛像多尊,大者逾丈,小者盈尺,殆难算计,内除少数宋刻外,余皆出于明制。"[1]

因为下雨,营造学社仅拍摄了二十余帧照片,下午两点半就匆匆作别宝顶山,返回大足,第二天奔赴铜梁县。

时间来到1945年,大足县参议会长陈习删主持重修县志,送到西迁重庆的中国学典馆印刷,时任馆长的杨家骆无意中看到金石碑刻章节,大为惊叹,遂联合马衡、顾颉刚、何遂、雷震、庄尚严等学者,成立了一个15人的"大足石刻考察团"。1945年4月25日,考察团从重庆乘坐民悦轮号,27日抵达大足,七天的时间,调查了北山、宝顶山,拍摄照片,编定龛号,拓制碑文,甚至还拍摄了一部电影。

4月30日,又是一个雨天,"大足石刻考察团"冒雨前往宝顶山,他们的一项重要成果,便是认定宝顶山系南宋僧人赵智凤营造,"为南宋大足人赵智凤一手经营数十年,其规模之宏大,系统之完整,在国内堪称第一。"南宋绍兴二十九年(1159年)七月,赵智凤生于大足县米粮里,五岁入古佛崖削发为僧,为母亲延寿祈福。16岁那年,赵智凤外出云游,来到汉州弥牟镇(今成都青白江区)"圣寿本尊院"研习密教。返回宝顶山后,赵智凤苦心经营数十载,遍访蜀中石匠,几乎以一己之力,营造了恢宏的宝顶山石窟。宋代末年,蒙古铁骑入蜀,宝顶山石刻止步于战火。

大足石刻考察团返回重庆后,向全国宣布:"大足石刻湮没千

---

[1] 梁思成:《宝鼎寺摩崖造象》,载《西南建筑图说》,人民文学出版社,2014年。

载，此次考察团的成就，实与发现敦煌相伯仲。""编制其窟号，测量其部位，摩绘其像饰，鉴定其年代，考论其价值，以为可继云冈、龙门鼎足而三。"一时间，重庆名流、学者争相前往大足，《大公报》《中央日报》均进行了大篇幅报道，湮没千年的大足石刻重新进入国人的视野，作为宋代石窟的代表作，与敦煌、云冈鼎足而立，将中国石窟艺术高峰的历史延续了四百年之久。

与北山佛湾不同，宝顶山大部分龛窟没有题记，赵智凤营造宝顶山的历史隐藏在小佛湾明代《重开宝顶石碑记》碑文中，仓促之间，梁、刘并未看到此碑。宝鼎寺虽是清代修建，维摩殿中的石台却是宋代遗物，而那几句偈语，也在宝顶山反复出现，写偈语的，正是赵智凤。

川康古建筑调查一路走来，营造学社碰到了不少宋代石窟，潼南大佛由宋代道士王了知主持续凿，合川濮岩寺有大观、绍兴、嘉定年间造像。我时常想，倘若梁思成、刘敦桢能多作停留，认出宝顶山为宋代石刻，是否能激发他们的灵感，将沿途潼南、合川等地的石窟串联起来，打破清人对石窟"唐盛宋衰"的论断？或者，倘若川康古建筑调查的资料能早日整理，最早宣布发现大足石刻的是否会是营造学社？

1945年，营造学社已迁往李庄，梁思成时常往返于重庆、李庄之间。"大足石刻考察团"的消息，他也一定听说了，不知道此时的他是否扼腕痛惜——他们早在五年前便机缘巧合来到大足，却最终与重大成果失之交臂。

濮岩寺

石窟里的合州刺史们

唐代的孙希庄、卢专、刘温,宋代的刘象功、何麒,一任任合州刺史或在濮岩寺开龛祈福,或故地重游,也把自己的人生经历镌刻在了岩壁上。1月24日,营造学社一行来到濮岩寺,调查了卢舍那佛、地狱十王、维摩问疾图、弥勒变相等。濮岩寺造像今已面目全非,学社的照片留下了它1940年的模样。

刘温的长庆三年

唐长庆年间(821—824年)的一天,合州刺史刘温与随从走出府邸,前往合州城西北的濮岩山,此地也称北岩,在合州城北五里,林峦浩渺,烟树浮沉,"濮湖夜月"即是合州八景之一。濮岩山有座寺院叫归正寺(又名定林寺、濮岩寺),寺中岩壁开凿诸多石窟,也是州人祈福之所。此次,刘温舍了些银子,捐资造了一龛卢舍那佛。长庆三年(823年)三月十九日石窟完工,刘温令工匠加上这则题记:

> 敬造卢舍那佛一躯,菩萨二躯,唐长庆三年岁次癸卯三月十九日,银青光禄大夫使持节合州诸军事行合州刺史兼御史中丞刘温。温自幽燕而来,从左羽林军使改授此。记之归正寺岩。[1]

刘温其人不见于史料记载,从题记看,他是幽州一带人士,曾任左羽林军使。唐太宗在玄武门置"左右屯营",护卫皇宫,唐高宗改为"左右羽林军"。羽林军是皇帝的私人卫队,也是决定唐代政治走向的重要力量,刘温曾在左羽林军任职,看来是唐穆宗李恒心腹,外放出任地方大员。

唐代合州即今重庆合川区,地处嘉陵江、渠江、涪江三江交汇处,位置险要,商业繁盛,位居上州(唐朝有上州、中州、

---

[1] (明)曹学佺:《蜀中名胜记》"卷之十八 上川东道",重庆出版社,1984年。

合川濮岩寺卢舍那佛,开凿于唐长庆三年(823年),为合州刺史刘温捐造。

下州之分),辖石镜、新明、汉初、赤水、铜梁、巴川六县。刘温到任前,他的前任卢专已经在合州刺史的位置上待了多年,卢专元和十三年(818年)到任,长庆元年(821年)捐资凿造弥勒佛。民国《合川县志》收其题记:

合州刺史卢专于西龛敬造弥勒尊佛一躯缘自元/和十三年□□□□从太子中舍人蒙 恩除此官/自到任首□□□□愿修此功

漫长的调查

德……长庆元年六月廿五日立记北岩/其年七月廿三日表庆毕[1]

可能龛窟完工不久,卢专便离开了合州。有意思的是,他是从太子中舍人一职改任合州刺史的,太子中舍人是东宫属官,当时的太子正是李恒。长庆四年二月(824年),痴迷丹药的唐穆宗在寝殿暴毙,时年30岁,不知道听到消息,卢专与刘温是否会有皮之不存、毛将焉附的感伤?

重访刘温龛

1月23日,学社一行从铜梁县出发,经新店子、二郎场,抵达张家桥,进入合川县境内,寓居四川旅行社招待所。第二天上午九点出合川西门,考察濮岩寺。[2]濮岩寺后山镌刻近百龛石窟、30多处碑记题刻,绵延半公里,有唐开元、长庆、宋庆历、天禧、绍兴、元泰定等造像记。"石门弥陀"是最早开凿的龛窟之一,开元二十三年(735年)十一月朔十五日,合州别驾张钊为刺史孙希庄捐资开凿。别驾是刺史佐官,也称别驾从事。

梁思成爬进一个大龛,窟中雕一佛二弟子二菩萨,他站在佛祖脚下,还不到佛祖的颈部高,威武的力士守护在龛口,飞天头梳高髻,凌空起舞。这龛造像可能就是张钊的"石门弥陀"。其

---

[1] (唐)卢专:《卢专造像记碑》,民国《合川县志》,"中国地方志集成 四川府县志",巴蜀书社,1992年。

[2] 刘敦桢:《川、康古建筑调查日记》,载《刘敦桢全集》第三卷,中国建筑工业出版社,2007年。

濮岩在合川城西北，亦称北岩，后山镌刻近百龛石窟，图为"石门弥陀"主尊。

一，梁思成记载："寺后摩崖，自东迄西，约长里许，而唐像萃于东端，有名之《石门弥陀颂》，即在其处。"[1]说明他当时是看到过这龛造像的；其二，《石门弥陀颂》"高四尺八寸，宽二尺四寸"，大龛龛口亦有古碑一块，尺寸也与之相符。

刘温的卢舍那龛掩埋在荒草中，主尊头顶的螺髻几乎被磨光，眼睛只剩下一只，身上袈裟上的衣纹也几近斑驳，菩萨面目模糊，昔日温婉的表情却被定格了下来，窟壁一角垮塌，千佛纷

---

[1] 梁思成：《濮崖寺摩崖造象》，载《西南建筑图说》，人民文学出版社，2014年。

漫长的调查

纷坠落在了草丛中。卢舍那佛的格花靠背还清晰可见，上施六拏具，六拏具为大鹏金翅鸟、龙女、神鲸、祥麟、孩童、巨象，常出现在佛教造像背光中。

营造学社在濮岩寺拍下16张照片，包括石门弥陀、卢舍那佛、地狱十王、维摩问疾图等。这些石窟如今还有多少存世？带着这个疑问，2020年4月我来到重庆合川区。濮岩寺地处北环路旁的小山上，远远就能看到红色牌坊式山门，蓝白相间的花牙子。拾级而上，大雄殿依山而建，殿中昏暗，正中有尊立佛，两侧刻有楷书题刻，一为"黄帝纪元四千六百二十三年"（1925年），一为"宪兵屯练处"，彼时的濮岩寺曾用作当地宪兵操练之所。

大殿两旁岩壁亦有一些龛窟，但大半被居士彩塑，涂上油漆。其中一龛，正中塑地藏菩萨，年迈的闵公与年轻的道明侍立在两旁，手持笏板的官吏被涂上厚厚的金粉分居左右两壁，这是地狱十王。八十多年前，营造学社曾拍下这龛。地藏菩萨青年比丘形象，眉清目秀，结跏趺坐于莲台之上；龛窟两壁，下层为十大冥王，他们头戴幞头，身着长袍，双手于胸前持笏板，当为阎罗天子、五官大王、宋帝大王、楚江大王、秦广大王、卞城大王、泰山大王、平等大王、都市大王、转轮大王；上层牛头、马面面目狰狞，男女侍者或持戟，或捧文书。

晚唐五代，地狱十王是巴蜀地区流行的造像题材，在绵阳北山院、资中御河沟、安岳圆觉洞等地皆有分布。濮岩寺这龛地狱十王形象分明，线条流畅，本是难得的美品，可惜如今已面目全非。

我在寺里转了很久，也没找到照片中的其他造像。民国二十七年（1938年），国立二中迁入合川后，为躲避日机轰炸，

濮岩寺地狱十王龛。

在濮岩开挖防空洞，不少龛窟被毁，加之"文革"中砸毁过半，石窟大半无存。寺里的居士让我们去西边山上看看，那里还有一些。原来，濮岩寺昔日规模恢宏，殿宇众多，土改时，寺院分给附近居民居住，再后来修北环路，将寺院分成了两部分。这边尚能维持，并陆续兴修了山门、大雄殿、大悲殿；那边的老房子年久失修，加上居民纷纷搬迁，石窟所在也就成了荒野。

珍稀的"弥勒变相"

穿过马路，顺着一条土埂路上山，半人高的荒草将道路遮得严严实实，路边几座四面透风的瓦房，就是濮岩寺过去的家当了。跨过一片菜地，茂密的玉米地背后，一龛熟悉的造像出现在眼前——刘温的卢舍那龛。时隔八十余年，龛窟愈加残损，后人用水泥重塑了卢舍那佛的佛头，用毛笔描上眉眼、鼻子，两侧的菩萨残缺的身躯被敷上水泥，再涂上金粉。窟壁几个供养人用毛笔描成了光头居士的形象，岩壁上有楷书题记，"女小娘子""侄杨氏""长女……""嘉定二年"，可见南宋年间曾经有过妆彩。

宋代濮岩寺风景秀丽，游人如织。元祐五年（1090年），合州知州刘象功游山，刘象功时曾随父亲来此游玩，如今已是知州的他旧地重游，自有一番感慨，此时的濮岩寺楼阁林立，俨然画卷；崇宁六年（1107年），合州郡守李乐道，与巡检高综、石照令王叔陵、法曹马师古等一同视察民情，路过濮岩寺，在山中早膳，时逢端午后一日，李乐道勒石为记；南宋绍兴七年（1137

年),主持了肃因寺中转轮藏殿年久失修,化缘重修,合州城中的善男信女纷纷捐资,不久后,一座恢宏的转轮藏殿耸立在濮岩山中,合州知州何麒作《北岩转轮藏记》记其事。

开龛造像宋代依旧盛行。庆历四年(1044年),州人蒲仁秀兄弟所开的龛窟完工,并记下开龛缘由:蒲仁秀兄弟与家中女眷到濮岩寺游玩,见山中妙相具备,遂提议在此开龛,得到全家老幼的支持,于是募来工匠,开凿了一龛弥勒下生经变。营造学社

濮岩寺"弥勒变相"局部。

拍摄的一张照片里，浮雕画面中一男子与随从走向城门，城门前有石兽，上方隐约可见"弥勒变相记"五字，可能便是蒲仁秀兄弟捐资的。

弥勒变相，出自《弥勒下生经》，表现了弥勒降生于翅头末城的场景，其时时气和顺，雨泽随时，甘果自生，一种七收，树上生衣，金银遍地，人无病患，寿命有八万四千岁。弥勒变相在中国西南并不多见，重庆大足北山第176号窟开凿于北宋靖康元年（1126年），正壁弥勒佛结跏趺坐于莲台上，左右两壁开凿国王大臣、文臣武将、居士比丘等，可惜营造学社只拍下了蒲仁秀龛的局部，不知这龛造像，是否也如大足石刻这般繁复？

维摩问疾图

梁思成曾提及一龛，"龛之布局，仅西部一龛，镌释迦趺坐莲座上，左壁刻文殊及狮，右壁无普贤，较为特殊"。[1]其实，这龛有文殊无普贤的造像，是巴蜀石窟少见的题材——维摩问疾图，出自《维摩诘所说经》。此经共十四品，石窟中往往以"问疾"品居多。维摩诘居士称疾在家，释迦牟尼佛欲派菩萨前去问疾，弥勒菩萨、善德菩萨、光严童子菩萨都表示不堪重任，最后智慧第一的文殊菩萨亲自前往，到维摩诘所在的毗耶离城问疾，双方你来我往，唇枪舌剑，维摩问疾图正是表现了论辩的场景。

---

[1] 梁思成：《濮崖寺摩崖造象》，载《西南建筑图说》，人民文学出版社，2004年。

合川濮岩寺元泰定戊辰（1328年）维摩问疾图。

民国《合川县志》收录了一篇《古佛造像刻石》，可能便是此龛的题记：

期以其家张□先徐□行/□舍资金命工 古佛维摩居士文殊菩萨一/龛全备惟冀各家均庆五福/骈臻生理获如意之财动止高/泰来之

庆四序咸通三元迪吉/此世他生常蒙/佛荫/泰定戊辰佛生日开山来门德等。[1]

泰定是元泰定帝年号，戊辰为1328年，供养人来门德等人祈望全家周全、如意康泰、财运亨通。维摩问疾图还见于夹江千佛崖、仁寿牛角寨、邛崃石笋山、资中重龙山等地，不过年代以唐代为主，元代维摩问疾图目前仅见于濮岩寺，可惜这龛珍稀的造像如今却是一点痕迹也没留下。

学社的照片中，还有一些局部特写：浅浮雕的菩萨，面容秀丽，头戴花冠，佩戴璎珞，身披天衣，衣裾飞扬，似在随风摆动，应该是某个大龛的局部；罗汉额头高耸，留着大胡子，骑着体格健硕的坐骑，似乎正欲下山……还有诸如毗沙门天王、观音、罗汉等，如今这些石刻已荡然无存。

1940年前后，合川濮岩寺尚有百余龛造像，年代从盛唐延续到南宋，延及元、明。从营造学社的照片结合民国《合川县志》，我对应出开元二十三年"石门弥陀"、长庆三年"卢舍那佛"、庆历四年"弥勒变相"、泰定戊辰"维摩问疾图"等龛窟，这些珍贵的龛窟如今或残或损，或消失不见。

结束了濮岩寺的调查，当晚，营造学社一行购得民生公司船票，第二天乘轮船返回重庆，2月2日乘坐农本局运棉卡车返回昆明。至此，川康古建筑调查宣告结束，合川也是调查的最后一站。

---

[1] （元）来门德等：《古佛造像刻石》，民国《合川县志》，"中国地方志集成 四川府县志"，巴蜀书社，1992年。

内迁李庄

绵阳	11月20日
德阳	11月19日
广汉	11月18日 1941年春夏之交
灌县	10月6日
郫县	10月10日
新都	11月16日
成都	9月27日
新津	1941年后
芦山	10月22日
彭山	11月5日
雅安	10月18日
夹江	10月25日
乐山	10月28日
峨眉	11月1日
宜宾	1941年后
南溪	1941年后

岷江　沱江　大渡河

李庄板栗坳 1941 —— 老房子、下老房、桂花坳、田边上、牌坊头、戏楼院、财门口、新

宜宾 1941 —— 旧州塔 旧州宋墓

新津 1941 —— 观音寺

广汉 1941 年春夏之交 —— 雒城、文庙、奎星阁、文昌宫、关岳庙、娘娘庙、城隍庙、龙居
龙兴寺、湖广会馆、陕西会馆、四川会馆、溪南祠、王氏祠、周孝子
张成氏坊、张孔氏坊等

蓬安
12月22日

渠县
12月24日

岳池
12月31日

长江

重庆
9月4日

　　1940年2月2日，梁、刘一行离开重庆，返回阔别已久的昆明，但他们或许没有想到，就在同年秋天，却再次来到四川，并在李庄一待就是六年之久。通常认为在李庄的营造学社已异常困顿，无力组织大规模的考察，但现在看来，他们仍抓住一切机会考察古建筑：刘致平选择李庄附近板栗坳的牌坊头、田边上、桂花坳、戏楼院等院落作为研究对象。1941年春夏之交，应戴季陶先生邀请，营造学社参与重修《广汉县志》的工作，几乎拍下这座城市内外的所有古建筑，留下了一座民国年间中国小城的标本。同年，莫宗江调查宜宾旧州塔与宋墓。刘致平与陈明达调查新津观音寺，这座寺院现存五重古建筑，其中毗卢殿、观音殿建于明代，但1941年前后，观音寺中轴线上有十二重建筑。

板栗坳

史语所李庄往事

1940年秋天,"中央研究院"历史语言研究所、营造学社等单位从昆明迁到四川李庄,史语所租住了板栗坳张宅,此地距离李庄约六里,坳中分布着老房子、下老房、桂花坳、田边上、牌坊头、戏楼院、财门口、新房子八个院落。刘致平对中国民居有着浓厚兴趣,到板栗坳进行了系统调查,留下了这处聚族而居村落的生动影像。如今,这些院落有的荒废,有的烧毁,有的被改造成了猪圈鸡舍,而傅斯年、董作宾、梁思永等学者的往事,却依旧在一个个破败的院落中闪回。

从昆明到板栗坳

1940年秋天,昆明市郊的龙头村,林徽因提着大大小小的包裹,领着梁再冰、梁从诫一双儿女匆匆爬上了一辆敞篷卡车。车上同行的还有刘敦桢一家以及史语所的先生与家眷们,三十多人如沙丁鱼罐头般挤成一团。来到昆明两年,因遭日寇轰炸,众人不得不再次踏上迁徙之路。梁思成在车下,看着妻儿即将踏上遥远的路途,他临行前突然高烧,只得暂缓出发。

就在这年2月,营造学社刚刚结束173天的川康古建筑调查,返回昆明。没想到造化弄人,仅仅半年之后,学社又拖家带口前往四川,这一次的目标是李庄,一个当时地图上都找不到的古镇。李庄时属南溪县(今宜宾市南溪区),今属宜宾市翠屏区。

卡车在弯弯曲曲的山路颠簸着,途中经常抛锚,就这样断断续续,经曲靖、宣威、毕节、叙永,好不容易撑到了泸州,再从这里乘舟到李庄。而在此之前,史语所的十多万册图书,八千多本民间杂曲、戏曲资料,殷墟发掘出土的甲骨、青铜器、陶器等,也分装到六百多个大箱子中,先由卡车运送到泸州,再经民生公司货轮到宜宾,最后转驳船分批运到李庄木鱼山。

李庄因水运而兴,当时地处南溪县与宜宾县之间,顺长江而下能到泸州、重庆,逆流而上经岷江又能到眉山、乐山。李庄镇上,禹王宫、天上宫、东岳庙、桓侯庙、王爷庙等"九宫十八庙"一字排开,但已被同济大学捷足先登。好在附近的板栗坳有片清代院落,恰好容得下史语所办公、生活。"中央研究院"成立于1928年,是民国年间中国最高学术研究机构,蔡元培任第一任院长。1940年9月18日,朱家骅任代理院长,下设历史语言研究所、社会科学研究所、地质研究所、心理研究所、物理研究所等,傅斯年任史语所所长。

一艘艘木船,将史语所李济、董作宾、梁思永、何兹全等先生举家送到了李庄木鱼石。长江浩荡,寒风凄冷。从木鱼石顺着石板路,要走500多级石梯,连续拐几个弯,大约六里路才到板栗坳。清乾隆十二年(1747年),张氏先祖迁徙到此地繁衍生息,《张氏族谱》如是记载:

> 板栗坳东距县城六十余里,西距府城五十余里,当李庄之上游六里,滨大江之南,越岭约二里即其地,先是山坳多栗因名,乾隆之十有二年岁在丁卯,先高祖焕玉公瑶,自宋咀迁居于此,是为板栗坳……

板栗坳形如犀牛,住宅建在牛腹,张氏族人陆续修建了老房子、下老房、田边上、桂花坳、财门口、牌坊头、戏楼院、新房子八个宅院。南边山坡上建有一座字库塔,远远望去如同犀牛角。字库塔是古代焚烧字纸的建筑,也带有风水学上的意义。后山还有一座六方形三层楼阁——帝君阁,供奉文昌帝君,这位道教尊神主管功名利禄,看得出来,张氏一族对文教与功名颇为重视。山沟中,院落群布,竹林茂盛,耕地肥沃;远山上,文昌帝君庇佑着张氏后人,字库塔护持着风水。张氏族人在板栗坳中,平静地度过了两百余年的时光。

史语所的先生、太太们拎着大包小包来到板栗坳时,张氏后

帝君阁三重檐，攒尖顶，始建年代不详，推测为板栗坳张氏祈求文运修建。

人已经腾出了房屋，有的人家觅不得去处，就让出正厅、厢房，一家人挤在正房里。历史学家何兹全曾回忆起板栗坳院落的分配情况，当时他是史语所助理研究员：

> 田边上斜对面是傅斯年先生住的桂花院。田边上是图书馆，也有几间研究室。进大门往右手转，三间厢房还住了两家青年研究员，我和胡庆钧各占一头。图书馆面对大门。后面还有院子，单身职工都住在这里。山东省图书馆馆长王献堂也住在这里。
>
> 柴门口[1]是眷属宿舍，长方形四合院，主房五大间，各有隔

---

[1] 如今称"财门口"。

山隔开。中间一间空着，左手间劳榦家住，右手间潘愨家住。左手头上还有一间，逯钦立家住，向跨院开门。右手头上一间，是管财务的萧家住，向院中开门。岑仲勉先生家、黄彰健家、何兹全家、董同龢家、李连春家住对面。芮逸夫家住左手边偏房，劳榦的父亲住在对面。柴门口去牌坊头过道处有个跨房，王叔岷家住。

牌坊头是主院，史语所占用前厅，后院厅房和配房仍由主人家住。前厅中间大厅是史语所子弟小学的课堂。左手边是小卖部，卖些油盐酱醋日用品；右手是职工食堂，没有家属的人都在这里吃饭。小卖部的后面有个小跨院，住着董彦堂先生一家。

戏楼院，真有个戏楼，可见四川地方乡绅的气派。考古组住在这里。戏楼院外顺小路再往前走，还有一个茶花院。院子不大，院中有两棵茶花，枝叶茂盛，可遮盖大半个院子。傅乐焕、陈槃庵，住在这院子里。[1]

营造学社没到板栗坳，他们在李庄西面的上坝找了个张家大院住下来。院子在月亮田山脚下，背靠长江，平面呈井格形，龙门两道，进入二道龙门，迎面是正厅，天井狭窄幽深，再往里走便是正房。当时房主还住在里面，院落留给他们的空间有限。"营造学社在李庄的总部是一座简单的L形平房农舍，它的长臂是南北走向。这一臂的一侧从南到北是一间打通的工作室，备有供

---

[1] 何兹全：《李庄板栗坳·史语所——我终身难忘的地方》，载杜正胜、王汎森：《新学术之路："中央研究院"历史语言研究所七十周年纪念》，1998年。

画草图和写字的粗糙桌凳。"[1]美国大使馆文化专员费慰梅如此描述院落的布局。一侧是工作室，另外一侧是梁林夫妇的房间，莫宗江、陈明达、刘致平也在院中安家。

这群辗转了半个中国的学者，终于在偏僻的李庄找到了一张宁静的书桌。不过他们显然没想到，在这里一待就是六年。

桂花坳 傅斯年旧居

川康古建筑调查时，刘致平一直留守昆明，偶尔从梁思成、刘敦桢寄回的信札中得知四川古迹的只言片语，此次亲身到了四川，他充满新奇。刘致平在云南期间，发现当地民居多以"一颗印"为主，这种建筑四四方方，如同一枚印章，因而得名，他从此对民居发生了浓厚兴趣，认为老百姓用最经济的方法造出住宅，其中蕴藏的智慧不言而喻。

在李庄，刘致平先后调查了羊街的刘宅，上坝的李宅、王宅，杉木沟的侯宅、刘宅，就连学社所在的张宅，他也与学社的助理研究员王世襄一起测绘。史语所租借的八个院落规模恢宏，装饰精美，是难得的民居标本，征得傅斯年同意后，他前往板栗坳进行了调查。

当年，刘致平从上坝到板栗坳，走下山坡，穿过一片竹林，第一个看到的应是桂花坳。桂花坳建于清道光初年，由正厅、正房、耳房以及左右外耳房构成。在他拍下的照片里，院落大门虚

---

[1] ［美］费慰梅：《林徽因与梁思成》，法律出版社，2021年。

桂花坳门头，檐下悬"瑞启文明"匾额。

掩，明间檐下悬着"瑞启文明"匾额，门内塞满了黄豆秆。冬日，院落中的树木叶子几乎落光，光秃秃的树枝迎风摇晃，地上铺满了一层厚厚的落叶。

桂花坳正厅面阔五间，中央三间作敞厅，左右与外耳房相接，外耳房是仆人居住的区域，也作庖厨、仓储、猪圈等用途。正厅与正房之间的天井宽阔明亮，地上铺着整齐的石板，正房面阔五间，左右抹角房各一间，前檐横着竹竿，晾晒衣服与咸菜。刘致平如是评价：全部用楠木建造，工作很精细，房架也高大，全宅布置也很方整。[1]

从李庄到板栗坳，如今已无需再攀爬五百多级石梯，顺着山梁下的公路，大约十分钟就能到。从行政区划而言，这里属于永胜

---

[1] 刘致平：《中国居住建筑简史》，中国建筑工业出版社，1990年。

村，与熙来攘往的李庄比起来，永胜村少有游人前来。村中心的广场上，常年聚集着打长牌的大爷，倘若问起桂花坳、田边上，他们才微微侧过头，说："你去那里干什么，我就住在里面。"

下午，79岁的何淑芬走到院子里给鸭子喂食，这窝鸭子是上周才从集市上买来的，指望着年底换几个零花钱。她身后的墙上悬挂着一块棕色标牌："桂花坳——傅斯年旧居 抗战期间，傅斯年在此居住长达六年。"房子是20世纪50年代土改时分的，桂花坳的正厅、正房、耳房、外耳房分别分给八户人家，何淑芬的夫家分到了一部分正厅、正房。十多年前，她将自家一部分天井抹上了水泥，盖起了红砖房子。正房早就无人居住了，堆满了稻谷、农具，木槛窗摇摇欲坠，一阵风吹来嘎吱作响。

关于傅斯年居住的位置，研究者们多认为在左厢房，并非正厅，但他在李庄的住所是桂花坳倒没有太大问题。1942年初，经历了高血压住院、慈母去世等诸多打击的傅斯年，与妻子俞大彩、儿子傅仁轨来到李庄，寓居桂花坳。傅斯年字梦真，山东聊城人，民国八年（1919年）夏考取庚子赔款官费留学生，求学于英国爱丁堡大学、伦敦大学。1926年，傅斯年学成归国，两年后应蔡元培邀请创立史语所，任所长一职。

抗战爆发后，史语所先从北平迁到昆明，又从昆明迁到李庄。此次迁徙，傅斯年先期从昆明到陪都重庆，一刻也没闲着，租赁院落，商讨价格；打通关节，指挥搬迁；筹集经费，购置物资……等到史语所最终在板栗坳立足，他也得以喘口气，在这安静的小山坳中读书写字。俞大彩晚年如此回忆他们在桂花坳的时光：

那是一个水秀山明、风景宜人的世外桃源，我们结庐山半，俯瞰长江，过了一段悠闲的日子……在那段难得的清闲的日子里，不是给儿子讲几段《三国》《水浒》，便是看书写作；有时背着双手，环绕室中，摇头晃脑，不断地用满口山东腔调哼唱诗词，怡然自得。年幼好奇的儿子只在一旁瞠目相视。[1]

傅斯年春秋两季常到重庆参加会议，在桂花坳的日子不多。在学者胡适口中，他是"最能办事、最有组织才干的天生领袖人物"。史语所人员众多，拖家带口，全凭着傅斯年在重庆四处求人、八方联络取得款项，这些学者们才得以在一张张简陋的书桌前潜心做学问——在板栗坳，董作宾打开了装满甲骨的箱子，继续整理甲骨文；史语所、中央博物院筹备处、营造学社联合成立"川康古迹考察团"，吴金鼎任团长，在彭山江口、成都双流、宜宾旧州城等地展开了诸多考古调查。

田塎上 战时后方最大的图书馆

桂花坳旁有一片水田，如今农田改成池塘，荷叶有的变黄，有的还残留着夏天的绿色，四面种上了果树，村民坐在果树下摆龙门阵，顺便拾掇着农活。田塎上在池塘的另一边，它的屋檐几近垮塌，窗户七零八落，山墙上的石灰层层斑驳，这座古老的建筑

---

[1] 俞大彩：《忆孟真》，见聊城师范学院合编：《傅斯年》，山东人民出版社，1991 年。

田塂上张宅远景。灰色小瓦、白色编竹夹泥墙、黄褐色木板房、赭青色石基。

已是风烛残年。

刘致平来到时，田塂上背靠小山，由下厅房、正厅、正房以及左右耳房、外耳房构成，三进院落，整齐明快。下厅房建在长条石垒成的台基上，面阔七间，正中是八字形的龙门，门口悬着"国立'中央研究院'历史语言研究所李庄工作站"门牌。一袭黑色长袍的潘悫站在门口，他1930年加入史语所，参与发掘了安阳殷墟、滕县安上等遗址。

当时，田塂上既是史语所的工作场所，还是史语所图书馆所在地——战时中国后方最大的图书馆。董作宾曾经撰文介绍过这座图书馆的情况，盛赞"这是一座精神食粮的仓储，中国文化的宝库"：

田塝上张宅龙门，一袭黑色长袍的潘悫站在门口，木牌上书：国立"中央研究院"历史语言研究所李庄工作站。

田塝上正厅内部，民国年间这里是史语所图书馆。

这是第一院,是山村入口的第一所,而且是一所最大的房子。大门是一排九间,门内的大厅也是一排九间,中央的七大间是汉籍书库,这无疑的要算大后方唯一的文史图籍最完备的图书馆。再后一进是西籍书库,还有些善本书分存第三院。这里共有中文书十三万多册,西文书一万多册,中外杂志二万册。[1]

正厅面阔七间,天井狭小,左右各有耳房一间。图书馆汉籍书库就设在这里,藏有中文图书13万余册。傅斯年嗜书如命,创立史语所后四处网罗图书,在北平,他时常跑到琉璃厂逛旧书摊,回来时左手一提、右手一提。就这样日积月累,史语所藏书颇丰,囊括了历史、地理、天文、方志、戏曲、小说、考古、碑刻、金石等诸多门类。

正房面阔五间,建立在高台基上,台基下方每隔1米有防火用的水桶一只。民国年间,这里是图书馆西籍书库所在地,约有日文、英文、德文书籍一万余册,中外杂志两万册。费慰梅曾经来过西籍书库,她惊叹:"还有英文、法文、德文和日文关于亚洲考古、历史和发掘的珍稀而重要的出版物,真是再稀奇不过了。"

当年,图书从宜宾转运李庄中途发生意外,一艘驳船失重倾覆,几十个装着珍贵善本、拓本的箱子入水,捞上来早已浸透。傅斯年闻讯震怒,指挥人手在宜宾明德小学开箱晾晒,统计损失。因为这次事故,傅斯年对图书的管理近乎苛刻,史语所只有研究员、副研究员、助理研究员才可以入库借书,倘若谁折角、

---

[1] 咏南:《栗峰上的历史语言研究所》,载《读书通讯》,1943年第58期。

画上记号,一律重罚。

正因为这些珍贵资料,史语所云集了一大批业内翘楚,宋史学家邓广铭晚年回忆因何来到史语所,就说当时北大、武大、南开南迁时都未带图书,只有史语所拥有藏书。而诸如营造学社这样的民间机构,也仰仗于史语所的图书,甚至跟着它再三迁徙。这些珍贵的图书不但是学者们的精神食粮,陪他们度过了兵荒马乱的抗战岁月,更支撑着他们撰写论文、研究课题,让中国文化事业得以薪火相传。

与桂花坳一样,田塆上"土改"时也分给了几户人家居住。如今,下前厅的格局虽仍旧保留着,但龙门早已拆掉了。正厅中央七间因年久失修,早已全部拆除,搭了几个"檐偏子"喂鹅、鸭,只有左右耳房还在,大门用钢丝勒上,房主经年。再往里走,正房面阔五间,左右各有一抹角房。屋檐下白色的电线如同蜘蛛网一般缠绕着檐柱,台基上堆满了破旧的床垫、渔网、木材,一块"永胜村六组24号"蓝色牌子悬在大门上。很难想象,这座抗战时期后方最大的图书馆所在地,居然被破坏得如此彻底。

牌坊头 乡村中的展览

1941年6月9日,板栗坳人头攒动,车水马龙,史语所的先生们纷纷翻出他们箱底的西服、中山装,穿戴整齐,走向牌坊头——史语所的办公场所。在李庄居住的李济、梁思永、陶孟和,也早早动身,李庄乡绅罗南陔、王云伯、张官周等人也应邀前往。今天是"中央研究院"成立十三周年纪念日,自1928年创

牌坊头建于清道光年间,整个宅第建造在台基上,石围墙五六里长,看起来如同城堡一般,林木参天,也是板栗坳最奢侈的宅第。

建以来,这个民国最高学术机构迎来了它的第十三个生日,数十位官员、学者、士绅在牌坊头前留下了一张珍贵的合影。

也就是在这一天,一场别开生面的展览在牌坊头拉开帷幕,开幕式由董作宾主持,董作宾、李济、凌纯声、梁思永担任解说。牌坊头正厅被临时布置成展馆,展品琳琅满目,既有古人类化石、恐龙化石,也有殷墟出土的青铜器、甲骨,以及那些曾经引起争议的头盖骨;其他诸如兵器甲胄、字画珍玩应有尽有。李庄的百姓,同济大学的师生,重庆、乐山等地的好热闹者也纷纷前来参观。

牌坊头是板栗坳最恢宏的一座宅邸,也称"栗峰山庄",高

耸的围墙建在比成年人还高的台基上,林木参天,看起来如同一座森严的城堡。刘致平写道:

> 这所住宅是全板栗坳最奢侈的住宅,它的周围单是石围墙就有五六里长,正厅前面原来地势很低,他们用土石填起,由外面到大门要走二十几步台阶(每步高七八寸),所以由远处看过来很有些城堡气概。[1]

牌坊式山门面阔三间,看起来颇为气派。步入其中,眼前是绵长的台阶,正厅便坐落其上,面阔五间,明间檐下悬着"敕封奋武校尉"匾额,宅主繁先公曾被清朝封为奋武校尉,从八品,志得意满的他将这个头衔制成匾额,悬挂在宅中。正厅前有抱厅七间,看起来如同长廊。

正厅光线充足,里面整理地摆放着长案与太师椅。正厅曾用作史语所小学,傅斯年兼任校长,聘请李庄名媛罗筱蕖、张素宣为老师,傅斯年夫人俞大彩、董作宾夫人熊海平、何兹全夫人郭良玉兼职教学。史语所的子弟大多在这里读书,远在上坝的梁再冰、梁从诫两姐弟,也在院中借读。

牌坊头如今改成了陈列室,展示着"中央研究院"历史语言研究所、社会科学研究所、营造学社等单位在李庄的历史,门口摆了简单的桌椅收取门票。看门人对面墙上张贴着"中央研究院"成立十三周年的巨幅照片,虽然模糊,我还是认出了董作宾、李济、劳榦、潘悫等人,以及时任国民党李庄党部书记的罗南陔,他一袭黑

---

[1] 刘致平:《中国居住建筑简史》,中国建筑工业出版社,1990年。

戏楼院是张宅为宴会演戏专门修建的。图为戏楼外的牌坊式大门,四柱三间,明间额间书"咏南山"三字。

色长袍,站在前排。

看门人对照片中的人物并不清楚,他一直催促我购买20元一张的门票。当年规划展览时,牌坊头因年久失修,干脆推倒了重建,正厅、正房、厢房全部是新建的,那个古老的牌坊头一点痕迹也没留下。

戏楼院 董作宾"唱大轴"

牌坊头后面有个小跨院,董作宾就住在这里,大多数时间,他会走到隔壁的戏楼院整理甲骨文。民国年间有"甲骨文四堂"

的说法，分别是罗振玉（雪堂）、王国维（观堂）、郭沫若（鼎堂），以及董作宾（彦堂）。

戏楼院，顾名思义，是看戏的场所，清代的大户人家常常在宅邸里修建戏台。牌坊头的主人显然更为奢侈，他专门在宅邸旁修建了戏楼院，将戏班子延请到家中演戏，也兼做会客的场所。戏楼院下厅房五间，是下人准备餐食的地方。院中正厅三间，左右各开一侧门，厅前石栏杆雕龙画凤、百花齐放，这是主人的观戏台；对面的戏台出将入相，雕梁画栋。

来到板栗坳后，董作宾与助手将一个个盛满甲骨的箱子打开。1928年10月，史语所甫一成立，傅斯年便委派董作宾前往安阳殷墟调查，于10月13日进行第一次殷墟发掘，选择了三处发掘点，两处在小屯村东北的洹河西岸农田中，另一处在小屯村。发掘进行了17天，共出土800多片刻着文字的甲骨。一个月后，考古学博士李济加盟史语所，任考古组主任，并在第二年春天主持了殷墟的第二次发掘。

1928年10月至1937年6月间，史语所共在殷墟进行了15次发掘，累计出土了数以万计的甲骨以及玉器、陶器、石器，古老的商王朝在一次次考古发掘中逐渐变得清晰起来。这些文物中，最重要的无疑是甲骨。在中国，甲骨文通常被纳入金石学的范畴，如何运用考古材料对发掘的甲骨进行系统研究，这个问题，摆在董作宾面前。

史语所迁来李庄之前，戏楼院已经经年无人登台演戏，董作宾却在这里拉开了一出中国甲骨文研究的大戏，他的弟子、文字学家李孝定如是回忆：

戏楼院是董作宾先生存放、研究甲骨文的场所,当时院落中有不少正在做活路的工人。

这三年中,师徒二人,据大门板摆成桌子的两边,猫在戏楼院的戏楼上,唱了三年戏。我是跑龙套的,戏码就是这本《集释》,彦堂先生是京朝名角,唱的是大轴,戏码是《殷历谱》。这可算是学术界的一段小掌故。[1]

三载寒暑,董作宾窝在戏楼上,潜心研究甲骨文。1945年,

[1] 李孝定口述,陈昭容记录:《我与史语所》,载杜正胜、王汎森:《新学术之路:中央研究院"历史语言研究所七十周年纪念》,1998年。

《殷历谱》一书在李庄石印出版。董作宾通过对甲骨记录中的六十干支日程的收集，编成了《殷历谱》中的35个历法表，推断出历代商王在位时间，此观点一出，立即在中国乃至世界引发强烈反响。第二年，国民政府特颁发嘉勉令：

> 董作宾君所著《殷历谱》一书，发凡起例，考证精实，使代远年湮之古史年历，爬梳有绪，脉络贯通，有裨学术文化诚非浅鲜，良深嘉慰。希由院转致嘉勉为盼。

顺着牌坊头前的小路，我找到了青砖小瓦的戏楼院。院落里，一人高的野草将院落遮得严严实实，碎成几截的雕花栏杆隐藏在草丛中，不知道何时起，砖墙上开了道门，戏楼因挡在门口，自然也免不了被拆除的命运。土改时，戏楼院分给两户人家居住，一户姓张，一户姓王，分别占据了左右厢房，正厅与天井公用。几年前，房主搬离了戏楼院，厢房里堆满了家具。

我的到来惊动了戏楼院旁的刘渊华大爷。刘大爷说，他今年72岁了，10多岁就搬到板栗坳，父母用两只大肥猪，又跟在造纸厂工作的幺爹借了40元，买下了戏楼院下厅房五间房子。2001年，刘家拆除了老房子，建起了二层砖房，拆下的木料都是上好的楠木，请木匠做了新房子的门窗。在板栗坳，刘渊华是不少人羡慕的对象——他家拆得早，住上了新房，其他人家还窝在老房子里。

山高水长 作别李庄

史语所的另外一位考古学翘楚——梁思永,租住在李庄羊街8号的罗南陔家中。梁思永是梁启超次子,梁思成之弟,在美国哈佛大学研究院攻读考古学、人类学。1930年加入史语所,当时殷墟考古正如火如荼地进行着,梁思永参加了第四次发掘,并主持了山东历城县龙山镇城子崖遗址的发掘,后来这处古遗址被命名为"龙山文化",照亮了文明前夜的中国。

每周一上午,梁思永从羊街出发到板栗坳,在戏楼院整理发掘材料,周六返回李庄的羊街罗宅居住。转眼到了第二年,梁思永肺病复发,连床也下不了了,那是他在安阳留下的病根,1932年他因感冒耽误救治转化为肋膜炎。[1]傅斯年认为羊街罗宅条件虽好,但常年阴冷,晒不到太阳,于恢复不利,于是在板栗坳为梁思永布置了新的住所。

新住所恰好选在一处名叫"新房子"的院落。新房子在牌坊头右侧,修建于清同治末年,"比较早年几座住宅要低小轻灵,正房五间,加左右抹角房共七间,进深七架,耳房不掩正房,是一改进的办法"。[2]板栗坳的诸多院落,新房子年代最晚,房子的光线也很充足,傅斯年选了三间上好的房间,请工人安上地板,装上玻璃,并专门做了个晾台。准备妥当后,雇人用滑竿将梁思

---

[1] 岳南:《南渡北归·南渡》,湖南文艺出版社,2015年。

[2] 刘致平:《中国居住建筑简史——城市、住宅、园林》,中国建筑工业出版社,1990年。

新房子建于清同治末年,由下厅房、正房、耳房以及外耳房构成。

永抬了进来。

新房子中有两株茶花树,满树的红花掩映着古朴的屋檐,故也称"茶花院"。梁思永在这里养病期间,难得出门的林徽因曾来探望,对这满院子的茶花心仪不已,看得入神。女儿梁再冰回忆:"在李庄时,妈妈身体稍好时也曾外出一两次探亲访友。她曾坐滑竿到李庄镇西面的板栗坳探望我的三叔——考古学家梁思永,并会见傅斯年、董作宾等考古界的朋友。"[1]

其他几位先生住在财门口,这处院落修建于清嘉庆年间,刘

---

[1] 梁再冰:《我的妈妈林徽因》,见胡木清主编:《梁思成 林徽因影像与书稿珍集》,上海辞书出版社,2019年。

财门口建于清嘉庆年间，因地势所限，下厅房位置较低，因而建成楼房。

致平写道："正房露向天井五间，举架很高大，门窗制作的很精细，室内铺满地板，正房前只有右耳房三间四架，下厅房七间，因为地势骤然低下去，所以用二层楼房。"财门口下厅房位置低，故而建成上下两层，以楼梯与天井相连，院落也不是传统的四合院布局，只设右侧耳房三间。民国年间，劳榦、潘悫、逯钦立、岑仲勉、黄彰健、董同龢、芮逸夫、王叔岷诸位先生都住在这小小的院落中。

下厅房如今已经不见了踪迹，右侧的耳房也被拆除了。正房左右各有一面高耸的封火墙，空荡荡的院落里只剩下了一户人家，我来拜访时，主人正在做饭，他絮絮叨叨地告诉我，建房子的材料是楠木，以前有收木材的来过，说这座房子的木料值二十万，可惜政府不让拆。高压锅的喷气声、炒菜声与他的叹息声混合在一起，飘荡在这座百年老宅中。

下老房在财门口旁边，几年前的一场大火烧毁了这座建筑，烧焦了的木头还勉力支持着房架。屋内瓦砾遍地，房主的旧物散落一地，一具没来得及带走的棺材摆放在堂屋中央。从下老房往上，便是老房子，房主十多年前就搬到镇上了，院子里疯长的杂草比窗子都高。

在几里外的上坝张家大院，梁思成开始撰写《中国建筑史》。自加入营造学社后，他与刘敦桢、林徽因就一直到处考察，如今学社困顿，倒是有时间动笔撰写这本专著了。1944年，梁思成的《中国建筑史》在李庄完成，他终于得偿夙愿——这是中国人自己的建筑史，中国的建筑终于拥有了自己的历史。此时，学社的经费已接近枯竭，一年前，他的挚友刘敦桢离开了学社，前往中央大学任教，离开前夜，两人抱头痛哭。不久，陈明达也转投西南公路局工作。

1946年，史语所的《六同别录》在李庄编印出版。李庄当时属南溪县，六同是南溪古称。这部学术论文集收录了27篇论文，比如屈万里的《不跟辞》、董作宾的《殷历谱后记》、劳榦的《论汉朝的内朝与外朝》、何兹全的《东晋南朝的钱币使用与钱币问题》、芮逸夫的《苗语释亲》等。抗战岁月五年的时间，史语所的同仁用这本厚厚的石印本交出了自己的答卷。

1946年4月30日，重庆国民政府颁布"还都令"，在李庄客居了六年的史语所众人终于要踏上归途。临走前，他们留下"留别李庄栗峰碑铭"，拜谢张氏族人收留之恩。陈槃撰文，劳榦书丹，董作宾用甲骨文题写了"山高水长"碑铭。原碑已毁，新碑如今竖立在牌坊头正厅前：

> 李庄栗峰张氏者，南溪望族。其八世祖焕玉先生，以前清乾隆年间自乡之宋嘴移居于此。起家耕读，致赀称钜富，哲嗣能继，堂构辉光。
>
> 本所因国难播越，由首都而长沙、而桂林、而昆明，辗转入川，适兹乐土，尔来五年矣。海宇沉沦，生民荼毒，同人等犹幸而有托，不废研求。虽曰国家厚恩，然而使宾至如归、从容乐居，以从事于游心广意，斯仁里主人暨诸军政当道，地方明达，其为借助，有不可忘者。
>
> 今值国土重光，东迈在迩。言念别离，永怀缱绻。用是询谋，佥同醵金伐石，盖夆山有记，岘首留题，懿迹嘉言，昔闻好事。兹虽流寓胜缘，亦学府一时故实，不为镌传以宣昭雅意，则后贤其何述？

伴随着史语所的离去，牌坊头、田塝上、桂花坳、戏楼院等院落再次腾空，张氏子孙搬了回来，又过上了"日出而作，日落而息"的生活，只有茶余饭后，他们才想起自己的院落中曾经有过汗牛充栋的图书；曾经有一群堪称民国衣冠的先生们在书桌前秉烛夜书，挥斥方遒。再后来，主人被赶出院门，又住进去了几户甚至十几户人家，偌大的院落被切割成若干人家，变得零碎、破败，逐渐年久失修，也就很少有人记得那些故事了。

戎州故城旧州塔

旧州塔地处宜宾戎州故城，这是唐宋年间戎州州治所在地，元代州治搬回三江口，城池日渐荒芜，成为阡陌，唯有古塔依旧屹立。旧州塔为十三层密檐塔，塔身渐次收缩，姿态优美。北宋文学家黄庭坚谪居戎州期间，曾为士大夫廖及撰写墓志铭，旧州塔砖上出现了"进士廖铎为亡父廖及施砖"铭文，这也是判断它年代的关键证据。

从三江口到上江口

1941年春日的一天,[1]莫宗江从上坝月亮田一个破旧的院落动身,顺着长江走到李庄码头。一位身着黑色长衫、拄着文明棍的中年男子,早已在江边等候。他是罗伯希,李庄开明士绅,出身行伍,早年在二十六集团军办事处任参谋,也是同济大学、"中央研究院"、营造学社等单位迁往李庄的关键人物。

1940年,日寇轰炸昆明,同济大学打算再度搬迁,发动各地校友打听适合搬迁的地址,校友钱子宁在宜宾中元造纸厂出任厂长,接到电报后四处考察选址,最终选定了南溪县,此县在长江边,交通便利,县里也没有其他高校。但南溪县政要、士绅认为高校内迁会抬高物价,造成社会动乱,以"小庙供不起大菩萨"为由加以推辞。恰好罗伯希、王云伯在南溪茶馆里喝茶,听说此事,遂主动邀请同济大学迁往李庄,促成了这段佳话。"中央研究院"、营造学社等单位也随同济大学一同迁入李庄。此后,爱好金石的罗伯希与董作宾、王献唐等人过从甚密。莫宗江听说宜宾旧州坝有座宋代白塔,罗伯希也热心帮忙张罗,干脆陪这个年轻人一同前往。

李庄依江而建,是长江上游一处因水运而兴的古镇,上宜宾、下南溪都差不多二三十公里。这天,船家摇着小舟逆流而上,临近中午转入岷江,旧州坝在宜宾城外五公里、岷江北岸,当地人称戎州故城。

---

[1] 宜宾旧州坝塔、墓的调查时间,据《宜宾旧州坝白塔宋墓》一文记载,当在民国三十年(1941年)。

乱山围古郡，市易带群蛮。庚岭春耕少，孤城夜漏闲。
往时边有警，征马去无还。自顷方从化，年来亦款关。
颇能贪汉布，但未脱金镮。何足争强弱，吾民尽玉颜。

宋嘉祐元年（1056年），苏洵带着苏轼、苏辙兄弟出川参加科举考试，自眉州沿岷江而下，路过戎州，苏轼写下了这首《戎州》。戎州城本在三江口，唐会昌年间金沙江洪水冲毁城池，搬到上江口重建，延续到宋代，元代又迁回三江口筑城。[1] 莫宗江前来考察时，唐宋古城早已是一片荒芜了。

宋时诞生的"唐塔"

罗伯希、莫宗江系舟上岸，沿着山路走上山巅，昔日城壕遗迹历历可辨，围成了一座长1500米、宽500米的古城。牧童赶着水牛，在山坡悠闲放牧，连绵起伏的丘陵中，一座沧桑的白塔拔地而起，塔身曾涂白垩，在漫长的岁月中已经一层层剥落。不知何时，鸟儿衔来种子，它们在白塔的塔顶边角生根发芽，顽强地生长着。

塔门向南，令莫宗江触目惊心的是，底层砖块一层层掉落，砖塔看起来甚至有悬空之感。旧州塔地处荒野，附近百姓顺手牵羊，从塔身随手扒下几块砖回去砌猪圈、修房屋，附近草丛中也散落了众多砖块，这座古塔已经摇摇欲坠。

---

[1] 汪耀奉：《金沙江宜宾842年迁城洪水》，载《四川水利》，1995年第3期。

旧州塔地处宜宾城西北旧州坝,孤峙田野中,十三级密檐式砖塔,收分明显。

旧州坝塔虽建于北宋年间,因地处偏僻,保留了唐塔的特征。

民国年间塔身剥蚀严重,周围遍地砖块。

从唐代开始，戎州城在上江口与三江口之间来回搬迁，而随着城市规模日渐扩张，上江口如今也被纳入了宜宾市的范围。在宜宾街头，我向当地人打听旧州塔，他们说，你问五粮液酒厂就知道了。1958年，五粮液酒厂成立，在岷江北岸建起了成片的厂房。从五粮液大门前左拐进一条小路，两边的砖瓦房业已人去楼空，墙壁上写着大大的"拆"字，来不及带走的旧家具、旧家电堆在路边，这座城中村的居民正在陆续搬离，留下了空空的村子，以及旧州塔。

沿着巷子往前走，一个红色围墙的小院子里林木葱郁，旧州塔就在里面。塔身十三层，高约29.5米，渐次收缩，线条呈曲线形，轮廓刚劲有力。塔身四面形，叠涩出檐，先往外出砖两层，在其上列"牙子"一层，再层层挑出外檐。2013年5月，旧州塔被列为第七批全国重点文物保护单位，并进行了修复。文物工作者补上塔身底层的青砖，重新涂上白垩，并清理了塔身的植物。不久后，鸟儿又衔来种子，在塔身生根，重新长出一丛丛葱绿的枝丫。

宋代是中国建塔的又一高峰，各地纷纷兴建佛塔，留存至今的有苏州罗汉院双塔、上海龙华塔、泉州开元寺双塔、定州开元寺塔、开封祐国寺塔等。四川泸州报恩寺塔、大足北塔也是宋塔。这些宋塔均为楼阁式塔，高者可达70米，直插云霄。佛塔内部与外部层数相呼应，游人可以登临，直至塔顶。

奇怪的是，旧州塔却一反常态，是座密檐式塔，这样的风格唐代流行，比如西安小雁塔、大理三塔之一的千寻塔等。1933年11月，加入学社不久的莫宗江曾在梁思成、林徽因的带领下来到河北正定县，这座小城中有广惠寺华塔、开元寺须弥塔、天宁寺凌霄塔、临济寺澄灵塔四座宝塔，其中开元寺须弥塔就是座始建于唐代的九层密檐式方塔，清秀挺拔，规模比旧州塔略小。

梁思成也注意到旧州坝塔具有唐代特征，在《中国建筑史》一书中，他如是总结："在外观上，属于唐代常见之单层多檐方塔系统，但内室及走道梯阶之布置，则为宋代所常见。盖因地处偏僻，其受中原影响迟缓，故有此时代落后之表现也。"[1]四川古塔往往具有滞后性，当楼阁式佛塔盛行的时候，某些偏僻的地区密檐塔依旧流行。同样，在明代官式建筑已经在中国大地流传之时，四川的明代寺院依旧带有宋元旧俗。

黄庭坚未曾谋面的友人

民国年间的旧州塔塔门洞开，莫宗江从券拱形的塔门走进塔中。旧州塔从外部看十三层，内部却只有五层，密檐式塔的一大特征，就是塔外、塔内层数并不相符。旧州塔第二层的地面大约相当于第一重檐，第五层相当于第八重檐，中间三层三等分，每层之间以螺旋形蹬道相连。

去旧州坝前，莫宗江曾拜访李庄乡绅刘师德，见到了他收藏的塔砖拓片："导者刘仁义与一宅施三千扎""周善利张仲余泉立认壹级砖""司马之才司马泰造第六层""白氏五娘洎男司马竦司马之才司马泰舍钱认第六级""陈竦郭氏合宅造第四层""张仲良施砖一千五百扎""廖氏十三娘……""……合宅施三……""进士

---

[1] 梁思成：《中国建筑史》，百花文艺出版社，2003年。

廖铎为亡父廖及施砖"……[1]

拓片书法风格不一,似乎出自不同工匠之手。当年营造古塔时,戎州城中不少人家前来捐资祈福,司马家族出手阔绰,白五娘与三个儿子司马竦、司马之才、司马泰出资捐了第六层所需用砖;陈竦与夫人郭氏捐资造了第四层;刘仁义、张仲良则各捐了三千、一千五百扎砖……诸多供养人中,有一位进士廖铎尤其值得关注。

绍圣元年(1094年)十二月,受党争牵连,北宋文学家黄庭坚被栽上修《实录》不实的罪名,贬为涪州(今重庆涪陵)别驾,黔州安置,几个月前,苏轼已经离开京城,千里迢迢奔向惠州。绍圣五年(1098年)三月,因避亲嫌(黄庭坚表兄张向提举夔州路常平),54岁的黄庭坚又动身前往戎州。出发前,他向友人打听当地贤达,友人推荐两人,一是王墨(字复之),为人师表,褒善贬恶;一是廖及(字成叟),为人豁达,仗义疏财。黄庭坚大喜,写下"虽投弃裔土,而得两贤与之游,可无恨"的文句。

可惜刚到戎州,廖及、王墨已先后辞世。廖及育有三男二女,长子廖铎、次子廖构、幼子廖桐,黄庭坚谪居戎州期间没有俸禄,生活窘迫,全靠亲友、朋友救济,廖家三子也是慷慨解囊,照应有加。一日,廖铎上门,请为亡父廖及撰写墓志铭,黄庭坚为这位未曾谋面的友人,欣然写下《南园遁翁廖君墓志铭》,其中记述了廖及的两件逸事:

---

[1] 莫宗江:《宜宾旧州坝白塔宋墓》,载《中国营造学社汇刊》第七卷第一期,1944年。

士有负公租将就杖者，遁翁持金至庭曰："愿以此输逋钱，免废一士。"有司义而从之。土俗：病者必杀牛，祭非其鬼。遁翁尝病，亲党皆请从俗祷焉。遁翁曰："不愧于天，吾病将已；天且剿之，于祷何益！"[1]

不足百字，一位贤者的形象跃然纸上。戎州有读书人因家境贫穷，拖欠官府租赋，即将面临杖责，这对读书人而言是奇耻大辱。廖及赶到官府，拿出钱财帮他偿还了债务，士子才免受杖责之苦。戎州旧俗，家中有人生病往往杀牛祭鬼，廖及曾经生病，亲友劝他杀牛祈祷，廖及以"生死有命"加以拒绝。

廖及四十岁那年为自己建造了一座南园，从此不问世事，深居简出，他说："吾期终于此，遁于人而全于天，不亦可乎？"五年后，这位饶有古风的士大夫在南园溘然长逝。元符元年（1098年）十一月，归葬僰道县（宜宾市古称）锦屏山中。

长寿而孤独的旧州塔

顺着蹬道往上，塔中墨书题记犹清晰可见，第二层甬道砖上有"弥勒宫""施主袁世卿造""大观三年□月二十日题"。大观是宋徽宗年号，大观三年（1109年），依旧有人在捐资造塔。第三层廊内甬道券面绘长方形牌匾，中有"释迦圣容"，以及"功德主张

---

[1]（北宋）黄庭坚：《南园遁翁廖君墓志铭》，载《黄庭坚选集》，上海古籍出版社，2016年。

旧州坝塔中仿木结构的斗栱。

评立同寿李氏二娘堂上之亲陈氏四娘洎男女蒂造""大观四年中元日水陆大会斋□□□赞"题记。

元符元年（1098年），廖及安葬于锦屏山，廖铎为他捐砖祈福，此时塔尚在修建中，这说明旧州塔必定修建于宋代。而大观四年（1110年），张评立、李氏二娘夫妻已经参加了水陆法会，说明此时塔已完工。莫宗江进一步推断："综此可断此塔竣工于崇宁至大观三年（1102—1109年）之数年中；为北宋末期遗物。"

旧州坝一塔孤峙，附近并无其他建筑，为何古人会在荒野中修建佛塔？其实，古时佛塔旁往往建有寺院，唐代佛塔建在寺院的中心位置，比如大雄宝殿前；宋代佛塔多建在大殿一旁，或者大殿后部。佛塔是寺院建筑的一部分，在漫长的岁月中，木结构的寺院逐渐消失，坚固的古塔幸存下来，有的甚至比城市的寿命更为长久。

旧州塔也是如此。古塔旁的一通明碑，是明人卞伟撰写的《重修白塔记》，追溯了寺院的故事。莫宗江抄录了其中一段：

……乃随州治迁叙附之花台寺而寺之壮丽一□名埋不饰惟白塔屹立莫移□完如故矣……

在南宋末年的兵燹中，寺院被焚毁殆尽，从此一蹶不振，跟着州治迁回了三江口，依附于花台寺。

元代州治迁回三江口，百姓随之迁徙，旧州塔留在了原地，同样留下的，还有那些亡灵。古塔附近有三座宋墓，其中一座暴露在外，长约13米，宽2.34米，高2.77米，墓室仿木结构，以厚重的条石砌成墓室，再在其上架设梁枋、藻井，雕刻出斗栱、驼峰等建筑构件，看起来如同一座恢宏的宋代宅院。后龛雕"妇人启门"图，一位头梳高髻、身着袍裙的俊俏女子，从门中探出了脑袋。

墓中并无题记，按照惯例，四川宋墓大多为家族墓。当年，戎州城中的某户人家，将祖先葬在城池之外、古塔之下。戎州搬迁后，祖先的亡魂便孤零零地留在了荒野中，守护着同样孤零零的旧州塔。

漫长的调查

拼接观音寺

一 座 明 代 寺 院 的 营 造 与 重 现

对于新津观音寺的雕塑,梁思成有"观音、文殊、普贤三大士像,姿貌英挺,神采奕奕,如霜隼秋高,扶摇下击,明塑中得此,大出意表"[1]的评价。1941年,营造学社在观音寺拍下了177张照片,这些零碎的照片,拼成了完整的观音寺——它中轴线上曾有十二重明清建筑,楼阁相连,檐牙交错;建筑中供奉着诸多明代、清代塑像,如今大多化为乌有。

---

[1] 梁思成:《观音寺观音殿及大雄殿》,载《西南建筑图说》,人民文学出版社,2014年。

177张照片记录的观音寺

成都新津区九莲山中，有座明代古刹——观音寺，现存山门、弥勒殿、接引殿、毗卢殿、观音殿，后两座建筑创建于明天顺、成化年间，历来以吴带当风的壁画与吹影镂尘的雕塑闻名于世，甚至有"小敦煌"美名。

营造学社在观音寺拍下了177张照片，是在四川拍摄照片最多的一处建筑，为何他们如此不吝惜胶卷，又是何时到了观音寺？1939年11月，营造学社的"川康古建筑调查"已经进行了两个月有余。5日，在彭山县，刘敦桢向杨县长打听观音寺的状况，他刚到成都，就听史学家顾颉刚说起寺中有明代壁画。杨县长说新津治安不佳，时有土匪出没，考虑再三，刘敦桢最终放弃了前去调查的念头。[1]

两年后，刘致平在四川做了一次明代寺院考察，走访了新都寂光寺、广汉龙居寺、峨眉飞来寺等，其中也包括新津观音寺。[2] 陈明达也参加了部分调查，观音寺一张照片中，头戴圆顶帽、身着衬衫、挽着袖子的陈先生，正拎着工具包走向弥勒殿。陈明达5月从李庄乘船到彭山，参加江口崖墓发掘，中途曾在成都停留，可能与刘致平一同到了观音寺。

观音寺现存明清建筑五重，但营造学社照片中的许多建筑

---

[1] 刘敦桢：《川、康古建筑调查日记》，载《刘敦桢全集》第三卷，建筑工业出版社，2007年。

[2] 刘致平：《西川的明代庙宇》，载《文物参考资料》，1953年第3期。

是如此陌生，也就是说，营造学社来时，当时观音寺还有其他建筑存在，且数目不少。刘致平记下了寺院布局，民国年间的观音寺，山门、二道山门（即弥勒殿）、孔雀殿、地藏殿、接引殿、毗卢殿、玉皇楼、观音殿、无量寿殿、罗汉殿、千手观音殿、藏经楼在中轴线上层层递进，共十二重。顾克勤、汤济苍两位老人也曾回忆过观音寺的布局，证实十二重殿由来非虚。[1]

177张照片只有一个名字——观音寺，编号从1到177。我的工作，是辨认出零碎的照片属于哪些建筑，并拼接成一个完整的观音寺。

空地上曾经的三座殿

新津素有"水城"美誉，境内河流纵横，南河、西河、金马河、羊马河、杨柳河在县城东南汇入岷江，唐代诗人王勃的"城阙辅三秦，风烟望五津"中岷江"五津"之一的江南津，相传就在这里。营造学社考察前，时任齐鲁大学国学研究所主任的顾颉刚先生曾到新津游历。1940年12月21日上午8点，顾颉刚从双流县坐胶皮车，沿川滇公路，四个多小时来到新津渡。夏秋季节桥梁常被洪水冲毁，当地人在渡口搭浮桥往来，来年四五月再拆除。[2]

新津县城是清乾隆年间修的，狭长的城池设有五道门，东

---

[1] 顾克勤、汤济苍：《观音寺原貌回忆记》，见方世聪、车永仁编著：《新津观音寺佛教艺术》，天津人民美术出版社，2013年。

[2] 顾颉刚：《新津游记》，载《顾颉刚文集》，中华书局，2010年。

观音寺准提殿，又名孔雀殿，建在台基之上。

门长乐门，西门太平门，北门兴义门，大南门武阳门，小南门汲清门。第二天，顾颉刚从大南门乘舟，四小时到商隆场，步行登山，约两公里走到观音寺。刘致平、陈明达如果从成都出发，路线可能与他类似。

观音寺坐落在新津县城西南七八公里的九莲山麓中，其山九峰环拱，状若九朵莲花盛开，素有"莲华接翠"美誉。牌坊式山门拔地而起，木柱瓦顶，字牌上书"九莲盛景"，两侧八字形山墙。迈过山门是弥勒殿，供奉大肚弥勒。这座朴素的建筑三开间，规模不大，民国年间后檐翼角已坍塌。

如今的弥勒殿后有一大片空地，其后便是接引殿。民国年间，这片空地却大有乾坤——孔雀殿、地藏殿、三霄殿就在此处。孔雀殿面阔三间，明间正中设神龛，准提佛面相方正，眉毛颀长，眼睛微睁，结跏趺坐于孔雀之上。

孔雀殿后有株枝繁叶茂的黄桷树，地藏殿在黄桷树左侧。它建立在台基上，面阔三间，明间开敞，殿内中柱之上彩塑巨龙，龙头高昂，童子眉目清秀，身披帛带，脚下踩着祥云。刘致平认为孔雀殿、地藏殿可能是明代建筑，地藏殿中柱上出插栱，承托雀替，确实有明代传统。

地藏殿右侧还曾有座三霄殿，从照片来看，它很是简陋，三间瓦房，连格子门都没有，殿中设坛，供奉云霄、碧霄、琼霄三位女神。《封神演义》中，"三霄娘娘"是赵公明义妹，在碧霞宫炼成金蛟剪和混元金斗两件宝物，又布下九曲黄河阵，众仙家一筹莫展，最后元始天尊、太上老君亲临才破了此阵。姜子牙主持封神仪式，将她们封为主管生化万物之神。中国人历来信奉多

地藏殿又名昆卢殿，面阔三间，周以围廊，前檐悬明成化二年"十方丛林"匾额。

地藏殿中柱彩塑蟠龙，龙首高昂，童子站立在龙头。

子多福，三霄娘娘在民间极受尊崇，各地道观、寺庙中常设有三霄殿。

弥勒殿如今还在，与民国年间相比，前檐廊下左右多了土地、山神的塑像，殿里的大肚弥勒也是新塑的了。弥勒殿往上有个台基，如今空空荡荡，昔日应该是孔雀殿的位置。台基左边有个仿木的凉亭。夏天的新津，闷热的天气往往会持续到太阳落山，当地人喜欢在凉亭中乘凉、拉家常，待到凉风吹动树枝，鸟儿纷纷回巢，他们才摇着蒲扇往回走。

亭中有块石碑，上书：宋少保张商英故里。观音寺始建于宋代，据说是宋代少保、号无尽居士的张商英舍宅创建的。张商英是新津人，治平二年（1065年）得中进士，因追随王安石变法，一生宦海浮沉，宋徽宗大观年间出任尚书右仆射，去世后获赠少保。

观音寺中有块《九莲山平盖治观音禅寺重修记》，立于明弘治三年（1490年），记载了寺院渊源：新津九莲山平盖治观音寺，距城三十里许，宋淳熙辛亥创建。断碑犹存，顾颉刚曾对碑文进行考证，认为年号有误。淳熙是宋孝宗年号，共16年，无"辛亥"年，淳熙八年为辛丑（1181年），宋光宗绍熙二年才是辛亥（1191年）。新津观音寺可能修建于1181—1191年间。张商英宣和三年（1121年）病逝，舍宅之说，自然无法成立。

北京御用监匠

民国年间的地藏殿与接引殿屋檐相接，接引殿如今尚存，建立在高台之上，面阔三间，进深九架。从照片来看，建筑格局并无太大变化，连墙壁彩绘的铁拐李、吕洞宾壁画都隐约可见。但殿中塑像，却是沧海桑田。

1941年的接引殿，殿前有尊威武的王灵官像，他白脸红须，头戴道冠，左手捏灵官诀，右手执金鞭，身着铠甲，身后彩带飘舞，足踏风火轮。接引殿中围以栏杆，内有三尊高2米有余的塑像。阿弥陀佛面如满月，慈悲肃穆，身披袈裟，衣纹流畅自然，左手平伸于胸前，右手施与愿印，跣足站立在莲台上。观音、大势至菩萨头戴华丽的花冠，身披天衣，璎珞遍体。

接引殿建立在高台之上，紧邻地藏殿，殿前有王灵官塑像，王灵官左手持灵官诀，右手执金鞭，身着铠甲，身后彩带飘舞，足踏风火轮。

接引殿供奉西方三圣，即阿弥陀佛、观音、大势至菩萨，惜今已不存。

接引殿中曾有个石质香炉，底座为云纹构成的同心圆，四角兽足，其上镂空云纹，炉身题记隐约可见：

接引殿石雕香炉，香炉上的题记，讲述了石匠郑氏兄弟参与营造观音寺的故事。

北京御用监匠见寓

四川新津县居奉

佛喜舍信士郏宏明郏宏清（邓胜）中

郏宏章上同母金妙音同缘戴氏

妙清段妙成王妙祥□□

……[1]

香炉今已不存，幸运的是，毗卢殿的一件明代香炉上，也留下了"匠人郏宏明、郏宏璋、郏宏清、唐安，梓匠周觉中"镌记——这件香炉也出自郏氏兄弟之手。郏氏兄弟是新津本地的石匠，一家人信奉佛法，此番观音寺营建，他们不但捐出资财营建观音殿，还采办石材，雕刻了寺中的香炉。而接引殿中的香炉上出现的"北京御用监匠"几个字，又是何意呢？

御用监是明朝皇宫十二监之一，是宫廷专司造办用品的机构，监中网罗了大批工匠，专为宫廷服务，负责御前安设的象牙、白檀、紫檀、填漆、雕漆、扇柄等，甚至刻书、绘画也归其掌管。明朝营建都城，或者营造某些大型工程之时，往往会从全国各地征发能工巧匠，交由御用监统一管理，由此看来，郏氏兄弟可能因手艺高超，到北京御用监听用，返回新津后参与了观音寺的营建。

接引殿与左侧的龙神殿、右侧的祖师殿，以及毗卢殿构成一重天井。龙神殿面阔三间，堂中供奉龙神，悬有铁钟一口，铁钟在

---

[1] 香炉今已不存，题记系通过营造学社照片释读。

"大炼钢铁"运动中被砸烂了炼铁,龙神倒是留存了下来,它威武赫赫,身披铠甲,被涂抹上艳丽的油漆。对面的祖师殿同样面阔三间,里面供奉着观音寺历史上的高僧大德,如今改成了僧舍。

壁画雕塑双绝

毗卢殿与观音殿是观音寺主体建筑,也是两座明代建筑。毗卢殿建立在台基之上,面阔三间、进深亦三间,方方正正,单檐歇山顶古朴肃穆,檐下斗栱五踩重昂。稚嫩的儿童坐在门槛上,打量着学社这些不速之客。

刘致平步入殿中,毗卢殿明间尤宽,后部设坛,其上供奉三身佛。毗卢遮那佛头戴花冠,面容慈悲,眼睛微睁,大耳垂肩,身披袒右袈裟,双手于胸前结印。卢舍那佛、释迦牟尼佛分列左右,三佛背后均有华丽繁复的背光。梁枋之上,憨态可掬的童子脚踏祥云,环绕佛像周围。东西两壁壁画,普觉、普眼、贤善首、辨音等十二圆觉菩萨似乎正在聆听毗卢遮那佛说法,娇媚的天女在天空撒下花瓣,日宫、月宫、韦驮、鬼子母、雷神、阎摩罗王等二十四诸天穿插在其中。

南宋末年,蒙古铁骑入蜀,四川寺院焚毁大半,观音寺亦毁于战火,明代才开始艰难的重建。宣德七年(1432年),京师三大藏传佛教寺院之一的大能仁寺高僧福宾(大权和尚)云游至此,在功德主赵子隆等人协助下,招募工匠,营建毗卢殿,天顺六年(1462年)完工;成化二年(1466年),殿中三身佛塑妆完成,妙相具备。

新津观音寺营造大殿的消息不胫而走，附近乡民纷纷慷慨解囊。大明成化年间的一天，新津人彭觉寿与夫人李氏，儿子彭瑾、彭纪等，从太平乡出发，走了十多里路，来到观音寺，在寺僧指引下，走进毗卢殿。毗卢殿中塑着毗卢遮那佛、卢舍那佛、释迦牟尼佛，可惜四壁还空空如也。彭觉寿一心向佛，听闻寺僧正在化缘，募集资金绘制壁画，遂捐出积蓄，认领了一幅普眼菩萨，以及东方持国天王、西方广目天王。完工之日，工匠留下了这则墨书题记：

四川新津县太平乡居奉佛信士彭觉寿同缘李氏五，男彭瑾，彭纪、郑氏六，女彭妙真，孙彭万禄，泊家春等，喜舍资财，本境观音寺绘画佛普眼菩萨、持国广目尊天，祈布见世福田，预种当来福者。[1]

同在太平乡的郑宏与妻子郑氏，儿子郑希仁、郑希道，捐资了圆觉菩萨、紧那娑迦尊天；黄文达与妻子张氏，儿子黄彦禧、黄彦齐、黄彦碧，捐资了普觉菩萨、日宫、阎摩罗王尊天。顺和乡罗源一家捐资了贤善首菩萨、星宫、雷神尊天，连嘉定州邛县的几户人家也慕名而来，邛县的一户王姓人家，给爱女捐了毗卢殿背屏后部的大幅壁画——《香山全堂》，祈求爱女转世成男。善男信女的心意，经由匠人之手，化成一铺铺壁画，成化四年

---

[1] 题记现存，其中的"家春"，疑为"家眷"，见方世聪、车永仁编著：《新津观音寺佛教艺术》，天津人民美术出版社，2013年。

毗卢殿明代摩利支天壁画。

（1468年），毗卢殿壁画最终完工。

如今的毗卢殿，建筑结构与当年并无太大区别，殿中塑像、壁画也完好保存着，并在2001年被评为全国重点文物保护单位。东、西壁每面壁画六幅，由于山墙立柱间隔不同，形成北铺一幅、中铺三幅、南铺二幅的布局，除了十二圆觉菩萨，还有二十四诸天、天女、供养人等。

四川明代寺院中常绘有十二圆觉题材，比如蒲江河沙寺、广汉龙居寺等，观音寺毗卢殿显然是其中的佳作。辨音菩萨面如满月，蚕眉细眼，花冠垂下珠饰，左手抚膝，右手持宝如意珠，结跏趺坐于须弥座上，身披黑、红两色天衣；威德自在菩萨璎珞遍体，衣饰疏密有致，线条流畅生动，一气呵成。

二十四诸天亦是各有特色，韦驮青年武将形象，英俊豪气；密迹金刚上身赤裸，浓眉大眼；日宫柳眉杏眼，形如文官；雷神额头高耸，状如胡人；阎摩罗王威严肃穆，面色凝重；摩利支天三头六臂，威风八面……

通常认为，观音寺壁画与北京法海寺相似，当年御用监的匠人，可能从京师带来了粉本。法海寺建于明正统四年（1439年），由御用监太监李童主持营造。

毗卢殿后有片空地，其后即为观音殿，面阔五间，进深十架，单檐歇山顶，檐下斗栱五踩重昂，明间、次间补间铺作两攒，梢间一攒，斗栱稀疏，与明代官式建筑迥异，保留了蜀地古老的传统。刘致平当年来到此殿，感慨万千：这殿是我所见明代

观音殿内部,金柱彩塑童子,正中设坛,供奉观世音、文殊、普贤三大士像,坛有明代石质香炉三座,明代优昙婆罗花两盆。

庙宇里最大最精的一座殿,而且像设也都很完整。[1]

如果说毗卢殿是壁画的天堂,观音殿便堪称雕塑的王国。大殿正中设坛,塑观音、文殊、普贤菩萨,童子环绕,左右真人大小的罗汉46尊,两侧山墙上还有五百罗汉,背屏之后塑普陀山、五台山、峨眉山三大道场。

---

[1] 刘致平:《西川的明代庙宇》,载《文物参考资料》,1953年第3期。

比起毗卢殿，观音殿的营造历时更久，从明成化五年（1469年）一直持续到嘉靖三十四年（1555年）。成化五年，观音殿破土动工，成化十一年（1475年），观音菩萨塑像完工，莲座花瓣上沥粉题记犹存："成化十一年，塑匠四川荣县昌本澄、昌本洛，妆彩江西南昌雷昌胜、罗宗江"，来自四川荣县与江西南昌的塑匠、妆匠，来到新津塑妆了这件作品。接下来的几年，五百罗汉、三大道场雕塑陆续完成。嘉靖三十二年（1553年）、三十四年（1555年），随着文殊、普贤两位菩萨前的石香炉雕凿完毕，这场持续了八十多年的营造才告一段落。

因为维修，观音殿常年大门紧锁，已经多年未曾对外开放了。这是座幸运的明代殿堂，与营造学社的照片相比，大殿格局并无太大变化，菩萨、罗汉、童子塑像栩栩如生，似乎未曾经历八十多年的时光。山墙彩塑楼阁庙宇、山峦洞窟、小桥流水、山林村落，五百罗汉分上下四层，或坐或立，或嬉或怒，或闲或忙，或老或少。倘若仔细观察，罗汉身上还能看到"信士谭本德""信士本通""信士李秀""信士郑德明""信士李文寿""李春和、王沛南、郑世泽、艾凤德""信士张日升""信女刘清现"字迹。当年观音殿主体完工后，附近的乡民也加入进来，各自认领了一尊罗汉，有的人家日子拮据，就几个人一起捐资。时至清代，附近的乡民又以家庭为单位，给罗汉妆彩贴金——墙壁上的罗汉，不知寄托了多少家庭的希冀。

观音殿背屏后部通壁长14.3米，高5.6米，塑造了观音菩萨的普陀山、文殊菩萨的五台山、普贤菩萨的峨眉山三大道场。五台山胜境中，文殊菩萨头戴花冠，全身贴金，游戏坐于山间，左脚踏莲台。背后彩霞映日，云朵飞扬；层峦叠嶂，山路蜿蜒；歇山顶的楼阁穿插在其中，鸱吻衔脊，连格子门上的门神、花卉都清晰可见。

普陀山胜境中的观音飘海图，历来被认为代表了观音寺雕塑的最高成就。蓝色的海浪翻滚，金色的鳌从海浪中伸出脑袋，观音菩萨脚踏鳌头，身材修长，披着天衣，衣带飘舞，似在乘风破浪。十八罗汉或骑虎，或驭象，或驱狮，或踏水，或乘鳖，或骑鱼，或坐浮槎，神态自若，逍遥渡江，身形在海浪翻滚中，面色却不动如山。明代工匠的手法如此高超，运用了影塑、悬塑、堆塑诸多技法，在这小小的空间中塑出了海浪翻滚的壮阔。

欣赏观音飘海图的最佳时间是阳光晴好的日子，随着格扇一扇扇开启，原本黑黢黢的墙面逐渐有了层次。宝蓝色与灰色相间的海浪，蓝色的山峦，五彩的云朵，黄色琉璃瓦的楼阁，红色的鱼，白色的象，黑色的鳌，在墙壁上一一显现出来，那些原本隐没在黑暗中的佛国胜景，如同明代画卷一般，徐徐铺开，五彩纷呈。

重现十二重殿堂

毗卢殿与观音殿间的那片空地，1941年时耸立着一座二层楼阁——玉皇楼，面阔五间、进深九架，金柱彩塑童子，巨龙缠绕，殿中有镂刻香炉一座。玉皇楼此前被认为是清代末年修建，但照片中的童子、香炉却带有明代特征，这座建筑可能明代即已修建，清代重修时用了一些旧材料。

玉皇楼上层供奉玉皇大帝，下层供奉文昌帝君，玉皇大帝位

玉皇楼明间开敞，金柱彩塑蟠龙、骑云童子。

列道教四御之首，是《西游记》中天庭的主宰。文昌帝君主管科举功名，也是中国科举之神。清代诸如三霄娘娘、王灵官、关公等道教神灵逐渐在寺院占据一席之地。道教与佛教，你中有我，我中有你，一同守护着芸芸众生。

观音殿后地势陡然升起。两株大榕树下是曾经的无量寿殿，面阔五间，进深十一架。殿中空空荡荡，正中供奉一尊佛像，他面容方正，面带笑意，大耳垂肩，双手施禅定印，背后有华美的背屏。背屏下层两条蟠龙翻滚，龙首反顾，似在腾云驾雾。刘致平在佛像身上发现了明成化九年（1473年）题记。

无量寿殿建于清同治九年（1870年），明代末年，八大王张献忠屠蜀，观音寺部分建筑毁于兵燹，清代才又开始了漫长的重修。一通清代《德清和尚功德碑铭》碑，讲述了德清营建寺院的

观音殿后地势陡高，无量寿殿坐落其上，殿中有明代无量寿佛一尊。

千手观音全身饰金箔，十一面，手中持宝瓶、宝镜、宝印等法器，身后背屏显露千手。

历史。德清和尚俗姓周,四川什邡人,咸丰末年出任主持,当时观音寺殿宇不齐,佛像倾颓,每年收租谷仅十五石。德清和尚先是于同治九年重建无量寿殿,光绪六年(1880年)、七年(1881年)修接引殿、龙神殿,十四年(1888年)装修玉皇楼,并陆续兴修了弥勒、三仙、川主等殿,租谷也增至七十余石。

无量寿殿之后还有个四合院,罗汉殿与千手观音殿就在院中。民国年间,这个院落就已经荒草萋萋,石砌香炉中长出杂草,看来已经经久没有香火了。真人大小的十八罗汉在左右两庑,破败的袈裟业已掉色,身躯也已破落,露出里面的泥胎。院

从观音寺后部高地远眺寺院,依次为藏经楼、千手观音殿、无量寿殿。

落正中殿堂供奉十一面千手观音，她全身饰金箔，头戴花冠，身披天衣，手中持宝瓶、宝镜、宝印等法器，身后背屏显露千手，两侧各有护法神将一尊。

千手观音殿后，便是观音寺的最后一重——藏经楼，也称摩光佛殿。中国的寺院，往往起于山门，终于藏经楼。学社拍下的照片中，藏经楼是个二层楼阁，面阔五间，门窗七零八落，殿中角落摆放着一些佛像、菩萨，挤在小小的神坛上，有的面目模糊，有的背光散落成两半。如今，照片中的无量寿殿、罗汉殿、千手观音殿、藏经楼皆已不存，寺僧在这片空地上修起了新的殿宇。

一个有趣的现象是，观音寺接引殿、无量寿殿、千手观音殿兴修于清代，但殿中塑像却是典型的明代风格。我们似乎可以推断，明代观音寺已经形成了十二重殿规模，明代末年，不少建筑毁于兵燹，但塑像尚有完好者，便供奉在了清代重修的新殿堂中。一些残破的塑像无家可归，就安置在藏经楼"安度晚年"。

这些塑像幸运地躲过了明末的战火，不幸的是，它们却没有一尊保留至今。20世纪六七十年代，佛像、菩萨被砸成几截，香炉也被砸成碎片。

这几座佛殿的命运也是一样，它们熬过了兵燹，却没有熬过运动和岁月。伴随着佛像的消失，空空荡荡的殿堂逐渐荒草丛生，成群结队的耗子在里面随意穿梭，又过了若干年，它们逐渐破落，最终烟消云散。唯有那榕树还在，80年后，它们长成了参天大树，枝繁叶茂。

20世纪六七十年代寺中众多佛殿惨遭浩劫，为何毗卢殿、观音殿完好如初，甚至连殿中造像也没有损坏呢？原来，观音寺1956年即被列为四川省文物保护单位，但划定的范围只是两座明代建筑，不包括其他十重殿。1966年六七月间，成都"红卫兵"准备到观音寺"破四旧"，新津县听到消息后，决定先下手为

观音寺中曾有诸多雕塑，可惜如今皆已不存。

强，当即就召集一行人，将接引殿里的西方三圣，无量寿殿里的无量寿佛，玉皇楼的玉皇大帝、文昌帝君套上绳索拉倒在地，尔后砸毁头部、身躯，连藏经楼里残破的佛像也难逃浩劫。再后来，失去维护的建筑因年久失修损坏、坍塌，逐渐了无痕迹，也就形成了观音寺现在的布局。

宋代创立的观音寺，明代浴火重生，经过几代僧人的接力，最终形成了十二重殿的规模。明末战乱，观音寺几经重创，却依旧留下了准提殿、地藏殿、毗卢殿、观音殿等明代建筑以及诸多塑像。清代重修，数十年后又遭毒手。如今，观音寺只留下了明代的毗卢殿、观音殿以及清代的山门、弥勒殿、接引殿，后人又兴修了一些现代建筑，但何时才能回到昔日规模呢？

自宋代以来，观音寺地盘并无太多变化，现在的空地，昔日曾见缝插针地挤进了很多建筑，楼阁相连，檐牙交错；佛道融合，济济一堂。可以想象，当年刘致平、陈明达来到这里，一定惊诧于观音寺的规模，这才留下了如此多的照片。

四川省内的大型寺院，主轴线上的殿堂大多不过五重。比如成都文殊院，中轴线上由山门、三大士殿、大雄宝殿、说法堂、藏经楼构成；新都宝光寺，清代尚存山门、天王殿、七佛殿、大雄殿、藏经楼，其后虽在左侧新建了罗汉堂、净土院，中轴线却变化不大。已故建筑学家庄光裕先生曾提出，弄清观音寺十二重的布局，对于恢复四川大型寺院的布局，或许有所帮助。

广汉照片中的古城标本

川康古建筑调查的诸多城市中，小城广汉或许是最特殊的一处，营造学社两次造访，留下了这里的560张照片，龙居寺、龙兴寺、城隍庙、关岳庙、娘娘庙、文庙、奎星阁、湖广会馆、陕西会馆、溪南祠……几乎囊括了广汉城内外的所有古建筑。他们为何如此青睐这座西南小城？透过这座小城，古老中国城市的影子呈现在大众眼前。

1939年的偶遇

11月18日下午两点,梁思成、刘敦桢、莫宗江、陈明达四人从西城门走进广汉城。午后的阳光驱散了成都平原冬日的阴冷,洒在重檐歇山顶的门楼上,斑驳的城墙上绘有"万众一心"四个美术字,背着长枪的士兵在城门前站岗,令人嗅到战争的气息。

在丽芳旅馆下榻后,三点,刘敦桢去县政府拜访县长孙完

广汉西城门,券拱上写着"驱除倭寇"四个大字,城墙上"万众一心"美术字也清晰可见。

先。[1]广汉县政府昔日曾是州衙,衙门内曾有座木质牌坊,檐下字牌刻着十六字"戒石铭":"尔俸尔禄,民膏民脂。下民易虐,上天难欺。"这是宋太宗训诫官吏的话语。民国元年(1912年),宣统皇帝退位,中国各地衙门纷纷改旗易帜,刘敦桢来时,戒石铭已换成"天下为公"四个大字了。

孙县长派遣王俊之做向导,陪同学社考察了文庙、开元寺、张家花园、广东会馆。民国年间,文庙已改成广汉公园,中心广场有一尊高1.3米的自由女神像,像下四方碑每面刻"自由之光普照世界"八个大字。这是川军师长陈离驻防广汉时创建的,他还在碑下写了篇《自由之神序言》,署名"安岳陈离"。大公堂是公园的主体建筑,堂内设有会议厅、音乐厅、文娱室,公园中还开辟了篮球场、足球场、体育场等。这座小城开明的风气,令学社深感意外。

广汉公园改造时,文庙万仞宫墙、照壁被拆除,保留了棂星门、戟门、大成殿等建筑。棂星门规模宏大,高8米、面阔14米,由6根大石方柱构成,柱脚内外石抱鼓雕刻形态各异的蹲狮,中门正脊有一莲花宝顶,两侧对称排列六根望柱,中间门额镌刻"棂星门"三个烫金大字,周围镂雕龙纹。额枋、挑檐枋上,雕刻"麒麟吐玉书""白鹤闹松""喜鹊闹梅""蟾宫月兔""精卫填海""三阳开泰"等图案近百幅。连见多识广的刘敦桢也颇为

---

[1] 《广汉县志》作孙宪先。

广汉街景,街边悬山顶建筑上建钟楼,大街熙来攘往,人山人海,挑着水桶的,怀里夹着布匹的,抽着水烟的,扫地的,称东西的,摆龙门阵的,也有穿着军装的军人。

惊叹,他在日记中写道:"其棂星门六柱五间五楼,甚特别。"[1]

开元寺在县城东北,大半地盘已为幼儿园占据,原本在殿堂中的菩萨、天王只得搬了出来,栖身在桂花树下。张家花园是张

---

[1] 刘敦桢:《川、康古建筑调查日记》,载《刘敦桢全集》第三卷,中国建筑工业出版社,2007年。

氏的宅子，大门看起来不起眼，内部却别有洞天，花厅楼阁，假山叠翠，广汉人称"大观园"。

傍晚六点，广汉上空响起警报声，一个半小时后才解除，出来业已天黑。第二天上午，学社匆匆离开广汉，前往德阳，他们或许不会想到，自己与眼前这座城市，日后还将有着千丝万缕的联系。

包裹里的老照片

1940年秋，日本侵占法属印度支那北部，昆明也不安全了，"中央研究院"历史语言研究所决定随同济大学、中央博物院筹备处等文教机构北迁四川李庄，一向依赖史语所图书资料的营造学社不得不随之北迁，傅斯年、李济、陶孟和、董作宾、童第周等学者纷纷到来。李庄，这个长江畔的小镇成了抗战时期的文化中心。

在颠沛流离的抗战岁月，生活尚且不易，营造学社无力组织大规模古建筑调查，内忧外患之际，广汉县抛来了橄榄枝。广汉是国民党元老戴季陶故乡，1941年春夏之交，时任重庆国民政府考试院院长的戴季陶回到家乡，倡议以新式体例重修县志，遂延请国立编译馆郑鹤声、康清两位先生来县，成立修志调查委员会，并找到营造学社，请他们拍摄一套完整的建筑影像资料。国立编译馆成立于民国二十一年（1932年），负责文化书籍与教科图书的编译与审查，1938年内迁重庆。在石龙桥与何氏坊前的照片里都出现了一袭白衣的郑鹤声，他是浙江诸暨人，中国近代史研究的开拓者。

林徽因到李庄后肺病加剧，终日卧病在床，几个月前，弟弟林恒在成都空战中殉国，更令她心力交瘁。梁思成带着刘致平，6月下旬抵达广汉。刘致平1928年考入东北大学建筑系，1935年加入营造学社，任法式部助理，他对中国民居有着浓厚兴趣，觉得里面体现了工匠的智慧与生活的技巧，此次广汉之行，这个年轻人如鱼得水。

那时候的广汉县，是成都平原典型的小城市，西南方向高山矗立，东部低矮的丘陵连绵，中部则是大片肥沃的平原，青白江、鸭子河、石亭江自西北流入，带来了水源，也孕育了文明。广汉县下辖城守镇、三水镇，以及连山、松林、新兴、金轮、中心、南兴、兴隆等21个乡场，人口约27万。

县治设在城守镇，镇中有座古城，唤作雒城。看过《三国演义》的读者或许对雒城不无印象，演义第六十二回"取涪关杨高授首，攻雒城黄魏争功"，刘备得了涪水关，与军师庞统兵分两路剑指雒城，蜀将张任在城外落凤坡设伏，立功心切的庞统死于乱箭之下，一代凤雏英年早逝，不知令多少三国迷唏嘘感慨。

在漫长的朝代更迭中，雒城几经废立，清乾隆年间再次重建。蜿蜒的护城河，围起一座四方形的城池，周长五公里的城墙有垛口3271个，设有东门朝阳、南门熏风、西门迎爽、北门承恩四道城门，东、南、西、北四条正街是古城主要通道，街上牌坊林立，商铺鳞次栉比，文庙、城隍庙是城市的中心建筑，开元寺、牛王庙、药王庙、文昌宫沿着城墙分布，而湖广会馆、四川会馆、溪南祠、透龙祠、黄氏祠等则隐藏在大街小巷中。

城里的公共建筑大多是清朝遗留下来的，县政府、卫生院、邮政局、警察局这些有着洋气的名字的场所，也栖身于古建筑中；城外的乡镇中，还散落着数不胜数的寺院、宗祠、会馆、民居。梁思成、刘致平沉迷于龙居寺壁画的飘逸古朴，感慨城隍庙的沧桑变化，流连文庙棂星门的细腻繁复，体会葫芦茶社的五味杂陈，留下了一整套建筑物的照片，并进行详细测绘，这也是营造学社停留时间最长、拍摄建筑最多的一座县城。

这些珍贵的照片一度不知所终。2008年，央视编导胡劲草拍摄《梁思成 林徽因》纪录片时，在清华大学建筑学院资料室查阅资料，偶然发现一个包裹，里面放着560张黑白照片——这正是当年营造学社在广汉拍摄的全套，它们终于重见天日了。

寺院

广汉县的古建筑，以新丰乡龙居寺历史最为久远。出南城门，青石板铺成的古道被鸡公车碾出一道道车痕，南来北往的商贾匆匆走过，听到清白江哗哗的水声，龙居寺就到了。

龙居寺中殿长十米、宽十米，方方正正，歇山式的房顶如同一块古老的青铜钺，展现出明代建筑的古朴大方之气，两条戏珠的砖龙在正脊游走，几只脊兽落寞地站立着，民间也将它们唤作"五脊六兽"，用来比喻百无聊赖之人。中殿前梁上有则楷书题记：

惟大明正统十二年岁次丁卯十二月癸丑十二日已值□黄道吉日建立龙居禅寺。

龙居寺山门悬山式屋顶，上刻"龙居古刹"四字，左右各有一道券拱的侧门，其上镶嵌扇形石匾，山门外有八字墙与围墙相联。

　　正统为明英宗朱祁镇的年号，两年后，这位皇帝便在"土木之变"中沦为蒙古人的阶下囚。

　　清白江畔，古老的龙居寺至今仍在，二十四朵厚重的五彩重昂斗栱环绕屋檐，修长的昂嘴上挑，夕阳斜照，将一朵朵斗栱染成金黄色。文管员推开厚重的格子门，阳光如水银泻地一般漫进房屋，墙壁上的明代画卷在我的眼前铺陈开来，黑暗中的十二圆觉菩萨似乎苏醒了。十二圆觉的典故，出自《圆觉经》，塑造了辩音、弥勒、普眼、金刚藏等菩萨依次向毗卢遮那佛发问，聆听佛祖教诲的场景。菩萨背后彩绘云气纹，比丘、天女、天王、武将、供养人在其中隐约可见，比丘眉目清秀，手持如意；天女顾首回眸，飘带飞舞。当年，梁思成如此评价：

四壁绘圆觉十二菩萨，及诸天像十二堵，旁有明成化二年（公元一四六六年）题字。其左壁一侍像，姿态丰满，线条圆熟，尚存宋人笔意。其余诸幅，大抵小像较佳。墨线虽间经重描，但为数不多。[1]

成化二年题记在圆觉菩萨右上方。圆觉菩萨端坐在莲台之上，头戴花冠，全身装饰璎珞，戴臂钏、手钏，楷书题记写道：

奉佛祈保信士王昇同缘信女庞氏，伏为次男王志瑛右泊合家眷等，以今成化二年三月十五日良旦拾施资财绘画圆觉菩萨一位，用伸表谶，祈保家门清吉如意者，谨题。

由此看来，龙居寺中殿完工后，才陆续在四壁绘制壁画，每一堵由不同家庭出资，圆觉菩萨绘于成化二年（1466年）三月，王昇与妻子庞氏，希望以此祈祷如意顺心。

---

[1] 梁思成：《龙居寺中殿》，载《西南建筑图说》，人民文学出版社，2014年。

南兴乡龙兴寺则是少见的"稀有巨刹"。中国许多城市都有龙兴寺，它们的设立有着相似的皇家背景，大唐神龙元年（705年），武则天年迈病危，中宗复位，诏令天下诸州中兴寺改称龙兴寺。中兴寺由武则天下诏建立，中宗此举，无疑有着深刻的政治寓意，借寺院更名，昭示着自己真龙天子的地位。

龙兴寺五重院落，山门、前殿、大雄宝殿、三大士殿、藏经楼层层递进，左右配以客堂、禅堂、戒台、僧房，又以罗汉堂最有特色。堂中长廊中塑有五百罗汉，罗汉或沉静端庄，或面目狰狞，或稳重老成，或放荡不羁。罗汉堂是个"田"字形院落，四面中段各有一"龟头屋"，"龟头屋"内又各设一院。廊宇回合，妙相重重。

"龟头屋"学名抱厦，是依附于殿堂出入口正中的侧室，中国最早的抱厦实例为河北正定县宋代隆兴寺摩尼殿，建于北宋皇祐四年（1052年）。1933年4月，梁思成来到摩尼殿，就被这"只在宋画里见过"的建筑迷住了，四出山花歇山式抱厦是进入摩尼殿的四条通道，从空中看如同优美的十字。

广汉城内只有一座开元寺，其他寺院大多分布在场镇村落，或是山中林间，龙泉寺、宝昙寺、白鹤寺、祈水寺、金山寺、东胜寺、天王寺、毗卢寺等环绕着古老的雒城，这或许是因为清净的环境有助于僧人修行，保持着与众生若即若离的距离。

祠庙

与之相反，城隍庙、娘娘庙、牛王庙、关岳庙、龙神祠等祠庙皆在城中，与世人比邻而居。这或许因为祠庙与世俗生活息息相关，人们在此祈求功名、财富、雨水、子嗣、健康。中国人往往寺与庙不分，其区别却是显而易见的，寺院供奉佛像，是僧人修行的场所；祠庙则是众神的国度，是民间信仰的土壤。

大约在清代，广汉城里有个叫邓新的，一日卧病在床，忽听到门外有敲门声，挣扎着起身，见门口站着两个衙役，让他去衙门走一趟。邓新瞅着他们眼生，却也不敢多言，跟着走出家门，迷迷糊糊来到衙门。不少犯人正在受审，官老爷简单询问几句即可断案，衙役将牛、马、猪皮塞在犯人怀中，尔后押进大牢。

邓新刚跪下受审，师爷禀告官老爷，说衙役抓错了人，该带来的应该是郑新。官老爷大怒，责令衙役将邓新送回。邓新醒来时躺在棺材中，家人正给他操办丧事，他这才明白，自己去了一趟阴间，先前看到衙役给犯人牛、马、猪皮，是令有罪之人下辈子转世为畜生。他让家人去郑新家打探消息，果然，郑家已经在办丧事了。

邓新的奇幻经历，也是古人与城隍关系的缩影。在中国人看来，城隍如阴间的地方官，掌管冥界事务，人死之后去城隍庙报到，并根据生前的善恶得到奖惩。此外，人们相信，那些因战乱、洪水、饥饿、瘟疫而死的人，死后如无法获得祭祀，就会变成孤魂野鬼来人间作乱，也需要城隍安抚这些鬼魂。

城隍本意是护城河，汉代班固《两都赋序》中有"京师修宫室，浚城隍"之句，浚城隍，即疏通护城河，护城河是用来护卫城池的，慢慢被神化成城市的保护者。中国几乎每座城市皆有城隍庙，一如皆有衙门，这是明太祖朱元璋的功劳。洪武二年

（1369年），朱元璋下诏在都、府、州、县设立城隍庙，分别对应京兆尹、知府、知州与县令，将人间的官僚制度搬到阴间。至于修建城隍庙的原因，朱元璋曾说："朕立城隍庙，使人知畏，人有所畏，则不敢妄为。"换言之，他是把城市的衙门搬到了阴间，从思想上钳制百姓的言行举止。

广汉的城隍庙地处米市街，山门、戏台、献殿、大殿、寝殿在中轴线上构成了层层递进、尊卑有序的院落。这座小城的祠庙

城隍庙的戏台下挤满了做米粮生意的摊位。

大多建有戏台，既娱神，也娱人，城隍庙却有三座戏台——两侧的钟鼓楼也有戏台。城隍会时，戏班子同时唱起"对台戏"——这厢的关羽在华容道上放走了曹操，那厢的陈三两正咿咿呀呀哭诉着，不远处又传来了白娘子与法海的斗法声……花旦、小生、武生，变脸、吐火、滚灯，大戏此起彼伏，城隍爷与百姓在一幕幕折子戏中共同狂欢。

娘娘庙与城隍庙毗邻，同在米市街。破败的山门垂下雕花的"吊瓜"，牛腿上书生的面目早已模糊不清，竹篱笆墙被熏得发黑，墙上挂了几条毛巾，下有两个洗脸架，似乎是个剃头摊。山门的另一边，衣衫褴褛的老者正在吆喝着招揽生意，桌上散着一堆香烟，民国年间的香烟是论根卖的。

在中国，女性神灵皆可称为"娘娘"，比如王母娘娘、妈祖娘娘、女娲娘娘等。这座娘娘庙供奉眼光娘娘、天花娘娘、送子娘娘、催生娘娘。眼光娘娘专司眼疾，百姓有个腰酸背疼的，也给她上香；天花娘娘，是祛除水痘和麻疹的，《红楼梦》第二十一回"贤袭人娇嗔箴宝玉，俏平儿软语救贾琏"，凤姐女儿巧姐得了天花，就在屋里供奉"天花娘娘"。

"送子娘娘""催生娘娘"则是与生育有关的女神，来祭拜的多是久婚不育的妇女。她们怕人说闲话，天不亮就偷偷溜进娘娘庙，哭诉着不幸：嫁到婆家几年了，还没个一子半女，婆婆整天喋喋不休，丈夫也不给好脸色，恐怕再这样下去，自己就要被休了。说罢，她们把怀里揣着的面人娃娃，恭恭敬敬地放到娘娘们面前。这些日常琐事，也令娘娘们成为妇女们最可信赖的朋友。娘娘庙，或许是小城中与女性关系最紧密的建筑。

营造学社镜头下的祠庙，破败而落魄，城隍庙戏台下挤满了做大米、木炭生意的商贾，城隍爷与判官小鬼被赶了出来，无处容身。清末民初中国人口大增，城外土地得到开拓，城墙慢慢消失，而县政府的设立，也取代了昔日的衙门，既然连县令都不复存在，城隍信仰的式微也就在情理之中了。此外，五显庙年久失修，娘娘庙被驻军占据，民国时期的广汉，祠庙正经历剧烈的动荡，曾经占据着中国人内心的神灵悄悄式微，而传承了千百年的传统，又使得老百姓的生活依旧与祠庙息息相关。

生了病，就去南门的药王庙，身体健康或许比什么都更加现实；倘若家中牛马得了瘟疫，就去南街的牛王庙，牛王菩萨保

武庙街肃穆而宁静，照壁背后，一座高大的牌坊是人间与神国的分界线。

佑家畜不得瘟疫，不会误了农时；如果久不下雨，那就去龙神祠吧，龙王掌管雨水，在某些祭祀仪式之后，一场大雨总会从天而降；倘若想求钱财，那不妨到五显庙碰碰运气。更有甚者，广汉城中还有座鸡屎仙庙，鸡屎是肥料，这座带有浓厚农耕气息的小庙，是广汉人与祠庙关系的最好注脚。

文庙

清乾隆六十年（1795年），汉州人张仁荣穿过棂星门，走进广汉文庙，绕过泮池，穿过戟门，走到大成殿祭拜孔老夫子，他的步子有些迟缓，累得气喘吁吁。这两年的经历恍若梦境，一年前，考了一辈子也未中举的张仁荣，突然时来运转，因年逾八十，被恩赏为举人。《大清高宗纯皇帝实录》留下了此事的记载，1794年9月，各省年满70、80岁参加乡试的士子名单报到了京师，乾隆皇帝出于对他们的勉励，将80岁以上者恩赏为举人，同时特批第二年到京师参加会试的资格。年迈的张仁荣也在其中，一同获此殊荣的，四川还有曾世荣、李升谷、刘果昌、张孔训、梁灿章、赖标、岳星、卢麟祥八人。

第二年，张仁荣不辞劳苦到京师会试，虽未高中，却又因年事已高，被授予翰林院检讨衔，虽是虚衔，却已是莫大的荣耀了。当年到京师的共有120余位高龄举人，他们中年满八十者，都与张仁荣一样获得了翰林院检讨衔的虚衔；年满七十者则获得了国子监学正衔。

年迈的张仁荣，终于在耄耋之年获得功名，他的人生轨迹，

广汉文庙棂星门历来以高大繁复闻名,棂星是古时主管功名的星辰。

或许可以折射出科举之于中国人的意义,作为科举与儒家的影子,文庙也自然成了城市中最重要的建筑之一。公元前478年,鲁哀公将孔子生前居住的三间房屋立为庙堂,这也是中国第一座文庙——曲阜孔庙的原型,此后虽经历王朝更迭、国家分裂,文庙却在二千余年的时光中屹立不倒,直至融入国人血脉。清代中国文庙数目达到了惊人的1560座,几乎遍布中国。

1939年,营造学社第一次造访广汉时,便调查了文庙。广汉文庙存棂星门、泮池、戟门、大成殿、崇圣祠,左右辅以乡贤祠、名宦祠等。大成殿祭祀孔子,也是文庙的主要建筑,面阔21.76米,进深14.15米,单檐歇山顶十八根檐柱均为5米高的圆柱,其中正中两根与殿中四根金柱均为透雕龙纹的石柱,龙首昂然,双目炯炯有神,连毛发都清晰可见,龙身缠绕石柱。

在科举时代,文运不仅关系着学子的仕途,也影响着城市建筑的布局。除了文庙,奎星阁也是与科举有关的建筑。广汉南门城墙拐角处有座楼阁,攒尖顶,直插云天,如同一杆文笔悬在城上。这就是奎星阁,阁中供奉魁(奎)星,他一手持笔,一手提乌纱帽,这位道教尊神因掌管功名利禄,受到文人士子的推崇。

为何奎星阁会建在城墙上呢?这其实是受风水堪舆影响的产物。在古人看来,文庙前若有案山,文风必定昌盛。倘若没有案山,则需要选择高处建奎星阁或文笔塔。广汉县城地处成都平原,四下无山,古人便将奎星阁建在城墙上,借助城墙高度以应风水。

每年乡试、会试之前,士子们络绎不绝来奎星阁上香。农历七月七日是乞巧节,很少有人知道这天还是魁星生辰,士子们纷纷烧香祈祷，生怕魁星没看到自己，漏掉了功名。

这个也拜，那个也拜，真不知道把功名给谁？奎星阁的魁星，或许常有这样的苦恼，直到清光绪三十一年（1905年）。这一年，持续了1300多年的科举制度被废除，新学盛行，魁星在一夜之间失宠。营造学社再度造访广汉时前来探查，奎星阁已年久

奎星阁建在城墙上，其实是受风水影响产生的。

失修，几近垮塌，疯长的树木与荒草遮住了重檐翘角。士子们早就不来了，科举被废除，再拜魁星，也没什么用处。偶尔有小脚老太太来给魁星点上香火，祈祷一家老少平安，早已爬满蜘蛛网的香炉里才冒出久违的青烟。往日熙来攘往，今朝门可罗雀，1941年的魁星，似乎犹能体会人情冷暖。

牌坊

广汉城外官道、城中街道上，一座座巍峨的牌坊拔地而起，新都到广汉的官道上，四座牌坊鱼贯而立，壮观肃穆，四柱三开间，庑殿顶正脊上有宝顶，两端立有鸱吻，镂空的檐尖上翘冲天，坊身雕刻瑞鹤祥云、吉凤祥麟、牡丹芙蓉、双龙戏珠的图样，以及八仙祝寿、穆桂英挂帅、空城计等戏剧故事。

西门外官道上的四座牌坊均为清代节孝坊，从营造学社拍摄的照片，我确定其中三座为张成氏、胡莲斌妻罗氏、张成氏的节孝坊，第四座已无法考证。

张成氏节孝坊落成于光绪十四年（1888年），正中字牌上书"圣旨"二字，碑文虽已漫漶，却依旧能拼接出张成氏的一生：她本姓成，年纪轻轻嫁到张家，不想夫君早早染病身故，张成氏抚养幼子，侍奉翁姑，极尽孝道，她对修路建桥也极为热心，有乐善好施的美名。宗族将她的事迹上报给官府，再转呈朝廷，张成氏用大半辈子的岁月，熬成了官道上华美而冰冷的牌坊，熬成了《汉州志》中的几行墨书。

牌坊被誉为最有故事的建筑，承载了中国人的道德体系，每一座牌坊背后,都有忠臣、良吏、善人、烈妇、孝子、耆老的身影。广汉有牌坊五十二座,它们林立在县城的土地上,路过的行人,都感叹其恢宏与华丽,并沉浸于坊主的故事之中。

节孝坊、烈女坊是广汉数目最多的一类牌坊,以周孝子坊年代最早。此坊在三水镇祈水寺附近,古朴素雅,坊主是汉州诸生周子冕,他侍奉老母,恪守孝道,是远近闻名的孝子。此外,东街的贞节坊,西街的节孝坊,北街的贞节甲第坊,也均是节孝坊。

翻阅历代《汉州志》,乾隆年间载入史册的贞妇烈女仅11人,嘉庆年间已多达120余人,同治年间更是激增至500余人。[1]编纂地方志的耆老名宿,不厌其烦地记载了她们的名字与事迹,这位叫李妹的姑娘,其故事尤令人痛惜。

李妹是汉州人郭文宗的未婚妻,一日姑姑黄氏外出,有个叫李峨的歹人见李妹独自在家,遂起了歹心,图谋不轨。李妹不从,闭门大骂,李峨慌乱之下溜出大门。姑姑闻声赶回,正派人向官府报案时,李妹已上吊自尽了。官府将李峨捉拿归案,以李妹节烈可嘉,遂于乾隆二十四年(1759年)上表朝廷,建造牌坊。

李妹的牌坊竖立在熙来攘往的东街,既可时时让本地人受到教化,也可让她的故事在路过的僧侣、商贾、官吏、诗人、脚夫之间反复流传,人们在为她的花季陨落惋惜之时,也不自觉地将

---

[1] 统计数字出自乾隆《汉州志》"人物",嘉庆《汉州志》"列女",同治《续汉州志》"节孝上、中、下",《历代汉州志》,广汉县档案馆1988年编印。

成都到广汉的路上四座牌坊鱼贯而立。

去新丰乡龙居寺的路上,营造学社拍下了这处牌坊,由于照片保存的问题,部分业已缺失,却多了几分沧桑之感。

她当成了模范。在汉州城的城镇乡村、官路古道，高大巍峨的节孝坊几乎无处不在——它旌表的是死去的贞妇烈女，却也如同枷锁一样，戴在每一位活着的女性脖子上。

1953年，广汉黄州会馆被改造成粮站仓库，四川气候潮湿，粮食容易发霉，有人打起了牌坊的主意，他们带着麻绳，将西门官道上四座节孝坊拉倒，用铁锤、铁凿将厚重的梁坊凿成条石，把鸱吻、天宫罩、额枋敲碎，运送到粮仓，铺在地上防潮。其他牌坊同样命运多舛，在无休止的"破四旧""文革"中，纷纷被拆解了填地基、做磨刀石，或是垫猪圈、修房屋。广汉的五十二座牌坊，最终全部在这片土地上消失。

民居、宗祠与会馆

那个夏天，梁思成、刘致平徘徊在广汉县城内乡间，还拍了下茶馆、会馆、宗祠、商铺、民居，这些充满了烟火气与人情味的建筑。

可以想象，梁思成、刘致平一踏入正西街葫芦茶社，川西茶馆里的鼎沸人声便扑面而来。茶倌右手拎着茶壶，左手捧着一摞铜茶船子，在人群的缝隙中穿梭，将茶船子"哗"的一声散在茶桌上，鲜开水像银柱一般进了茶碗，茉莉花在水里打着旋儿，茶香四溢。

葫芦茶社由清代湖广会馆改建而成，在这里喝茶，也就多了一份闲情雅致，只要一抬头，雕琢精巧的漏窗、牛腿、挂落，令人目不暇接。牛腿是古建筑屋檐下起支撑作用的构件，湖广会馆的牛腿,件件不同,却样样精彩:笑意盈盈的寿星长须及胸,杵着龙头拐杖,仙童捧着寿桃;仙鹤姿态舒展,长喙衔着灵芝,正在松树丛中翩翩起舞,寓意松鹤延年。牛腿往往被视为宅第的脸面,既体现了工匠精湛的技巧,也表达了主人的审美与情趣。

民国年间的广汉,几乎每条街都有茶馆,比如武庙街的东阳轩茶铺、南京路的中流茶社、万寿街的大可轩、下西街的又新茶社与大川茶社等,四川民谚"一城居民半茶客",便是对此最好的注脚。花三百钱,喊上一碗喷香的花茶,便能坐上半天,谈生意、摆龙门阵,或者只是坐着,午饭时间到了,茶客们才慢吞吞地起身,穿过棋盘式的街道,浏览着两边店肆中琳琅满目的商品,走回家中。

与成都平原许多城市一样,广汉的居民,祖先也是在"湖广填四川"中迁徙而来。经历了明代末年长达数十年的战争、瘟疫、饥荒,清顺治年间,城中仅余四百户,嘉庆二十一年(1816年),增长至四万九千户。这个数字背后,是一个个背着行囊的移民,他们筚路蓝缕,将家族的种子撒在四川盆地中。

移民初来乍到,由于语言、习俗的差异,与土著之间往往有着难以消除的隔阂。对外界的隔膜,使得移民一方面看重乡土之情,一方面重视宗族力量,以同乡为单位的会馆与以家族为单位的宗祠便应运而生。清代广汉城中相继兴建了湖广会馆、江西会馆、福建会馆、广东会馆、贵州会馆、陕西会馆、四川会馆与黄州会馆,人称"八大会馆",而透龙祠、王氏祠、溪南祠等宗祠也在城市的街道中次第出现。

小北街如今已改名为青岛路,我在街上找寻了半天,才在

湖广会馆始建于清乾隆年间，20世纪40年代，广汉人李化熙、李永和等租赁会馆场地经营茶社，称"湖庐茶馆"，民间称"葫芦茶馆"，也是广汉最大的茶社。

湖广会馆神龛前的护法神，他身着铠甲，双手于背后仗剑。

一个旧胡同里寻着了溪南祠。地上残破的柱础、万字纹砖随处可见，杂草与青苔将屋顶染成翠绿色，修长的悬鱼落寞地悬在空中。胡同没有门牌号，距离青岛路不过几步路，距离现代社会却隔着百余年的时光。溪南祠如同一位不合时宜的老者，在日新月异的都市中茫然而立。

百年之前，溪南祠却是广汉城中最大的宗祠之一，由龙门、前殿、寝殿以及左右厢房构成，前殿是族人议事、叙旧的场所，寝殿设有华丽的神龛,供奉祖先的牌位。祠堂画栋飞甍、错落有致,弧线形的马头墙以优美的姿态在空中划出两道曲线,四川人也把它唤作"猫儿墙",墙面正中灰塑倒立的蝙蝠,寓意"福到",是民间喜闻乐见的建筑符号。

清代广汉城中有宗祠30余家,比如县府街的李家祠、吴家祠,中山路的王家祠,花市街的黄家祠、俸家祠,小北街的庄家祠、肖家祠等。民国年间,许多宗祠里住进了人家,院子晾晒着谷物,鸡群到处乱走,在昔日神圣的土地上闲庭信步,神龛落满了厚厚的灰尘,祖先似乎已经很久没享受到香火了。

当时,广汉的会馆、宗祠被挪为他用,抑或是走向破落,国

溪南祠地处小北街,民国年间存龙门、正厅、正殿、寝殿、厢房等。

人传统的同乡情谊与宗族之情,也在被一点点蚕食。

城市的影子

营造学社成立第二年,梁思成出任法式部主任,从那时起,他的命运便与中国古建筑紧密相连。1932到1937年间,梁思成、刘敦桢、林徽因等人走过蓟县(今天津市蓟州区)、正定、应县、大同、太原等地,完成了对137个县市、1823处古建筑的调查。在五台山,梁思成发现唐代古刹佛光寺,回击了日本学者提出的"中国已无宋代之前建筑"的论断。

算上四川、云南,梁思成匆匆走过170多个县市,完成了对国内古建筑的初步调查、勾勒出中国建筑史轮廓。与刘致平在广汉短暂的宁静时光,则让他有机会近距离观察一座城市的选址、布局,考察其历史、风俗,并探讨城市规划与建筑的关系,思考如何让古老的建筑融入日新月异的城市。

民国时期的中国正遭受西方文化的冲击,城市面目全非,梁思成曾在《为什么研究中国建筑》一文中痛惜地写道:

> 主要城市今日已拆毁逾半,芜杂可哂,充满非艺术之建筑。纯中国式之秀美或壮伟的旧市容,或破坏无遗,或仅余大略,市民毫不觉可惜。[1]

---

[1] 梁思成:《为什么研究中国建筑》,载《中国营造学社汇刊》第七卷第一期,1944年。

川康古建筑调查的过程中,学社一路走来,眼见灌县、绵阳、广元、梓潼、南部城中的古建筑正以前所未有的速度消亡,小城广汉或许已是为数不多保存完好的标本了。

可惜造化弄人,县志尚未编成,国立编译馆就迁回南京,营造学社的工作也被迫中止,带着一摞厚厚的照片回到了李庄。刘致平还曾完成了成套的图卷,著名建筑学家吴良镛回忆,1945年梁思成在重庆"中央研究院"曾向他展示了一套图卷,正是刘致平绘制的,吴良镛连连感慨:"这实是现代建筑图技法用于我国县志编写之创举。"[1]

梁思成、刘致平再未回到广汉,他们或许没有想到,经历了民国的变革,加上随后的各种运动,广汉的古建筑最终也走向消亡:城内外的52座牌坊,20世纪50年代被拆解了填地基,无一幸免;龙兴寺罗汉堂1964年被拆毁,石头、木料用来修建影剧场,五百罗汉没了栖身之所,生出青苔,爬上杂草,眉目日渐模糊。当年营造学社拍摄的70余处古建筑,如今只有文庙、龙居寺、溪南祠、益兰祠、四川会馆等留存下来,不知道营造学社诸君泉下有知,该是何等扼腕?梁思成晚年常跟林洙说起广汉,眉飞色舞地讲起那些古建筑,也许在他心目中,当中国城市已陆续改变之时,在遥远的西南,还存在这样一座城市,雕龙画凤,兽脊螭檐。

广汉一隅,又何尝不是中国的缩影。百年之前,城墙、衙

---

[1] 吴良镛:《刘致平教授学术成就及中国住宅研究(代序)》,载《中国居住建筑简史》,中国建筑工业出版社,1990年。

门、文庙、关岳庙、城隍庙、牌坊、奎星阁,曾是每座城市的标准配置;恢宏的城墙环绕城池,蜿蜒的护城河保护城里的百姓;钟鼓楼准时响起晨钟暮鼓,见证岁月流逝;高大的牌坊上写满故事,是庄严的地理坐标,也是精神的华表;文庙祭祀孔子,奎星阁供奉魁星,古老的城市这才流淌着源远流长的文脉;城隍庙俨然阴间的衙门,年迈的奶奶绘声绘色地讲起城隍爷拿人的故事,忠奸善恶在好奇与恐惧中代代相传……

从故纸堆中翻出来的这500余张照片,再现了中国古建筑之美,以及它们与城市、百姓的关系,与其说营造学社拍下了广汉,倒不如说留下了中国城市的影子,以及隐藏在它们背后的威仪、文脉、信仰、道德、亲情,那是古老的中国留在建筑中的烙印。

附：部分川康古建新旧对照图

夹江千佛岩 旧貌

夹江千佛岩 现状

乐山白崖M96 旧貌

乐山白崖M96 现状

漫长的调查

彭山M530 旧貌

彭山M530 现状

彭山寨子山M530 旧貌

彭山寨子山M530 现状

漫长的调查

峨眉飞来殿 旧貌

峨眉飞来殿 现状

绵阳平杨府君阙 旧貌

绵阳平杨府君阙 现状

梓潼玛瑙寺 旧貌

梓潼玛瑙寺 现状

梓潼杨氏阙 旧貌

梓潼杨氏阙 现状

漫长的调查

广元千佛崖421 龛旧貌

广元千佛崖421 龛现状

广元千佛崖大佛洞 旧貌

广元千佛崖大佛洞 现状

南部大佛寺 旧貌

南部大佛寺 现状

渠县沈府君阙 旧貌

渠县沈府君阙 现状

漫长的调查

渠县赵家坪北无名阙 旧貌

渠县赵家坪北无名阙 现状

蓬溪鹫峰寺大殿 旧貌

蓬溪鹫峰寺大殿 现状

潼南西岩 旧貌

潼南西岩 现状

潼南西岩65龛 旧貌

潼南西岩65龛 现状

李庄田塆上 旧貌

李庄田塆上 现状

新津观音寺 旧貌

新津观音寺 现状

漫长的调查

阆中夕照寺古 旧貌

阆中夕照寺今 现状

蓬溪宝梵寺古 旧貌

蓬溪宝梵寺今 现状

漫长的调查